vmn

Rainer Witt

Blutgeld

Kriminalroman

mit Commissario Luciano Pindui

vmn
Verlag M. Naumann

Verlag M. Naumann, vmn, Hanau, 2013
Druck: Aalexx Buchproduktion GmbH, Großburgwedel

Titelfoto: fotolia

ISBN 978-3-943206-21-0

1. Auflage 2013

Bibliografische Information der Deutschen Nationalbibliothek
Die Deutsche Nationalibliothek verzeichnet diese Publikation in der Deutschen Nationalbibliografie; detaillierte bibliografische Daten sind im Internet über http://dnb.ddb.de abrufbar.

Darmstädter Echo , 5. April 2012 | GG

Kreis erlebt besondere Aktivität von Falschgeldbetrügern

Kriminalität – Eine Blütenzeit, die niemanden freut

Wie die Pressestelle beim Darmstädter Polizeipräsidium publik macht, sind im Odenwaldkreis zurzeit verstärkt Falschgeld-Betrüger aktiv. In Umlauf bringen sie nachgemachte Fünfzig-Euro-Scheine, mit denen sie meist in Einkaufsmärkten oder Einzelhandelsgeschäften bezahlen, um sich so die Ware und echtes Restgeld zu erschleichen.

In den Läden werden diese Fälschungen oftmals nicht erkannt, so die Erbacher Kriminalpolizei. Dass es sich bei den Scheinen um Nachbildungen handelt, fällt meist erst Mitarbeitern der Geldinstitute auf, wenn die Noten über Einzahlungen dort angelangen. Bis dahin verstreicht für die Fahnder wertvolle Zeit, und die Ganoven sind längst über alle Berge.

Dieses Buch basiert zum Teil auf wahren Ereignissen, die sich im Jahr 2012 in Italien und Südhessen abgespielt haben und mit einer Reihe von Festnahmen und Urteilen unter anderem des Landgerichtes Darmstadt geahndet wurden. Sämtliche Namen und Bezüge wurden geändert oder anonymisiert. Zum einen, um die Betroffenen nach erfolgten Verurteilungen nicht zusätzlich zu kriminalisieren, zum anderen, um unangenehme Folgen für den Autor zu vermeiden. Die im Buch beschriebene und durchaus reale mafiaähnliche Organisation *Sacra Corona Unita* ist als gewalttätig bekannt.

SIE HATTEN ETWAS ratlos in der teuren Villa unten am Meer zusammen gesessen. Eigentlich gab es keinen Grund zum Klagen. Die Geschäfte liefen, mit kleinen Ausnahmen, seit Jahren bestens. Sie waren vermögend, teilweise sogar beliebt, zwei hatten duldsame, in Ehren ergraute Frauen, die dezent mit dem über sie herein gebrochenen Reichtum umgingen. In ihren großen, teuren Villen kümmerten sich hilfreiche Geister um Notwendiges, die Bankkonten auf den Cayman-Islands, den Bermudas waren prall gefüllt. Ihre bäuerliche Herkunft hatten sie lange vergessen, ihr Leben war von Raffgier und der dafür notwendigen Bösartigkeit geprägt. Die Sonne schien, der Wind vom Meer her war angenehm warm. Drei ältere Herren, die ein Außenstehender für rüstige, lebensfrohe Pensionäre hätte halten können.

Angelo di Petris räkelte sich in einem der bequemen teuren Designersessel, offiziell verdiente er sein Brot mit Gemüseanbau, besaß ausgedehnte Ländereien. Der kleine, hagere Mann mit stechenden schwarzen Augen und messerscharfen Mundfalten trug einen schicken dunklen Anzug. Er war bei der *Sacra Corona Unita* für Zigarettenschmuggel und Falschgeld verantwortlich, Untergebene waren vor einiger Zeit nach monatelangen Observationen festgenommen, dann im schweizerischen Bellinzona wegen des Schmuggels von zweihundertfünfzehn Millionen Stangen unverzollter Zigaretten verurteilt worden. Das Verfahren hatte in der Schweiz Furore gemacht. Die Zigaretten stammten von einer geheimen Fabrik in der Ukraine. Die vier Verhafteten, alle aus Brindisi, räumten den Schmuggel ein, sie wanderten für mehrere Jahre ins Gefängnis, eine international aufgestellte Spedition rauschte in den Konkurs, Fahrer erhielten Bewährungsstrafen.

Keiner hatte vor Polizei oder vor Gericht Namen von Hintermännern genannt, di Petris hatte die Aufdeckung mit einer gewissen Gelassenheit hingenommen. Was ihm und der Organisation allerdings wehtat, war der finanzielle Verlust. Immerhin 17,2 Millionen Euro hatten sie für die Zigaretten hingeblättert, die vom Schweizer Zoll in einer spektakulären Aktion verbrannt worden waren. Bevor die Schweizer die Vernichtung eingeleitet hatten, wurden Stichproben untersucht.

»Enthält Spuren von Rattenkot und Hausmüll«, lautete ein Teil der amtlichen Analyse.

Verluste dieser Art gehörten zum Geschäft, mussten aber auch wieder wettgemacht werden.

Cesare Martemucci, der Gastgeber, hatte sich auf Geldwäsche, Immobilienkäufe und Prostitution spezialisiert, galt seit vielen Jahren als wichtiger Strippenzieher, der genau so wenig wie di Petris Gefängnismauern von innen gesehen hatte. Wie bei der sizilianischen Mafia galt auch bei der *Sacra Corona Unita* die Omerta, das Schweigegelübde, das mächtigen Hintermännern stets Schutz bot. Wer dagegen verstieß, hatte zwei Möglichkeiten. Sich entweder den Behörden als Kronzeuge zur Verfügung zu stellen, um nach dem entsprechenden Prozess unter neuer Identität sein Leben in steter Angst vor Entdeckung zu fristen, oder im Gefängnis einem Unfall, vergiftetem Tee oder Fisch zum Opfer zu fallen. Wer plauderte, lief zusätzlich Gefahr, Leben oder Gesundheit eines Familienmitgliedes zu riskieren. Martemucci stammte aus einer einfachen Familie, hatte viele Jahre seines Lebens als Schweißer sein Geld verdient, bis er um 1980 herum die Bekanntschaft von Herren machte, die einen Schweißer gut gebrauchen konnten. Gut vierzig Raubüberfälle auf wohlhabende Familien im italienischen Süden samt geknackter Tresore gingen seither auf sein Konto. Mit Ideenreichtum und Durchsetzungsfähigkeit hatte er sich nach oben gearbeitet, war jetzt an einem Punkt angelangt, wo er hätte aufhören können.

Rino Colonelli, der Dritte im Bunde, ein gemütlich aussehender kleiner Mann mittleren Alters in Jeans und einem für sein Alter unpassendem, etwas knalligem *Camp-David*-Hemd organisierte mit zahllosen Helfern Drogentransporte von Taranto aus, wo er eine Import-Export-Firma betrieb.

Der Endfünfziger hatte in den neunziger Jahren zahlreiche Rachemorde in und um Taranto in Auftrag gegeben, als der *Erone*-Clan versucht hatte, die Geschäfte der *Sacra Corona Unita* zu stören. Das war auch der Grund, warum er sich an diesem Tag auf der knapp hundert Kilometer langen Strecke von Taranto nach Brindisi einmal mehr von drei kräftigen jungen Männern hatte begleiten lassen, die in einem getunten Lancia hinter ihm her gefahren waren und sich auf der Terrasse mit Meerblick in bequemen Korbsesseln niedergelassen hatten. In kleinen Sporttaschen hatten sie die gefürchteten Luparas, abgesägte Schrotflinten mit hohem Streufaktor samt ihren Beretta Pistolen und Ersatzmagazinen neben sich abgestellt.

Martemucci, di Petris und Colonelli waren äußerst vorsichtig bei ihren Treffen. Sie hatten stets vor Augen, wie Geschäftspartner in Palermo serienweise verhaftet und später abgeurteilt worden waren. Auf ihre Spur hatte sich eine Sondereinheit der dortigen Polizei gesetzt, die Squadra Catturandi. Harte, mit allen Wassern gewaschene Mafia-Jäger. Große Erfolge hatte die

Squadra mit ausgefeilten Abhörtechniken erzielt. Sie observierte Verdächtige wochen- und monatelang, Techniker verwanzten komplette Olivenhaine oder alte Ställe, bauten sensible Aufnahmemikrofone samt Miniatursendern in Baumwurzeln oder Astwerk ein, konstruierten künstliche Steine mit Abhörtechnik.

Nicht nur deshalb waren die drei Männer extrem vorsichtig. Cesare Martemucci hatte schon vor Jahren ein System entwickelt, das einigermaßen Schutz bot. Helfer und Helfershelfer rekrutierten sie stets in der weitläufigen Verwandtschaft, hatten ein Auge darauf, dass keiner vorbestraft war. Sie verschlissen kartonweise Handys wie SIM-Karten.

Martemuccis weitreichende Kontakte sorgten in Form unterschiedlicher Wohltaten dafür, dass der eine oder andere Polizeioffizier oder Staatsanwalt ein hübsches, dezentes Nebeneinkommen hatte, großzügige Spenden an Parteien und Politiker weit über die Region hinaus sorgten für einflussreiche Freunde in vielen Bereichen.

Bei Tee, Mineralwasser, Espresso saß man in Martemuccis riesigem Wohnzimmer zusammen, überlegte, diskutierte. Diverse Publikationen, hinter denen die Europäische Zentralbank stand, hatten sie nervös werden lassen. Auf dem kleinen Marmortisch vor ihnen lag der *Corriere della Sera*, ein Artikel auf der Hauptseite war mit roter Farbe markiert.

»Wir haben noch gut zweihundert Zentner herumliegen, verdammt viel dafür bezahlt. Dass wir das wegwerfen, sehe ich nicht ein.« Angelo di Petris war laut geworden. Cesare Martemucci beruhigte ihn, legte ihm die Hand auf den Arm.

»Keine Panik, Petris. Die werden erst den neuen Fünfer einführen, dann Stück für Stück die anderen

Scheine, das wird ewig dauern. Am Anfang sind die alten wie die neuen Scheine gültig, also rege dich nicht auf, wir schmeißen nichts weg.«

Petris zündete sich eine Zigarette an.

»Die alten müssen aber weg, und wir müssen mit den neuen rechtzeitig anfangen.«

Rino Colonelli lachte laut, stellte eine Galerie goldverplombter Zähne zur Schau. Er schlug sich auf die Schenkel.

»Ich bin aber nicht dafür, dass wir die neuen wieder in La Torre herstellen lassen, wir müssen mal eine Ecke finden, die nicht vor unseren Haustüren liegt. Wenn jemand dort den Baldo mit seiner Druckerei auftreibt, sind wir alle dran, der macht das jetzt schon seit Jahren, wird bequem, er kann dann sicher nicht sein blödes Maul halten. Wie siehst du das, Marte?«

Der schlürfte an seinem Tee, schüttelte dann den weißhaarigen Kopf.

»Ich kümmere mich. Und kack dir nicht deine teuren Hosen voll. Es wird nach wie vor nur nach Deutschland geliefert, da müssen wir halt sehen, dass wir das intensivieren. Und über Österreich haben wir auch schon gesprochen. Was das Intensivieren angeht, hab ich da schon wen im Auge.«

Er zwinkerte den beiden anderen zu.

»Lombardi. Das ist ein treuer Freund, ihr kennt ihn ja. Ich habe ihm geholfen, seine Osteria unten am Hafen zu finanzieren, er ist mir wie auch euch von früher noch so manchen Dienst schuldig. Der Typ gehört zu denen, die das Maul halten, egal was kommt. Der hat zwanzig Jahre in Deutschland geschafft, quatscht wie ein Germane, kennt ganze Familienclans, Lieferanten, Gott weiß wen, der soll da mal in absehbarer Zeit mit Hilfe von Giovanni mit anpacken, einen neuen Verteilerkreis aufbauen. Und in Sachen Druckerei, Freunde, habe ich eine kleine Idee, ich muss nur noch den richtigen Kontakt aufnehmen mit einem Kerl, der hier als Kellner schafft und einem meiner Leute was erzählt hat. Nämlich von einer Druckerei am Arsch der Welt. Ich muss aber erst mal sehen, dass das Leute sind, mit denen man im Vertrauen arbeiten kann. Die sitzen weit weg in einer Gegend, in der Brindisi ein Fremdwort ist.«

Martemucci lachte dröhnend, fand, er habe einen guten Witz gemacht.

»Apropos Giovanni«, meldete sich di Petris. »Der müsste doch längst nachbestellt haben, habe ich da was nicht mitbekommen?«

Martemucci verzog das Gesicht.

»Tillio liefert ihm, was er braucht. Außerdem haben wir die Kohle von gut zwei Monaten zu bekommen, ist schon beauftragt, Tillio macht das schon, der regelt das in Deutschland. Du bist wohl knapp in der Haushaltskasse, Mann?«

Heppenheim/Bergstrasse

Zu Martemuccis Taktik gehörte seit Jahren der Umstand, dass er seine Helfer, was Informationen anging, an der kurzen Leine hielt. Ob im Drogen- oder Prostitutionsbereich, bei Falschgeld oder Zigaretten- und Waffenschmuggel, die Praxis hatte sich bewährt. Häufig zogen mehrere Helfer am gleichen Strang, ohne voneinander zu wissen.

Dies hatte den Vorteil, dass im Fall einer Festnahme, vorausgesetzt, der Ertappte würde überhaupt etwas von sich geben, der Kreis der Mittäter überschaubar klein war. Als er einmal mehr den Kneipenbesitzer Pietro Lombardi in seine Dienste nahm, verfuhr Martemucci nach dem alten Prinzip.

Pietro Lombardi parkte seinen Fiat Sedici direkt vor den großen, etwas kitschig dekorierten Glasfenstern der Pizzeria in der Bergstraßenstadt. Als er die Fahrertür mit Schwung schloss, setzte sich das kleine, silberne Kruzifix, das mit einer dünnen Kette am Rückspiegel befestigt war, schaukelnd in Bewegung. Dann nahm er die große Stofftasche mit seiner Tischdecken-Kollektion aus dem Kofferraum.

Er hatte lange mit Rino Colonelli zusammen gesessen und überlegt, wie er auf unverdächtige Weise Italiener in Deutschland für Falschgeldumtausch rekrutieren konnte.

»Tischdecken und Servietten, das ist es«, hatte er Colonelli begeistert zugestimmt, als der ihm sagte, ein Handelsvertreter falle weder bei einer Kontrolle auf noch durch den Umstand, dass er Lokale wie Privatpersonen aufsuche. Der mit zahlreichen Beziehungen gesegnete Colonelli hatte keine drei Tage gebraucht, um eine Querverbindung zu einer kleinen Textilfabrik in der Nähe von Taranto aufzubauen, in deren offiziellem Auftrag Lombardo nun, ausgestattet mit Musterware, einem Katalog sowie eindrucksvollen Visitenkarten auf Tour gegangen war.

Lombardi, der ein weiches, italienisch geprägtes Deutsch sprach, hatte knapp zwanzig Jahre in Rheinland-Pfalz und Hessen in gehobenen italienischen Restaurants gearbeitet, verfügte über berufsbedingt geschliffene Manieren. Er kannte etliche Gastronomen, aber auch italienische Privatleute, dazu noch viele Deutsche. Bei Baldo in La Torre hatte er sich einige Bündel gefälschter Zwanzig-Euro-Scheine abgeholt, sie dann in einem präparierten Reservekanister im Kofferraum versteckt.

»Schenke sie den Leuten deines Vertrauens«, hatte ihn Colonelli beauftragt, »erzähle ihnen, wie sie sich verhalten sollen, wo es Risiken gibt. Sie sollen dann losziehen und merken, dass nichts passiert. So werden sie Lust auf mehr bekommen. Wir haben dann zwei Vorteile: Wir werden die alten Lappen schneller los und haben auch schon eine gute Organisation für das Verteilen der neuen Scheine aufgebaut. Marte«, er benutzte Martemuccis Kosenamen, »kümmert sich um einen neuen Drucker und über einen Freund auch um einen weiteren Transporteur, dann kann das anlaufen. Werfe die Köder aus.«

Lombardi hatte sich schon in Italien eine Liste seiner Anlaufstellen in Deutschland erstellt, beim Notieren von Namen und Adressen musste er öfter lächeln. Als er Duilios Adresse aufschrieb, fiel ihm die zweite Registrierkasse ein, die sein ehemaliger Chef in aufwändiger Nachtarbeit in Betrieb genommen hatte, um dem Finanzamt mit Storno-Eingaben ein Schnippchen zu schlagen. Er erinnerte sich an Luigino, der ein Drittel aller Waren schwarz einkaufte, um zu mehr Schwarzgeld zu kommen.

Ihm fielen die Tricks der Annunci-Brüder ein, die Billigweine umfüllten, stets Bier im Sonderangebot kauften, ohne dass Gäste und die vertraglich zuständige Brauerei einen Verdacht schöpften. Er dachte an Mario Collini, dessen noble Speisekarte stets den Hinweis enthielt, dass sämtliche Tortellini »per Hand von unserer Oma« hergestellt würden. Nur: Die alte Dame war vor über zwanzig Jahren, ohne Deutschland je gesehen zu haben, gestorben. Oder Signora Alberti: dank eines teuren elektrischen Gerätes, Lebensmittelfarbe und einem handelsüblichen Weichmacher verwandelte sie Schweineschnitzel in Kalbfleisch und war für ihre butterzarten Scaloppine berühmt.

Die Caorle-Sippe in der Nähe von Dietzenbach im Hessischen fiel ihm ein, die im umgebauten Keller ihres Restaurants ein prosperierendes Spielcasino betrieb, das Nacht für Nacht von Gastronomen aus der Umgebung frequentiert wurde. Die Caorles als Bankhalter kassierten stets zehn Prozent von jenem Geld, das pro Spielrunde auf dem Tisch lag, Espresso und Wasser gingen aufs Haus. Ihm fiel Rinaldo ein, der – mit guten Beziehungen zu einem Großmarktleiter – fast nur Ware mit abgelaufenem Mindesthaltbarkeitsdatum zum Schleuderpreis bezog.

Auf seiner Liste landeten Lokalbesitzer, Köche, Küchenhelfer, sogar eine Reihe deutscher Wirte von denen er wusste, dass sie es manchmal nicht so ganz genau nahmen.

Als er eine halbe Stunde später die Pizzeria verließ, konnte er den ersten Haken auf seiner Liste machen. Im Verlauf der nächsten drei Wochen suchte Lombardi gut siebzig Adressen überwiegend im Hessischen auf. In seinem schicken Nadelstreifenanzug mit weißem Hemd und dezentem Schlips schien er die Seriosität in Person zu sein. Nach Begrüßungsarien und Wiedersehensfreude kam er stets rasch zur Sache.

»Es gibt da eine Möglichkeit, Geld am Finanzamt vorbei zu verdienen. Besteht vielleicht Interesse?« Er stieß auf wenig Skepsis. An kleinen, dauerhaften Nebenverdiensten war vielen gelegen, mit nur fünf klaren Absagen trat er die Rückreise an. Er war über seinen neuen Nebenverdienst erfreut, hatte in Brindisi keine Fragen gestellt.

Hätte er es versucht, wäre er angelogen worden.

Kommissariat 20, Polizeidirektion Erbach/Odenwald

Uwe Leister wusste nicht so recht weiter. Der Erste Kriminalhauptkommissar, Chef der Regionalen Kriminalinspektion, ein altgedienter Beamter, saß mit Kolleginnen und Kollegen im K-20, hatte vor sich einen Stapel Papiere geordnet, deren Absender die Bundesbank in Frankfurt war. In schlichtem Amtsdeutsch wurde mitgeteilt, dass dort aufgelieferte Geldschein-Chargen von Odenwälder Banken und Bankfilialen in zunehmendem Maße Falsifikate enthielten, dies hätten die Prüfautomaten in Frankfurt zuverlässig festgestellt. Auch einige Odenwälder Filialen hätten mit entsprechenden Geräten Fälschungen entdeckt.

»Auf Grund der stets gleichen Fälschungsmerkmale stammt das Falschgeld unserer Einschätzung nach aus ein und derselben Quelle. Wir bitten Sie, dem nachzugehen.«

Wie, fragte sich Leister, gehen wir dem nach? Er schaute kurz auf die Bäume in der Lustgartenstraße.

»Ich gehe davon aus, dass das eine gut organisierte Truppe ist«, erläuterte Leister, »die vom Kiosk über die Kneipe bis hin zum Supermarkt und Textilgeschäft auf Achse ist. So lange wir da keinen konkreten Zugriff haben, einer direkt an der Kasse erwischt wird, werden wir nicht rankommen. Ich denke, wir gehen mit einem klar formulierten Warnhinweis an die Öffentlichkeit, die Presse, ansonsten bleibt uns Kommissar Zufall. Außerdem sind wir nicht alleine betroffen. Das ist seit geraumer Zeit eine richtige Welle, die über ganz Südhessen schwappt. Im Landkreis Darmstadt-Dieburg, im Rheingau-Taunus-Kreis, also fast schon flächendeckend. Es muss eine große Truppe sein, die hier ihre Kohle wäscht, es könnte sich um Bulgaren handeln, das wäre der Klassiker. Da hilft nur Öffentlichkeitsarbeit samt juristischen Hinweisen, damit Geschäftsleute mehr Vorsicht walten lassen. Man muss denen auch klar machen, dass sie, haben sie Blüten in der Kasse, Verlust machen, vielleicht zieht das dann.«

Damit hatte Leister recht. Zwar verfügte so mancher Geschäftsinhaber im Odenwaldkreis und anderswo über Falschgeldprüfgeräte, die je nach Ausführung zwischen fünfundzwanzig bis weit über eintausend Euro kosteten, es gab auch Geldzählgeräte und Registrierkassen, die Fälschungen erkennen konnten, doch noch größer war die Zahl an kleinen und mittleren Geschäften, die sich einfach darauf verließen, dass alles gut gehen würde.

Das war die Lücke, die Pietro Lombardi bei seinen Anwerbungen wie warme Semmeln anpries. Er hatte nun über Wochen hinweg eine Gruppe vorwiegend junger Männer aus italienischen Familien und der Italo-Gastronomie im Südhessischen rekrutiert, sie umfassend eingewiesen.

»Ihr müsst nachsehen, ob in den Geschäften Kontrollgeräte stehen, das ist wichtig. Ihr müsst in viele unterschiedliche Orte gehen, auch nach Heidelberg, Mannheim, Ludwigshafen, nach Lindenfels oder Groß-Umstadt zum Beispiel. Setzt euch eine Baseballmütze auf, die Köpfe ein wenig nach unten, es gibt überall Kameras.«

Dann hatte er sie mit falschen Zwanzigern ausgestattet zum ersten Testlauf losgeschickt. Die jungen Männer zogen vorwiegend an umsatzstarken Samstagen los, mischten sich unter größere Käuferscharen, stellten rasch fest, dass das Risiko gering war. Beim nächsten Treffen ließ Lombardi durchblicken, wenn man gute, vertrauensvolle Freunde habe, konnte man diese natürlich ansprechen.

»Die erste Lieferung bekommt ihr auf Kredit, die nächste bezahlt ihr anteilig mit eurem Verdienst, so geht das weiter. In einiger Zeit rufe ich euch an, dann erfahrt ihr, wer der Lieferant sein wird, mit dem müsst ihr dann Treffen vereinbaren. Das kann in Kneipentoiletten stattfinden, Wohnungen, egal. Der Lieferant wird, wenn er euch in Wohnungen trifft, auch etwas anderes liefern. Preiswerten Mozzarella oder ein bisschen Gemüse aus der Heimat, das fällt dann nicht auf.«

Mit einer Kollektion von Namen, Adressen und Handynummern fuhr Lombardi zurück nach Brindisi, war gut zwei Tage unterwegs.

Auf der Fahrt erinnerte er sich an die Gespräche mit Martemucci und di Petris.

»Es macht nur Sinn, das gewaschene Geld zu transportieren, aber nicht zu überweisen«, hatte ihm Martemucci erklärt. »Wenn du alle Nase lang zur Bank gehst und überweist große Mengen Geldscheine irgendwo hin, kann das auffallen. Das ist uns mit Koks auch schon passiert. Aber mit einem guten Versteck in einer alten Karre schaukelt man das schon ganz gut.«

Di Petris hatte ihm in Aussicht gestellt, weitere Verteilerkreise aufbauen zu können: »Wir denken da an Österreich, weil du so gut Deutsch sprichst. Wir haben dort Leute für andere Sachen, also Adressen und so, das besorgen wir dir dann.«

Für Lombardi war der neue Job ein sicheres Geschäft. Auf der langen Fahrt nach Brindisi sinnierte er. Mit Falschgeld konnte ihn kaum jemand erwischen, den Transport sollten ja andere ausführen. Er ahnte auch, was Martemucci, di Petris und Colonelli mit den gewaschenen Scheinen machen würden. Die eingenommenen, sauberen Bargeldmengen konnten in Italien wie auch im europäischen Ausland in Immobilien- und Grundstückskäufe investiert werden, von diesem Verfahren, dessen sich inzwischen auch kriminelle türkische Organisationen bedienten, hatte er vor Wochen in der Zeitung gelesen.

Aus dem Artikel ging auch hervor, dass für mafiaähnliche Organisationen die Zeit des Ermordens und Bombenlegens weitgehend vorbei sei, man bediene sich seriöserer Methoden, die keinerlei Aufmerksamkeit erregten, investiere in Firmen, Hotels, Freizeitparks, Bauprojekte.

Dass ab und an doch eine Pizzeria brannte, es dabei auch Opfer gab, dass hin und wieder ein Mord geschah, sei der Uneinsichtigkeit gewisser Clans zuzuschreiben. Lombardi freute sich auf Brindisi, sein Honorar, seine Frau Maria, die während seiner Abwesenheit mit einer Schwester die Osteria am Laufen hielt.

Auf ihre Frage nach dem Zweck der Reise hatte Lombardi kurz angebunden »Geschäfte« gesagt. Dass Maria nach seiner Abfahrt Stoßgebete zum Heiligen Laurentius geschickt hatte, blieb ihm verborgen.

Polizeipräsidium Südhessen

Präsident Holger Gössner, mittelgroß, durchtrainiert, markante Nase, lehnte sich entspannt im Schreibtischstuhl zurück. Sein Blick fiel auf die dunkle, hölzerne Schrankwand rechts von ihm, auf der in einer kleinen Nische diverse Pokale aufgestellt waren. In Kürze würde einer hinzukommen, der IPA-Pokal, stets mit etwas Brimborium verliehen, wenn ein

Gastgeber für eine Tagung der *International Police Association* Gutes getan hatte.

Vor Jahrzehnten vom Briten Arthur Troop gegründet, hatte die *IPA* in der Bundesrepublik inzwischen knapp sechzigtausend Mitglieder, die – ohne Ansehen von Dienstrang und Namen – internationale Polizeifreundschaften pflegten.

Gössner war stolz, dass man ihm die Ausrichtung des Treffens überlassen hatte, wochenlang hatte ein kleiner Stab aus der Präsidialabteilung geplant, für Quartiere gesorgt, Freizeitarrangements vorbereitet.

Vor wenigen Minuten war Gössner mit seiner Begrüßungsrede fertig geworden, freute sich, Kolleginnen und Kollegen aus vieler Herren Länder im Darmstädter Kongresszentrum, dem *Darmstadtium* begrüßen zu können. Der Innenminister hatte, wie der Oberbürgermeister auch, sein Kommen zugesagt, Schnittchen und Getränke waren geordert.

Gössner zog die Schreibtischschublade auf, warf einen Blick auf einige Schwarz-Weiß-Fotos, Tatortaufnahmen. Dem einen oder anderen vertrauten Kollegen würde er sie vielleicht zeigen, Reminiszenzen aus seiner Zeit als Under-Cover-Beamter.

Aus sämtlichen Abteilungen des Präsidiums hatte der Präsident Gästebetreuer ausgewählt. Alles war perfekt geregelt.

»Jetzt darf aber nix passieren, Herr Gössner, sonst steht unsere Planung auf der Kippe«, hatte Treisch seinem Präsidenten gesagt.

»Was soll schon passieren? Wir haben alles im Griff. Ansonsten: wir kriegen sie doch alle.«

Das war der Lieblingsspruch des Präsidenten, bekannt im ganzen Haus, nicht von jedem akzeptiert.

Darmstadt, Wald am Vivarium

Der Schrei war laut, derart gellend, dass selbst die wenigen Besucher im Darmstädter Kleinzoo *Vivarium* erschrocken zusammenfuhren. Er verhallte in den Bäumen am Schnampelweg, dann waren Hilferufe zu hören, etwas leiser, aber immer noch in hohem Diskant. Rufe einer Frau in Panik.

Martin Liebertz war auf dem Weg in Richtung *Fischerhütte.* Er zerrte Prometheus, seinen etwas eigensinnigen Beagle, an der Leine, machte sich mit schnellen Schritten auf den Weg in die Richtung, aus der die Rufe gekommen waren. Sie passten so gar nicht zu diesem Spätfrühlingstag, dem leichten Rauschen im hellgrünen Blätterwald, den wärmenden Sonnenstrahlen.

Liebertz stolperte links vom Weg eine kleine Anhöhe hinauf, dort stieß er nach wenigen Metern auf eine schlanke, zitternde Frau um die Zwanzig in hellblauer Joggingkleidung, die sich beide Hände an den Kopf presste, ihn mit vor Entsetzen weit aufgerissene Augen anstarrte.

»Da! Da!« Mit der Rechten zeigte sie hinter sich. Prometheus knurrte erregt, Liebertz wickelte sich die Leine um das Handgelenk, machte drei, vier Schritte nach vorne. Dann war es an ihm, entsetzt zu sein.

Vor ihm, unter einem Dickicht, lag ein Frauenkörper. Bauchlings, aufgedunsen, eine hellblaue Bluse war bis zu den Schulterblättern hochgeschoben, ein roter Slip kringelte sich um den Knöchel des rechten Beines, daneben ein offenbar zerrissener roter Büstenhalter. Schuhe oder sonstige Bekleidungsteile waren nicht zu sehen.

Myriaden von Fliegen stoben auf, als Liebertz noch einen Schritt näher trat. Ein unangenehmer, süßlichmoderiger Geruch schlug ihm entgegen, er taumelte, fasste sich dann. Einige grüne, braune und blaue Flecken auf den Beinen der Frau fielen ihm ins Auge, verstärkten seinen aufkommenden Würgereiz. Die Arme der Frau waren weit vom Körper abgespreizt, die Finger schienen sich ins feuchte Erdreich zu krallen. Liebertz trat noch einen Schritt zurück, prallte mit der hinter ihm stehenden Joggerin zusammen.

Diese war derart fassungslos, dass sie keinen Ton heraus bekam.

»Wir müssen sofort, Polizei, müssen wir«, stammelte Liebertz. Er nestelte zittrig sein Handy aus dem Anorak.

Er solle sich der offensichtlich Toten nicht weiter nähern, empfahl ihm eine sonore Stimme, nachdem er den Notruf gewählt hatte, vor Ort warten, erste Kräfte würden rasch eintreffen.

Tatsächlich war kurz darauf das Gellen von Martinshörnern von der Heinrichstraße her zu hören. Hinter Liebertz knackten dürre Äste, raschelte Laub, kamen zwei ältere Männer den Hügel hoch, atemlos, fragten, wer um Hilfe gerufen habe. Liebertz wies auf das, was einmal ein lebendiger Mensch gewesen war. Der eine Mann erbrach sich würgend, stützte sich an einer kräftigen Buche ab.

Zehn Minuten später wies ein rot-weißes Flatterband mit der Aufschrift »Polizeiabsperrung« darauf hin, dass aus der Fundstelle ein Tatort geworden war. Ein Notarzt sprach beruhigend auf die junge Joggerin ein, schlug vor, ihr ein Beruhigungsmittel zu injizieren.

Etwas später traf eine Gruppe von Männern und Frauen des Erkennungsdienstes in Zivil ein, zog sich Atemschutzmasken, weiße Schutzkleidung mit Kapuzen, Überzieher für die Schuhe und Einmalhandschuhe an, andere öffneten große, silberfarbene Koffer, machten Fotoapparate bereit und akkubetriebene Lampen, die wie überdimensionale Leuchtröhren aussahen.

Ein großer Pulk Neugieriger, Spaziergänger, Radfahrer, hatte sich diskutierend am Weg hinter der Absperrung versammelt, wo eine junge Kriminalkommissarin versuchte, mit Martin Liebertz ins Gespräch zu kommen. Er zitterte am ganzen Leib.

Heinz Dobler, stellvertretender Leiter des K-10, dem unter anderem für Gewaltverbrechen zuständigen Kommissariat, stand etwas abseits. Er telefonierte mit der Bereitschaftspolizei.

»Ich denke schon großräumig, wenn ihr uns zwei, drei Züge rüberschickt, wäre das gut. Es ist ein Hochwaldgebiet mit relativ wenigen Büschen, eigentlich übersichtlich. Vielleicht finden eure Leute etwas, was uns einen Hauch weiterbringt. Kollegen, die euch einweisen, sind genügend hier.«

Ein Stück von Dobler entfernt spielten zwei Jungen unten am Darmbach.

»Peng, Peng«, rief der eine. »Jetzt bist du tot.«

Darmstadt-Eberstadt, Süd III

Als Wladimir Strimpfel seine zerkratzte, betagte Wohnungstür abgeschlossen hatte, registrierte er missbilligend den intensiven Geruch nach Kohlsuppe, der über den Gang zog. Dann fiel sein Blick auf die gegenüberliegende Tür, besser gesagt, auf den dünnen Spalt zwischen ihr und dem mit billigen Fliesen bedeckten Flurboden. Er stutzte, trat etwas näher, beobachtete aufmerksam, wie kleine, sehr helle Maden unter der Tür hindurch auf den Gang krochen.

Als der Deutschrusse noch in der Ukraine gelebt hatte, hatte er ein ähnliches Erlebnis gehabt. Zwei Türen weiter trat Mohammed Ben Yussuf auf den Gang, blickte zu Strimpfel. Der warf dem Nachbarn einen Blick zu. »Da ist was komisch.« Ben Yussuf nickte, ging Richtung Aufzug, von wo aus er weiter auf Strimpfel schaute.

Der drückte den Klingelknopf unter dem abgewetzten Papierschildchen mit der Aufschrift »Percussi«, hörte ein leises Schnarren im Inneren der Nachbarwohnung. Nichts rührte sich, Strimpfel warf einen Blick auf Ben Yussuf, der noch immer zu ihm hin schaute, er klopfte hart mit den Knöcheln an die Tür, rief: »Percussi, bist du zu Hause?«

Keine Reaktion. Inzwischen waren weitere Maden unter der Tür durchgekrochen, näherten sich in Zeitlupentempo seinem Schuhwerk.

»Was ist?«, rief Ben Yussuf. Der Russe gab ihm keine Antwort, dann schloss er seine Wohnungstür auf, griff zum Telefon.

»Mir denkt sich, können Wurme sein von jemand was tot«, erklärte er zwanzig Minuten später zwei jungen Polizeibeamten, die neben ihm im dem Flur standen.

»In alte Heimat wir hatten das bei Nachbar, erst war tot, dann Wurme. Wurme kommt, wenn warm ist in Zimmer, kommt dann raus von Leische.«

Die beiden Beamten schauten ihn etwas verlegen an.

»Ist das ein Mann, dieser Percussi, oder was?« fragte der eine.

»Er Mann, heißen Percussi, war Besuch auch, junge Frau. Aber ich paar Tage nicht sehen beide. Sollen Tür brechen auf?«

Die Polizisten waren unschlüssig, fragten nach dem

Hausmeister. »Der muss doch einen Schlüssel haben, oder?«

Der Satz hing noch in der Luft, als Strimpfel mit einem kräftigen Ruck der rechten Schulter an die Tür krachte, die quietschend aufflog. Ein unangenehmer, ekelhafter, leicht süßlicher Geruch kam ihnen mit einem Schwall warmer, stickiger Luft entgegen.

»Das hätten sie jetzt aber nicht – pfui Deibel«, reagierte der eine Polizist.

»Pfui Deibel nochmal, das stinkt ja ekelhaft.« Strimpfel grinste.

»Wenn Leben weg, ist Mensch Scheißhaufen. Wollen gucken?«

Er machte Anstalten, in den schmalen, mit Kartons zugestellten und etwas düsteren Flur zu gehen. Der eine Polizist hielt ihn zurück, holte ein Papiertaschentuch aus der Hosentasche, presste es sich auf Mund und Nase, ging vorsichtig in die kleine Wohnung. Nach wenigen Sekunden kam er kreidebleich zurück.

»Ich muss kotzen, Mann, muss ich kotzen. Ich kotz gleich los.«

Sein Kollege schaute ihn skeptisch an. »Und?«

»Ex, da liegt einer, ex, aber wie.«

INSTITUT FÜR RECHTSMEDIZIN, KENNEDYALLEE, FRANKFURT

VIER STUNDEN NACH dem Fund der Frauenleiche standen der Erste Hauptkommissar Dobler, Markus Wohlgemuth vom Erkennungsdienst und Staatsanwalt Frieder Machenbach neben Professor Ewald Kratze und seiner Assistentin im Sektionsraum vor dem leblosen, blassen Frauenkörper auf dem Edelstahltisch.

»Was die Vergewaltigung angeht und die Abstriche, also das wird noch eine Weile dauern«, dozierte der Chef des Hauses. »Zum Fundzeitpunkt dürfte sie zirka eine Woche tot gewesen sein. Ich konnte ja nur von den Temperaturen in diesem Waldstück ausgehen, deshalb der Spielraum im Augenblick. Die Besiedlung durch Insekten, die Eiablage, Insektenfraß an diversen Weichteilen, tja, wir können das, wenn wir den Magen freipräpariert haben, weiter eingrenzen. Wir haben unser Augenmerk auch auf die Textilien gerichtet, dort einige mikroskopisch kleine Fasern am Unterleib sichergestellt. Ob das fremde sind oder von ihrer Kleidung, da muss die Kriminaltechnik ran. Die Todesursache ist auf jeden Fall eindeutig.«

Kratze hob behutsam mit beiden behandschuhten Händen den auf einem Polster liegenden, entstellten, im Gesichtsbereich aufgedunsenen Kopf der Unbekannten hoch. »Schauen sie hier.«

Die Umstehenden mussten sich tief bücken.

»Eine klar konturierte Drosselfurche seitlich, auch vorne am Hals, in Verbindung mit dem frakturierten Zungenbein eindeutig eine Strangulation mit einem extrem dünnen Draht oder einer Art Angelschnur. Sehr ungewöhnlich. Also, von der Häufigkeit her. Das sieht schon nach einer professionellen Tat aus. Keine Würgemale am Hals, da müssten wir eindeutige Fingerspuren sichern können, also das war eine Ruck-Zuck-Angelegenheit. Und jemand, der zu seiner Sicherheit wohl kräftige Handschuhe getragen hat, weil Draht oder Schnur bei dem enormen Zug natürlich auch die Hände des Täters verletzen können. Der hier schnell, stark, brutal zugeschlagen hat. Zielführend, um mal so ein Modewort zu benutzen.« Kratze lächelte.

Rund um den Hals der Toten war ein hauchfeiner hellroter Strich zu sehen, der sich tief in die Haut eingekerbt hatte.

»Am Tatort, falls der Fundort damit identisch ist, haben wir nichts gefunden, auf jeden Fall keinen Draht oder ähnliches«, brummelte Wohlgemuth.

»Wir haben schon mal den Zahnstatus erhoben«, erläuterte Professor Kratze. »Operationsnarben haben wir keine entdeckt, zum Thema Mageninhalt und so weiter kann ich Ihnen was sagen, wenn wir so weit sind. Ich schätze sie auf zwanzig bis fünfundzwanzig Jahre, südländischer oder auch ein wenig östlicher Typus, Status unauffällig, eher sportlich.«

Kratze hob eine bleiche Hand hoch.

»Thema Fingernägel, die Herren, nichts, außer Fragmenten von Blättern und Waldboden. Allerdings, gemessen an der Fundsituation, wie sie da so lag, hat sie sich nicht mit den Händen in den Boden gekrallt, da müssten wir entschieden mehr Anhaftungen unter den Nägeln finden, was mir zu denken gibt.«

Dobler zog die Augenbrauen hoch.

Kratze lächelte. »Dahingehend, dass wir glauben, dass sie sich überhaupt nicht gewehrt hat. Was für eine Vergewaltigung ja nun mal sehr untypisch wäre, oder? Meiner These nach ist sie dort im Wald abgelegt worden. Die Druckstellen an den Hand- und Fußgelenken können auch ein Indiz dafür sein, dass sie an diesen Stellen gefesselt war.«

Dobler kratzte sich nachdenklich am Hinterkopf.

»Das ist denkbar. Man kann mit dem Auto bis hinter das *Vivarium* gefahren, sie dann diese kleine Anhöhe hoch getragen haben. Da müssten es aber eher zwei Mann gewesen sein, oder? Oder einer mit ziemlicher Kraft in den Knochen. Das werden wir bei der Fahndung berücksichtigen. Was halten Sie von den Hämatomen an ihren Beinen?«

Der Professor hatte auch dafür eine Erklärung.

»Gesetzt den Fall, man hat sie an einem anderen Ort ums Leben gebracht, dann können Hämatome dieser Art entstehen. Wenn zum Beispiel in einem Kofferraum oder auf einer Ladefläche Gegenstände herumliegen, die Druck ausüben. Wir haben unterhalb des linken Knies eine Stelle entdeckt und fotografiert, die fast quadratisch ist. Denkbar ist aber auch, dass sie lebendig an den Fundort gebracht wurde, der Täter ist von hinten auf sie los.«

Wohlgemuth nickte. »Da geb ich Ihnen recht, das war uns auch aufgefallen. Und jede Art von Fußspuren kann man da sowieso vergessen, sind ja schon welche um sie rumgetrampelt. Kann ich jetzt mal, wenn Sie vielleicht die Lampe etwas weg schwenken, ein paar Fotos machen, also vom Gesicht?«

Kratze bestätigte.

»Keine Uhr, kein Ring, Etiketten aus dem bisschen Kleidung herausgetrennt, da hat, wer auch immer, ganze Arbeit geleistet.«

»Und keine Vermisstenmeldung bis jetzt.« Doblers Stimme klang resigniert. Sein Handy machte sich mit einer grellen Fanfare bemerkbar, das Gebimmel trug ihm einen kritischen Blick von Professor Kratze ein. Dobler lauschte einen Augenblick, sagte »Gottverdammte Hurenkacke!«, schaltete ab. Wohlgemuth schaute ihn fragend an. Dobler holte tief Luft.

»Leichenfund in Eberstadt, sieht nach Mord aus.«

LUCIANO PINDUI, EIN sichtlich wohlgenährter Endfünfziger, saß auf der Bettkante, starrte auf den beigefarbenen Teppichboden. Der neue dunkelblaue Anzug, vor einigen Tagen bei Udine im Markt *Alpe Adria* gekauft, zwickte, engte ihn ein. Das ebenfalls neu gekaufte weiße Hemd, der schicke, seidene Schlips, beengte seinen kräftigen Hals.

Er fühlte sich nicht wohl, irgendwie verloren, am falschen Ort. Sieben Etagen unter ihm brauste der Lärm der Großstadt, das aggressive Sirren von Moped-Motoren vermischte sich mit dumpfem Gedröhn starker Dieselaggregate, die Stadt hatte ihren eigenen Klang. In der Ferne waren Martinshörner zu hören.

Das Schild von der *IPA*, der *International Police Association*, das sein Foto trug und seinen Namen, baumelte am blauen Band um seinen Hals. Commissario Luciano Pindui war in Gedanken in seiner Heimat, in Campagniola, dem bäuerlich geprägten Vorort von Gemona del Friuli im norditalienischen Friaul.

Da hätte er nun irgendwann an diesem Tag am großen Holztisch unter dem Nussbaum im Garten sitzen können mit den Freunden. Täglich, vom Frühjahr bis hin zum Herbst, tauchten sie gegen achtzehn Uhr auf, fuhren mit dem Auto vor den Pferdestall, parkten, riefen ihm ein »Mandi« zu, nahmen Platz auf den harten Holzbänken. Eigentlich ungebetene Gäste, es hatte sich über die Jahre so ergeben.

»Ich fahre mal«, verkündeten seine Besucher drüben in Gemona, in Venzone, Artegna oder Trasaghis, die Ehefrauen oder Lebensgefährtinnen quittierten mit einem Nicken, die eine oder andere wies darauf hin, dass die Carabinieri, die Polizia Municipale oder die

Polizia Stradale seit längerer Zeit keine Gnade mehr kannten, kam einer mit Alkohol am Steuer daher.

Pindui würde Manuela, seine Frau, in den Anbau schicken um eine Flasche Roten und Gläser zu holen. Er war, wie viele ältere Friulesen, der Kommandogeber im Haus, aber paradoxer Weise auch der Chef im Garten.

Manuela, gewohnt zu bedienen, zwölf Jahre hatte sie im Thuner Oberland für schlechtes Geld willig gekellnert, dann den Schweizer Zungenschlag mit nach Hause gebracht, lief täglich ohne Murren. Sie stellte Gläser auf den Tisch, die Weinflasche, dann blieb sie abwartend, schweigend, mit verschränkten Armen unter dem Baum stehen. Pindui fand das völlig in Ordnung, selten wies er ihr mit einer knappen Geste einen Sitzplatz an.

Bei schlechtem Wetter versammelte man sich in der geräumigen Küche, auch hier stand Manuela stets dienstbereit neben dem vollbesetzten Tisch.

»Wir haben keinen Wein mehr«, verkündete ihr Mann, sie lief klaglos, neuen zu holen.

Pindui war aus seiner Welt selten herausgekommen. Venedig, ja, dorthin hatte man einmal einen Ausflug gemacht, auch nach Salzburg, sogar München. Ihn zog es nicht in andere Länder, eher hinauf nach Sauris, gut achtzig Serpentinen, bösartige Spitzkehren waren zu bewältigen, rechts ging es, neben einer dünnen Brüstung, gut hundert Meter senkrecht hinab.

Oben, auf gut 1.200 Metern, empfing einen Unter-Sauris, dann Ober-Sauris. Theoretisch war das für Pindui fast ein Ausflug nach Deutschland, denn Sauris, wo seit Jahrhunderten noch Zahrisch gesprochen wurde, bildete eine ureigene Sprachinsel im Friaul, das selbst auch eine war. In Sauris di Sopra, im Oberdorf, besuchte er seinen Freund Amadeo Petris, einen kernigen Schweinezüchter, der auch Milchvieh hielt, sie waren zu zweit auf den steilen Bergwiesen unterwegs, trieben mit Vorschlaghämmern Holzpfosten zur Weidebegrenzung in den steinigen Untergrund, gönnten sich später einen mitgebrachten Roten, labten sich am Speck di Sauris, einer gesuchten, luftgetrockneten, mit Bergkräutern gewürzten Spezialität des Dorfes.

Darmstadt, ihm bis dahin völlig unbekannt, würde nun für einige Tage seine Heimat sein, Pindui schaute auf die Uhr, noch Zeit, bis man ihn abholen würde. Zeit, um an die Heimat, die Freunde zu denken.

Irgendwann würden sie zu Acht oder Zehnt am Tisch sein, Rambo, sein Mischlingsrüde, würde zwischen kräftigen Männerwaden, gestählt durch zahllose Bergtouren, herumwuseln. Sie würden aus dicken, einfachen Gläsern den leicht bitteren, hausgemachten Roten trinken, plaudern, den mächtigen Berg Monte San Simeone, das Maisfeld in seinem Rücken. Wenn der Wind die Kolben streichelte, gab es ein knisterndes Geräusch, ein leichtes Rauschen. War der Mais reif, stand die Ernte an, kam die altertümliche Mahlmaschine nach der Trocknung der Körner zum Einsatz, später würde aus dem Mehl unter Zugabe von heißem Wasser und einer Brise Salz Polenta, das friulesische Nationalgericht, entstehen.

Manuela verfeinerte die zähe Paste, die gut eine Stunde lang gerührt werden musste, unter Zugabe von Eidottern und Butter, hellgelb und cremig war das Ergebnis. Letzten Endes ein Arme-Leute-Essen, doch selbst im kultigen Betrieb des Gastro-Tempels *Villa Manin* im nicht allzu fernen Codroipo wurde inzwischen Polenta gereicht, sehr, sehr cremig.

Das Hotelfrühstück, ein Continental Breakfast, hatte

er verschmäht. Ein Kanten Weißbrot, drei, vier Scheiben Salami, wenn möglich aus dem Bergdorf Sauris, hätten ihm gut getan.

Er hatte vor einer guten halben Stunde zwischen Damen in dunklen Hosenanzügen und Herren, die ohne Jackett herumeilten und kleine Bratwürste, Speck, Rühreier, Lachs, Fleischsalat von dem riesigen Buffet angelten, herumgestanden, dem fragenden Koch keine Antwort gegeben, als der ihm ein frisch zubereitendes Omelett offerierte.

Der Commissario hatte sich im Stehen mit einer Tasse schwarzem Kaffee begnügt, sich wieder in sein Zimmer begeben, erneut an die ferne Heimat gedacht, den Tisch im Garten, die Freunde. Pindui, wie ihn alle nannten, würde irgendwann aufstehen, in den Hausgarten gehen, mit zwei Handvoll saftiger, aromatischer Tomaten und großen Melanzane zurückkommen.

»Hier, nehmt euch nachher was mit.«

Er verschenkte gerne, zum Leidwesen seiner Frau. Regale voller eingemachter Gurken, raffiniert gewürztem Sugo für die Pasta, Säcke voller Kartoffeln, leicht rosafarben, gut geeignet für ein Fricco, warteten auf Abnehmer. Der riesige Hausgarten warf erkleckliche Mengen an Gemüse und Salat ab. Pindui und Manuela, ihr Hobby war die Landwirtschaft, waren Überproduzenten, sehr zur Freude des gewaltigen Freundeskreises, selten ging einer mit leeren Händen vom Hof.

Nur mit seinem Spezialgrappa ging Pindui vorsichtig um. Das Gebräu sah eher wie Kräutertee in einer klaren Flasche aus. Fragte einer wegen der grünen Farbe, zeigte Pindui mit großer Geste auf seine Ländereien, sagte kurz: »Sedano.«

Kleine Sellerieschnitzel, drei Monate lang verbrachten sie im Grappa-Fass, gaben dem Gebräu das, was die selten damit Beschenkten einen »grande gusto« nannten, einen tollen Geschmack, mild und doch alkoholisch. Manuela würde dem alten Hannoveraner Schimmel gerade Heu in den Stall geben, vielleicht, wenn der Wind es gut meinte, konnte man von drüben, aus Gemona, den Klang der Domglocken hören.

Es war keine gute Idee des Dottore, seines Polizeipräsidenten, der ihn vor gut zwei Wochen in der Questura, dem Präsidium in der Viale Venezia in der Provinzhauptstadt Udine, zu sich gebeten hatte.

»Setz dich, Pindui, bitte.«

Der untersetzte kleine Mann um die Sechzig mit dem roten Gesicht und den stets etwas zu kurzen Hosenbeinen, musste den Stuhl vor dem Schreibtisch des Questore ein Stück zurückschieben, um sich bequem setzen zu können. Die Kugel, die sich über seinem Gürtel wölbte, von ihm gerne »Grossentrippen« genannt, einer eigenwilligen Fehlübersetzung des Begriffs »grande trippe«, was in etwa »Dickbauch« bedeuten konnte, aber genau übersetzt »große Kutteln« hieß, benötigte ihren Platz. Der Questore strich sich über den gepflegten Oberlippenbart.

»Du bist jetzt über dreißig Jahre bei uns, Kollege, du hast immer gute Arbeit geleistet. Deshalb bist du auch Commissario geworden, obwohl das nicht so ganz zu deinem Bildungsstatus gepasst hat. Aber was rede ich da. Nun«, der Questore ordnete einen Stapel Papier auf seinem reichlich unaufgeräumten Schreibtisch, lehnte sich zurück, sein Hemd spannte bedenklich im Bauchbereich, »nun, Pindui, habe ich beschlossen, dir einmal Gutes zu tun. Du hast dir den Hintern aufgerissen in dieser Sache mit dem illegal entsorgten Müll, aus dem sie dann in Linz Kompost gebastelt haben. Du warst ganz vorne mit deiner Truppe, als wir uns den

Mafia-Boss gegriffen haben, du hast eine tolle Arbeit geleistet. Eigentlich war das bei dir immer so.«

Pindui fragte sich, was ihm der Questore Gutes tun wollte. Eine Versetzung vielleicht, nach San Daniele, ins Schinkenparadies? Zur Fahndung, wo es weniger Überstunden gab? Oder nach Cividale, was mit einer blöden täglichen Fahrerei verbunden wäre? Verunsichert rutschte er auf dem unbequemen Stuhl herum, schaute seinen Chef an.

»Du kennst doch sicher die *IPA*, Pindui, oder?«

Das sagte ihm gar nichts. Scheiße, dachte Pindui, da kommt was auf mich zu. Er nickte dezent. Besser, wissend zu tun, als anders herum.

»Die – die *IPA*. Ja, also ...«

Der Dottore grinste.

»Die Internationale Polizei-Assoziation, *IPA*.«

Der Questore strahlte ihn an. Pindui nickte bestätigend. »Klar, die *IPA*. Klar.«

Dottore Andrea Tizzio holte Luft.

»Also, ich mache es kurz. Da gibt es einen Kongress in Deutschland, in Darmstadt. Fast eine ganze Woche. Darmstadt, lieber Pindui.«

Den Namen der Stadt hatte der Questore wie eine Verheißung ausgesprochen, langgezogen, so wie man »Romagnola« ausspricht, als sei das ein paradiesisches Geschenk, eine Verlockung, die großzügige Belohnung für jahrzehntelanges Schuften, hunderte Überstunden, häufige Schlaflosigkeit.

Darmstadt.

»Da schicke ich dich hin. Das ist eine Großstadt, die haben gut 150.000 Einwohner, nahe bei Frankfurt, das kannst du dir dann auch anschauen. Das hast du dir verdient, Pindui. Außer Spesen nichts gewesen. Du musst nur einen kleinen Vortrag halten, am besten einen, der die italienische Polizei als die letzten Helden Europas darstellt, das würde mir sehr gefallen.«

Tizzio stieß eine dröhnende Lache aus, räkelte sich in seinem alten, mit rotem Leder bespannten Polstersessel. Pindui spürte, wie ihm etwas flau im Magen wurde.

»Aha, ja«, stotterte er und dachte, wie schrecklich, Darmstadt, Frankfurt! Was soll ich da?

Tage später hatte ihm der Direktflug Venedig-Frankfurt viel abverlangt, Manuela hatte ihn, schweigend, gut eineinhalb Stunden an langweiligen Maisfeldern und brettflachen Weingärten vorbei zum Flughafen transportiert, war versehentlich auf den Langzeit-Parkplatz gefahren, ein gutes Stück vom Terminal des *Marco Polo* entfernt.

Gemeinsam schleppten sie im Wechsel den alten Koffer, mitleidig von Menschen beobachtet, die ihre schicken Trolleys elegant mit leichtem Tackern hinter sich her zogen.

Zum zweiten Mal in seinem Leben war Pindui nach der Landung mit dem Taxi gefahren, vom Flughafen zum Hotel am Darmstädter Stadtrand, zum Glück erkannte er vorher auf dem Weg zu den Gepäckbändern auf dem *Fraport* einige Mitreisende, ordnete sich am richtigen Band ein. Auf einer Anzeigetafel blinkte »Venedig«. Wenn ich zurückfliege, sagte sich Pindui, muss in Venedig am Band folgerichtig »Frankfurt« stehen. Das beruhigte ihn.

Der Taxifahrer hatte ihn auf Englisch gefragt, ob er schon einmal in Darmstadt gewesen sei, ob er das Hotel kenne. Der sonst so clevere Commissario fiel prompt auf den ältesten Taxifahrertrick der Welt herein.

»No, first time Daremmestatt.«

Sie waren dann reichlich lange unterwegs, zuerst über eine breite Autobahn, eine Abfahrt, Haupt- und Nebenstraßen, stoppten an zahllosen Ampeln. Pindui ließ sich, eingedenk der Worte des Questore, außer Spesen nichts gewesen, eine Quittung über zweiundachtzig Euro geben, als sie endlich am Hotel ankamen.

Jetzt würde er, sein Blick fiel aus dem Hotelfenster, einige Tage in dieser fremden Stadt verbringen, keine Chance haben, nach den Tomaten zu sehen oder mit den Freunden am Holztisch zu sitzen. Ein schönes Geschenk.

Vor allem für einen wie mich, ging es ihm durch den Kopf, der kein Wort Deutsch versteht und besser Furlans, die Sprache der norditalienischen Heimat, denn Italienisch spricht. Er blickte auf das zwischen seinen Schenkeln baumelnde Schild. Da schaute ihn ein wohlgenährtes reichlich gerötetes Gesicht an mit einem knabenhaften Lächeln. Die Jungs vom Erkennungsdienst in Udine hatten es gut gemeint, gesagt, für ein solches Foto sei Lächeln erlaubt.

Pindui lächelte gerne. Wenn er das tat, sah er aus wie ein Sechzehnjähriger, dem man zu Weihnachten das lang ersehnte Moped geschenkt hat.

In einer guten halben Stunde würde man ihn abholen, er würde unsicher in diesem riesigen Hotelfoyer stehen, in all dieser Pracht, mit dem Schild um den Hals, wie es sich für einen Kongressteilnehmer gehörte – damit er vom Abholer auch identifiziert werden konnte.

Der etwas zu enge Hemdkragen kratzte, er fuhr mit einem Finger zwischen Hals und Kragen entlang. Zu Hause trug er großkarierte Baumwollhemden, weiche, wärmende Textilien, darüber seinen blauen Overall mit den vielen praktischen Taschen.

Im Dienst trug er eher gewagte Kombinationen, Hauptsache, die Kleidung wärmte ihn oder ließ ihn die Sommerhitze ertragen. Mit Psychologie hatte Pindui nichts am Hut. So war es ihm auch nie bei dienstlichen Begegnungen mit allerlei Schurken und Gesetzesbrechern aufgefallen, dass die ihn stets kritisch musterten, kritisch, mit einem vielleicht verächtlichen Lächeln. So stellte man sich keinen Commissario vor.

Auf sein jeweiliges Gegenüber wirkte der Kriminalbeamte derb, bäuerlich, auf Grund seiner Leibesfülle, seiner zurückhaltenden Gestik auch gemütlich, langsam.

Doch hinter dieser Fassade wohnte ein hellwacher Geist, der sich nicht übertölpeln ließ. Pindui hatte sich eine raffinierte Fragetechnik zugelegt, die nicht an ein Verhör erinnerte, eher an einen dicklichen Polizeibeamten in unansehnlichem Zivil, der mit großen Augen neugierige Fragen stellte. Mit seiner zur Schau gestellten Gemütlichkeit gab er dem Gegenüber das Gefühl, sich in Sicherheit wiegen zu können. Sein phänomenales Gedächtnis ließ ihn nie im Stich, er verzichtete bei amtlichen Aktionen häufig auf die vorgeschriebene Protokollierung, was seinen Verhören den Anstrich einer privaten Unterhaltung gab. So liefen ihm die Ganoven ins Messer, oft aus reiner Selbstüberschätzung. Pindui drohte nicht, wurde nie energisch.

»Für mich«, so lullte er Kriminelle ein, »gilt immer die Unschuldsvermutung. Lassen sie uns die Angelegenheit wie zwei Partner angehen.«

Dass auch Partner einander reinlegen konnten, wurde seinen Opfern erst klar, wenn es zu spät war.

Der Questore hatte ihm gnädig erlaubt, dass er seinen Dienst-Laptop mitnehmen durfte. Tage hatte der Kommissar mit seinem Freund Valter de Cecco und dessen Sohn Enrico in der Via Aquileia an seiner Power Point-Präsentation gearbeitet, die er nun vorstellen sollte.

»Mafiastrukturen in Norditalien und ihre wirtschaftlichen Folgen«, hatten sie den fast einstündigen Vortrag überschrieben, dabei ihre liebe Mühe gehabt, immer wieder einfließende Worte aus dem Furlans, der friulesischen Landessprache mit slawischen und rätoromanischen Elementen zu tilgen.

Pindui ging zum kleinen Schreibtisch, studierte nervös einmal mehr die Kongressunterlagen. Für diesen Tag stand ein Kennenlernen mit Umtrunk im Darmstädter Polizeipräsidium mit einer anschließenden Stadtrundfahrt samt Abendessen »in einem typischen Lokal« auf dem Programm. Sein Blick fiel auf einen »Post it«-Zettel, den er übersehen hatte.

»Sie werden während des Kongresses von einer italienisch sprechenden Kollegin der *IPA*-Sektion Darmstadt, Kriminalhauptkommissarin Petra Herrmann, betreut. »

Sogar drei Telefonnummern der Dame waren aufgeschrieben. Pindui war froh, dass er aber auch das Englische gut beherrschte. Mit einigen Kolleginnen und Kollegen hatte er mehrere Kurse an der Universität in Udine absolviert, darauf wies auch ein gerahmtes, in seiner Küche hängendes Dokument hin, das ihn als »Studente« auswies, worauf er ziemlich stolz war.

Er schaute auf die von seinem Vater geerbte, gut sechzig Jahre alte Panerai-Uhr. Langsam Zeit, sich auf den Weg zu machen. Im Aufzug kontrollierte Pindui den Sitz seines Schlipses.

Er zerrte an den Hemdärmeln in der Hoffnung, dass sie ein wenig unter denen des Jacketts herausschauen würden, gab dann erfolglos auf, nachdem eine Etage unter ihm fünf Flugbegleiterinnen, offenbar aus Japan, schnatternd einstiegen und ihn mit ihren Trolleys in die Ecke drängten.

Mit einem kurzen Blick überzeugte sich Pindui, dass seine Mitfahrerinnen allesamt kleine, offensichtlich knackige Hintern und leichte Säbelbeine hatten.

Dass die schicken Damen ihre interessante Optik vielleicht mit Push-Up-Büstenhaltern, den Bauch straffenden und den Hintern modellierenden speziellen Strumpfhosen zu Wege gebracht hatten, kam ihm nicht in den Sinn. Im Hause Pindui beherrschten großvolumige Frauen- und Männerunterhosen aus Mako-Doppelripp die unteren Regionen, dicke, wärmende Socken aus Wolle, derbes Schuhwerk, Cordhosen mit abgewetzten Kniepartien sowie eine enorme Sammlung reichlich hässlicher, aber äußerst praktischer Hosenträger.

Manuela, die Duldsame, bevorzugte Schwarz, sah immer ein wenig traurig aus, vielleicht war sie es auch, gewohnt zuzuschauen, wie Pindui mit freundlichen Gesten die Produkte ihrer Ländereien an die Freunde verteilte.

Einkaufen, Kochen, Spülen, das war klassische Aufgabe der Frauen. Wenn es aber an die Gartenarbeit ging, langten die Männer hin.

Grillen war Männersache, damit waren die Friulesen auf dem internationalen Sachstand, und wenn in Berghütten irgendwo an den Hängen und in den Tälern der »Alpe Venezia Giulia« Hunger herrschte, zelebrierten sie den Küchenmeister, rührten stundenlang Polenta, wendeten Fricco oder rührten engagiert in Töpfen mit dampfenden Spaghetti.

Nun stand Pindui in der überdimensionierten Empfangshalle, der nebenan liegende Frühstücksraum verwandelte sich gerade mit Hilfe dienstbarer Geister in ein Restaurant.

»Herr Pindi?«

Die mittelgroße, burschikos wirkende Frau um die Fünfzig mit kurzem, blondem Haar und grellroter Windjacke, war wie aus dem Nichts zwischen herumeilenden Geschäftsleuten aufgetaucht. Pindui erschrak, stotterte.

»Si, sono Pindui, il Commissario di Udins.«

Eigentlich hätte er »Udine« sagen müssen, doch das Furlans steckte so tief in ihm, dass es sich gerade verselbständigt hatte.

»Ich bin Petra Herrmann«, sagte die Frau auf Italienisch. Sie hielt ihm die Hand entgegen, er reichte seine, zuckte unter dem energischen Druck ihrer Finger ein wenig zusammen. Sie erklärte ihm in gutem Italienisch, ihr Dienstwagen stehe einige Meter neben dem Hoteleingang entfernt, ansonsten würden sie später in der Tiefgarage des Präsidiums parken. Sie hakte ihn unter, zog ihn Richtung Tür. Unter der Windjacke war eine großkalibrige Pistole zu sehen, er war beeindruckt, bewegte sich zögerlich.

»Sie werden doch keine Angst vor mir haben, Kollege.« Lachend zog sie ihn nach draußen zu einem schwarzen 5er-BMW älterer Bauart.

Herrmann hatte gerade den Motor angelassen, als sich eine schnarrende Stimme aus dem Lautsprecher des Funkgeräts im Handschuhfach meldete. Sie griff zum Hörer, warf Pindui einen entschuldigenden Blick zu.

»Äh, ja, also, nee, ich hab alles im Wagen, ich braus gleich hin.«

Sie zog die Augenbrauen hoch, schaute ihren Gast fragend an.

»Das ist jetzt ganz blöd, ich habe einen Einsatz, sieht nach Mord aus. Am besten, wenn sie wieder ins Hotel – ach, wissen sie was, ich nehme sie mit.«

Pindui nickte ergeben, spürte einen Kloß im Hals. Mord. Der Anblick von drei Leichen, die ihm in seinen Dienstjahren untergekommen waren, ging ihm durch den Kopf. Die beiden zerschmetterten, durch Leichtsinn abgestürzten blutjungen Skifahrerinnen in knapp zweitausend Metern Höhe auf dem Chiampon, dem Hausberg von Gemona del Friuli, die sie in Eis und Schnee mit Hilfe einer Seilwinde und dem Hubschrauber bergen mussten. Dann der alte Mann oben in den Gewölben des »Castello di Osoppo«, dessen Kopf nur noch eine breiige Masse war, bis heute hatten sie nicht ermitteln können, wer ihn erschlagen hatte. Pindui straffte sich. Er würde das überstehen.

Petra Herrmann packte ein Blaulicht mit Magnethalterung auf das Dach, gellend jaulte das Sondersignal, der Wagen radierte mit quietschenden Reifen quer über die Rheinstraße, sie gab Gas.

»Bleed Huhn, also wos fer e dumm Sau«, kommentierte lauthals ein Straßenbahnfahrer, der mit auf Sand knirschenden Rädern eine Vollbremsung einleiten musste, um den dunklen BMW nicht zu treffen.

Polizeipräsidium Südhessen

Dann nennt die Soko doch einfach *Vivarium*«, empfahl Kriminaldirektor Rudolf »Rudi« Pranz, als er sich im K-10 von den wenigen Anwesenden Bericht über den Leichenfund am Schnampelweg erstatten ließ. »Und falls das in Eberstadt auch ein Abgemurkster ist, wie wäre es dann mit *Platzpatrone?*«

Die Umstehenden schauten ihn verständnislos an.

»Na ja, gesetzt den Fall, dem ist so, dann fragt euch mal, wie wir mit vielleicht zwei Sokos im Einsatz die *IPA*-Tagung stemmen sollen, die platzt ja dann halbwegs« brummte Pranz.

Er war einer der Altgedienten im Präsidium, im vergangenen Jahr kurz mit der Aussicht auf höhere Weihen ins Wiesbadener Landeskriminalamt versetzt worden, dann aber prompt nach einigen Tagen deftiger Kritik an der polizeilichen Obrigkeit zur alten Wirkungsstätte zurückgekehrt.

»Wir können ja ein paar Kripokollegen aus Griechenland zum Helfen holen, die freuen sich über jeden Euro«, kommentierte Gerd Müller. Man sah Pranz an, dass er das nicht lustig fand.

»Gebt mir Bescheid, ob das in Eberstadt ein Hinterwandinfarkt war oder ein Kopfschuss«, verabschiedete sich der Kriminaldirektor.

Nach ihrem Besuch in der Gerichtsmedizin waren Heinz Dobler und Markus Wohlgemuth am Frankfurter Kreuz auf die A 5 mit Ziel Eberstadt Süd III aufgefahren, als sich Doblers Handy rührte. Er hörte dem Anrufer aufmerksam zu, teilte mit, in zirka zwanzig Minuten könnten sie am Schnampelweg sein.

»Das war der Hundertschaftsführer von der Bereitschaftspolizei, Markus. Wir überlassen Eberstadt erst mal den Kollegen, fahren noch mal zum Vivarium. Also, die haben da was gefunden im Wald, gut dreißig Meter vom Fundort unserer kalten Unbekannten weg. Ein Loch, sagt er, zirka vierzig auf vierzig, einen halben Meter tief. Deine Kollegen vom ED haben es gerade in der Mache.«

Wohlgemuth fuhr etwas langsamer.

»Ein Loch, aha. Was ergibt das für einen Sinn?«

Dobler überlegte einen Augenblick.

»Wenn ich jetzt Nick Knatterton wäre, würde ich kombinieren, soll ich?«

Wohlgemuth lächelte, nickte.

»Also, bei der Größe kann es ja keiner gegraben haben, um unsere Leiche da reinzupacken, logo. Aber es kann einer gegraben haben, um was rauszuholen – weil, drin is ja nix, ein leeres Loch also.«

»Das haben Löcher so an sich, scharf kombiniert«, meinte Wohlfahrt. »Und weiter?«

Dobler räkelte sich im Sitz.

»Der Professor Kratze meint ja, der Fundort müsste nicht unbedingt der Tatort sein. Das hat er mit den ganzen Druckstellen argumentiert. Jetzt drehen wir das mal um. Der oder die Täter wollten was von der Madame. Zum Beispiel das, was sich in diesem Loch dort befunden hat. Du kannst mir folgen?«

»Ja, sogar bei hundertvierzig.«

»Jetzt drehen wir das mal so. Die Frau hat etwas gehabt und versteckt, das der oder die Täter haben wollten. Vielleicht ist sie damit nicht gleich rausgerückt. Also, immer davon ausgegangen, dass Loch und Leiche in irgendeinem Zusammenhang stehen. Jetzt bist du der Täter, also?«

»Okay, jetzt bin ich der Täter und mache der Lady Druck. Gut, irgendwann sagt die, das, was du suchst, liegt da am Schnampelweg vergraben. Also fahre ich mit ihr hin und sage, zeig mir, wo das versteckt ist. Dann grabe ich das aus, nehme es an mich, vergewaltige sie und bringe sie um, ja? Das klingt doch bescheuert, oder?«

Dobler nickte.

»Fangen wir vorne an. Der greift sich die Frau irgendwo, macht ihr Druck. Was auch der erste klare

Hinweis auf eine Beziehungstat wäre. Man kannte sich, sie war also keine Spaziergängerin oder so. Sie sagt, das, was du willst, liegt im Wald vergraben. Also macht er zweierlei. Er nimmt sich seinen Würgedraht mit, weil er sie loswerden will, und einen Spaten oder eine Schaufel. Sie zeigt ihm die Stelle, er gräbt, findet, also hat er, was er will und murkst sie dann ab.«

»Und vorher hat er sie auch noch vergewaltigt? Das muss ja ein ganz Cooler gewesen sein, Heinz.«

»Moment, Markus. Es sah nach Vergewaltigung aus, es sah nur danach aus. Da lass uns mal abwarten, was Kratze und seine Truppe dazu sagen können. Ob, oder ob nicht. Nochmal. Der Täter hat im Waldboden gefunden, was er wollte, beseitigt dann eine, sagen wir mal, Mitwisserin, will aber vom Ursprung seiner Tat ablenken. Also lässt er es wie eine Vergewaltigung aussehen nach dem Motto, wenn sie wer findet, kommen die doofen Bullen und kaufen ihm die Geschichte ab. Dass wir weiträumig absuchen, da kam er nicht drauf, das hat er oder haben die nicht einkalkuliert. So kann er oder können die gehandelt haben, Markus. Auf jeden Fall ein Ablenkungsmanöver. Und man hat es eilig gehabt. Das Loch wieder zuschütten, Laub drüber, wir hätten es vielleicht nie gefunden.«

»Mag sein. Aber warum hat er dann einen Teil ihrer Klamotten mitgenommen und bei denen die Schildchen rausgerissen? Das weist ja wieder drauf hin, dass der oder die doch clever waren«, meinte Wohlgemuth. Er räumte ein, dass Dobler Recht haben könnte.

»Bleiben aber diese Druckstellen, oder?«

Dobler kombinierte weiter.

»Da muss die Rechtsmedizin noch mal ran. Nehmen wir an, der oder die haben die Frau nicht so richtig in den Griff bekommen, sie haben sie mit Gewalt, sagen wir mal, irgendwo abgegriffen oder zu Hause geschnappt, dann in einem Kombi transportiert, liegend, die lag da eine Weile auf etwas drauf, wie findest du das denn?«

»Schmerzhaft«, sagte Wohlgemuth und fuhr am Darmstädter Kreuz ab.

Eberstadt Süd III

Petra Herrmann war reichlich flott unterwegs gewesen. Aus den Augenwinkeln sah sie, dass Pindui sich tief in den Sitz gedrückt hatte, die Rechte klammerte sich am Haltegriff über der Tür fest, die Füße hatte er fest gegen den Wagenboden vor dem Beifahrersitz gestemmt. Als sie mit quietschenden Reifen am *Aldi* in Süd III vorbeiradierten, rutschte ihm ein »porco dio« heraus. Petra lächelte. Emilio, ihr Ex, hatte ihr vor Jahren erzählt, die Menschen aus Friuli kämen allesamt nicht in den Himmel, weil sie über die derbsten Flüche in ganz Italien verfügten und die, häufig in verbaler Kombination mit »dio«, also Gott, bei allen möglichen, meist aber unpassenden Gelegenheiten vom Stapel ließen.

Mehrere Streifenwagen, auch zivile mit aufgesetzten Blaulichtern, wiesen ihr den Weg, sie parkte an der Kirnberger Straße, bedeutete Pindui auszusteigen.

Aus dem Kofferraum holte Herrmann einen großen, silbrig glänzenden Koffer aus Leichtmetall, griff sich eine schwarze Tasche, aus der sie eine kurze Weste mit der Aufschrift »Polizei« nahm.

»Einfach überziehen, Kollege, den Rest mache ich schon.«

Pindui hatte etwas Mühe, die zu kurz und zu eng geratene Weste anzuziehen, dann trabte er hinter Herrmann her. Vor dem Hochhaus standen Grüppchen diskutierender Anwohner. Pindui war über die Vielfalt der Ethnien, der bunten Kleidungsstücke erstaunt, mit Petras deutscher Anmerkung »Multikulti« konnte er im Moment nichts anfangen. Zwei Polizeibeamte flankierten den nicht gerade attraktiven Hauseingang, ließen die Beiden aber sofort durch, als Petra etwas schroff »K-10« sagte. Sie mussten eine Weile warten, bis der Aufzug kam, dann ging es nach oben. Der lange Gang war voller Menschen, einem Mix aus Polizei, Mietern. Sie kamen an ein Absperrband, neben dem Halogenleuchten auf Stativen grelles Licht in den Gang warfen. Petra duzte den verblüfften Pindui.

»Warte hier mal einen Augenblick. Ich muss mir erst was anziehen und schauen, wie da drin die Lage ist, dann hole ich dich.«

Pinduis Nasenlöcher, eher die frische Bergluft in Friaul gewöhnt, zogen sich zusammen, als ein schwülstiger Geruch an ihm vorbeistrich. Er erinnerte ihn an den Toten vom »Castello di Osoppo.« Herrmann zog auf dem Gang einen Overall samt Kapuze über, stülpte sich Plastikhüllen über die Schuhe, griff sich Einmalhandschuhe aus dem Koffer. Sie komplettierte ihr Outfit, als sie eine Art Atemschutzgerät über Nase und Mund stülpte.

»Das ist Profi-Werkzeug, die Bestatter haben auch so was.« Es klang dumpf, als sie am Eingang rief: »Petra Herrmann, kann ich reinkommen?«

Sie verschwand im gleißenden Licht, das von drinnen nach draußen fiel. »Percussi«, las Pindui auf einem eher schäbigen Stück Papier, es war von Hand in ungelenken Buchstaben geschrieben, rechts neben ihm unter dem Klingelknopf. Der Name kam ihm bekannt vor, er wollte darüber nachdenken, verwarf aber den Gedanken. Wie sollte er hier, in der fremden Stadt, an einem mutmaßlichen Tatort, einen Namen kennen. Nach gut zehn Minuten tauchte Herrmann von drinnen auf, winkte ihm. Pindui zeigte verdattert, etwas hilflos auf sein Schuhwerk, Hermann lachte.

»Tutto pulito«, alles sauber, er könne ruhig hereinkommen. Der kleine, mit Kartons vollgestopfte enge Gang zur Wohnung, in dem rechts noch eine schmale Tür zu sehen war, mündete in einem unaufgeräumten Wohnzimmer mit kleiner Kochnische. Obwohl die gut fünf, sechs Beamtinnen und Beamten die großen Fenster zum Lüften geöffnet hatten, lag dieser widerliche Geruch in der Luft. Hermann stellte ihren Gast kurz vor.

»Das ist unser *IPA*-Gast Commissario Pindui aus Udine, er will hier mal reinriechen.«

Dem Commissario entging die Doppeldeutigkeit, er registrierte aber, dass einige der Anwesenden lächelten. In einem betagten, abgeschabten Sessel rechts von Pindui lag lang ausgestreckt, hell ausgeleuchtet, der bereits aufgedunsene Leichnam eines zirka vierzig Jahre alten Mannes. Er trug ein weißes, besudeltes T-Shirt, eine Jeanshose, die nackten Füße steckten in billigen Badesandalen. Der Kopf des Mannes, sein Mund war weit geöffnet, lag unnatürlich verdreht an der Rückseite des Sessels auf, seine Arme hingen links und rechts an den Lehnen herunter. Pindui fielen Verkrustungen an beiden Augen und der Nase auf. Herrmann registrierte es.

»War sehr warm hier drin, das sind Fliegeneier, die werden gerne an solchen Stellen abgelegt. Und machen dann nach ein paar Tagen mobil, wenn so gut geheizt ist.«

Herrmann zeigte auf einige Maden auf dem Teppichboden. Pindui war froh, nichts gefrühstückt zu haben, er schluckte.

»Genickbruch«, konstatierte Herrmann trocken, sie nahm die Atemschutzmaske ab. »Dem hat einer, der viel Kraft hatte, gerade mal so das Genick gebrochen.«

Sie winkte Pindui, näher zu kommen. Er lehnte mit einer abwehrenden Handbewegung ab.

»War das – das vielleicht ein Raub, ein Raubüberfall?«

Herrmann zuckte mit den Schultern.

»Wissen wir noch nicht, irgendwas ist hier gesucht worden, das sieht man an der Unordnung. Mal sehen. Du kannst dich da neben hinstellen, wir warten auf die Gerichtsmedizin, dann kann er hier weg.«

Pindui war verblüfft. Diese nette, sportliche Frau, ihr schien die Situation nicht viel auszumachen. Später sollte er erfahren, dass Herrmann seit Jahren unter anderem Leichensachbearbeiterin war. Als sie es ihm erzählte, durchzog ihn ein heiliger Schauer, weil sie meinte, Leichen seien fast ihr tägliches Brot. Mit solchen Sarkasmen konnte der Commissario nicht gut umgehen, er war auch in dieser Hinsicht, was viele über ihn sagten: sensibel.

»Gerade mal fünf Euro«, merkte ein Beamter im Overall an, der die Hosentaschen des Toten inspiziert hatte. Mit einer langen Pinzette hielt er den zusammengeknüllten Schein gegen das Licht, ließ ihn dann in eine Plastiktüte fallen, verschloss und beschriftete sie.

»Wir haben jetzt die komplette Bude auf den Kopf gestellt, kein Hinweis darauf, wer er ist, kein Führerschein, überhaupt keine Dokumente«, erklärte Petra Herrmann.

Er lauschte eine Weile, wandte sich Wohlgemuth zu. »Nachtigall, ich hör dir trapsen, Markus. Nach Angaben eines Hausbewohners bei der Sache in Süd III gab es in der Wohnung auch eine Frau, eine Italienerin angeblich, so um die Zwanzig. Die hat man seit einer Woche nicht mehr gesehen, erster Punkt. Zweiter: Das Opfer in Süd III hatte ein gebrochenes Genick, das heißt, wir haben hier zwei Mal starke Hände, zwei Mal den Hals und ein eiskaltes Vorgehen, könnte passen, oder?«

Wohlgemuth tippte auf die große Tasche mit der Kameraausrüstung, die er umgehängt hatte.

»Nix mit *IPA*-Empfang, Schnittchen und Sekt. Ich hab sie ja fotografiert, fahren wir nach Eberstadt und zeigen unser Foto rum.«

Eberstadt Süd III

Das ist Frau, kann ich mit Sicherniss sagen.« Wladimir Strimpfel hatte sich beim Betrachten des Fotos keinerlei Regung anmerken lassen. Nun rieb er sich den kantigen Kopf, trug immer noch seinen Hut.

»Habe paar Mal gesehen, ja, kann ich sagen.«

Dobler und Wohlgemuth nickten sich zu.

»Danke, das hat uns sehr geholfen.«

Es klopfte an der Wohnungstür, Strimpfel stand auf, um zu öffnen. Vor ihm stand der Gerichtsmediziner Professor Ewald Kratze mit einer Kladde unter dem Arm.

»So rasch sieht man sich wieder. Darf ich einen Moment hereinkommen?«

Strimpfel bot ihm einen Platz auf der Couch an.

»Megen sie Tee?«

Kratze winkte ab, warf einen fragenden Blick auf Strimpfel. Der verstand.

»Gehe in Kiche, Sie rufen, wann fertig.«

Kratze bedankte sich.

»Also, vom Bezugsnomogramm her liegt er da drüben eine gute Woche. Problem ist aber auch die stark aufgedrehte Heizung im Verbund mit dem Anstieg der Außentemperaturen. Aber eine Woche, also das ist auch unter dem Aspekt der Madenentwicklung sehr wahrscheinlich, wir können das im Institut sicher noch eingrenzen. Die Todesursache ist ein klassischer Dens axis, der Mann war sofort tot. Da es keinerlei Kampfspuren aus meiner Sicht gibt, abgesehen von heftigen Hämatomen im Unterbauchbereich, dürfte der Tatverlauf so gewesen sein, dass der Täter sein Opfer von hinten, liebevoll gesagt, umarmt hat. Er dürfte ihm ein Knie in den Rücken gestoßen haben, dann mit einer ruckartigen Bewegung den Kopf nach hinten und gleichzeitig rechts versetzt an sich gerissen haben. Damit war die Medulla oblongata mitsamt dem Rückenmark entweder gequetscht oder sogar schon abgerissen, Ex. Details wird die Obduktion ergeben, also schon heftig, meine Herren. Derlei ist mir, abgesehen von Unfällen, bislang eigentlich nie untergekommen.«

»Wenn es keinen Kampf gegeben hat, haben wir eine klare Ansage. Der Täter hat nicht lange Federlesens gemacht, das ging Zacki-Zacki«, meinte Dobler.

»Sie sagen ja nun, Professor, dass Ihnen so was noch nie untergekommen ist. Wäre das dann eine rare Mordmethode, oder?«

Kratze schüttelte den Kopf.

»Ich spreche jetzt nicht von Kriminalfilmen, meine Herren, und von Schaueffekten. Aber Sie haben beide überhört, dass ich eingangs von »klassisch« gesprochen habe. Tatsächlich ist das ein Klassiker, und der ist da drüben perfekt ausgeführt worden. Rasant schnell, hoch effizient. Für mich bedeutet das, der Täter kennt diese Methode bestens, deshalb tippe ich auf einen Kampfsportler, Legionär oder irgendeinen Menschen, dem man diese Methode beigebracht hat, meinetwegen ein Mitglied einer militärischen Sondereinheit, ein Einzelkämpfer zum Beispiel. Das halte ich für absolut denkbar.«

»Aber auch absolut brutal, mein lieber Mann«, merkte Wohlgemuth an. Kratze lächelte.

»Ich sage mal so: Wenn ich in diesem Wohnsilo, der eine gewisse Hellhörigkeit hat, einen vom Leben in den Tod bringen möchte, ist das nahezu perfekt. Kein Schrei, kein Knall, nichts, das Aufmerksamkeit schafft. Außer dem dumpfen Knacken der Halswirbel und einem vielleicht finalen Ächzer ist da nichts zu hören. Wenn einer dieses üble Handwerk beherrscht, braucht er zur Tatausführung keinerlei Helfer, one man, one work.«

Dobler fasste nach.

»Also wir haben bei der Lady vom *Vivarium* Hämatome im Bauchbereich, bei ihm da drüben auch. Ist es denn denkbar, dass irgendwer ihn wie auch sie gefügig machen wollte, sagen wir, mit Fausthieben in den Bauch, das kann ja auch verdammt wehtun?«

Kratze nickte.

»Denkbar, denkbar. Wir werden das genau untersuchen. Andererseits: Wenn ich jemanden vom Leben in den Tod bringen will, muss ich ihm dann noch Magenhiebe versetzen? Aber spekulieren wir nicht, die hohe Wissenschaft wird uns schon Ergebnisse liefern, die handfester sind als unsere Gedanken hier.«

Nachdem der Gerichtsmediziner mit seinen Helfern

ihre Gerätschaften eingepackt und zurück nach Frankfurt gefahren war, unterstützten Wohlgemuth und Dobler ihre Kollegen in der Wohnung gegenüber beim »Filzen«, sie machten sich auf die Suche nach Hinweisen.

»Nix, gar nix«, rapportierte Jenny Wagner, eine noch junge, sehr schlanke schwarzhaarige Schönheit vom Erkennungsdienst auf Doblers Frage, ob denn irgendetwas gefunden worden sei.

»Was komisch ist, sind die Kartons da im Flur. Alle voll mit kiloweise Schokoriegeln, gut achtzig Päckchen Zigaretten, Kaugummi, Illustrierten.«

Sie zeigte auf den Gang.

»Und dann Kosmetik, jede Menge, absolut teures Zeug. Und das Verrückteste, das hier.«

Sie öffnete einen Karton.

»Lippenstifte, es können gut hundert sein.«

Dobler rieb sich das Kinn.

»Vielleicht gefälschtes Zeug, Produktpiraterie? Lasst das doch mal vom Zoll begutachten, die kennen sich doch mit so was aus.«

Wagner lächelte. »Die Kaugummis auch?«

Dobler zeigte ihr die geballte Faust.

»Mädchen, Mädchen, verschaukel mich net.«

»Kein Ausweis, keine persönlichen Papiere, kein Handy, also ich denke, da ist alles auf die Seite geräumt und weggeschafft worden, was für uns hilfreich gewesen wäre, nichts, was irgendeinen Hinweis auf eine Identität liefert, schon komisch. Hier, das ist das einzige, was unter Umständen was taugt. Es lag unter der Küchenspüle hinter dem Abfalleimer.«

Jenny Wagner hielt eine Zündholzschachtel hoch, auf der das Foto eines etwas altertümlichen, grob gemauerten Gebäudes zu sehen war sowie die Aufschrift »Molin Nuovo, Magnano in Riviera.«

Dobler nahm es in die Hand.

»Riviera, hm. Aber der Rest ist ja eher nicht Französisch, oder? Kannste ja mal googeln, vielleicht hilft das was.«

»Ansonsten haben wir halt Klamotten im Schrank hier neben, tüten wir alles ein. Ansonsten war der wohl Angler.«

Dobler zog die Augenbrauen hoch, Wagner zeigte auf einen länglichen Karton.

»Da ist eine Kurzangel drin, Anglerhaken, sieht alles benutzt aus. Und in dem Plastiksack daneben ist eine Art Grill, keine Ahnung.«

Dobler trat näher, inspizierte den Sack.

»Das ist ein transportabler Räucherofen. Du fängst den Fisch, nimmst ihn aus, dann packste da unten Buchenholz rein, der Fisch liegt dann im Rauch. Fragt man sich, wo der hier geangelt haben könnte.«

Dann regte Wohlgemuth zur Freude der Umstehenden an, alle Müllcontainer am Haus und in der Nachbarschaft zu inspizieren. Irgendwo mussten ja Ausweispapiere oder Kleidung der Frau herumliegen.

»Teilt euch auf, eine Hälfte geht Klinkenputzen bei den Nachbarn, aber bitte im ganzen Block, vielleicht weiß jemand was. Die anderen bitte den Keller und die Tonnen inspizieren. Es handelt sich«, Wohlgemuth grinste, »um eine gewissermaßen anrüchige Aufgabe.«

»Der Hausmeister ist da«, rief es von draußen. Dobler ging in den Flur hinaus, wo er auf einen sehr jungen Mann traf.

»Dobler, Kripo Darmstadt. Sie sind also der Hausmeister? Können sie uns denn was über den Mieter hier erzählen, den Percussi, und seine Bekannte, irgendwas, das uns weiterhilft?«

Der Hausmeister rieb sich verlegen das Kinn, machte eine hilflose Geste.

»Ich bin hier für fünf Blocks zuständisch, bei dem ganze rei un raus hier, es is ja auch net mei Ding, jeden zu kenne. Wenn was is, werd ich gerufe, wann nix is, dann wars des halt. Da muss ich leider passe. Aber ich hab mit meim Chef vom Facility-Management gesproche.«

Dobler stoppte ihn mit einer Handbewegung.

»Von wem, von was?«

Der Hausmeister erklärte es ihm.

»Des is Englisch für, ja halt für Hausmeistersache un so.« Dengler wollte wissen, was er in Erfahrung gebracht hatte. Der Hausmeister suchte etwas in der Brusttasche seines Blaumanns.

»Ich hab des aufgeschriebe. Also Percussi, Antonio. Der hat die Miet immer bei de Postbank cash eigezahlt, des is hier net die Regel, im Normalfall muss da e Konto benannt werde. Ja, und die Bonitätsprüfung, der schafft, also hat geschafft bei *Cornelli*, des is en Obstgroßhandel in de unnere Bismarckstraß. Des hab ich jetz so auf die Schnelle.«

Dobler bedankte sich, merkte, dass Wohlgemuth hinter ihm stand.

»*Cornelli*, da haken wir mal nach. Nie gehört, du vielleicht?«

Wohlgemuth zuckte mit den Schultern, holte ein Smartphone aus der Tasche, tippte.

»*Cornelli* is nich, also machen wir mal Obst, Gemüse, Darmstadt.«

Markus Wohlgemuth hielt Dobler demonstrativ das Handy hin.

»Nix. Als ob es ihn nicht geben würde, den *Cornelli*. Das fängt ja gut an. Vorschlag: Ich mach hier noch weiter, du könntest ja mal mit der *Heimbau AG*, das ist ja hier der Vermieter, Kontakt aufnehmen. Die müssen ja eine Gehaltsbescheinigung oder Ausweiskopie oder so was haben, da müsste sich der Obst- und Gemüseheini ja auftreiben lassen auf so 'nem Stück Papier.«

Eine knappe Stunde später saß Heinz Dobler einer attraktiven Angestellten im *Heimbau*-Verwaltungsgebäude in der unteren Eschollbrücker Straße gegenüber.

»Also mehr haben wir nicht, Sie können es gerne mal durchschauen.«

Mit einem Lächeln reichte sie dem Kommissar eine kleine Mappe. Dobler, seit einiger Zeit verwitwet und mit zwei kleinen Kindern alleinerziehend, schaute auf ihre leicht aufgeworfenen Lippen. »Kussmund«, dachte er. »Und schön feucht.«

Die Angestellte, ein Namensschild auf dem Schreibtisch wies sie als Carmen Rodriguez aus, sagte: »Was ist feucht, ich versteh nicht so ganz?«

Dobler zuckte aus seinen Gedanken hoch, stotterte.

»Äh ja. Danke, feucht, ja, meine Hände.«

Verlegen rieb er sie an seinen Hosenbeinen, merkte, dass ihm eine leichte Röte den Hals hinauf kroch. In der Mappe interessierten ihn vor allem die Gehaltsbescheinigungen. »*Cornelli* – Großhandel für Obst und Gemuse, Bismarckstraße 179, 64293 Darmstadt«, zeigten mehrere Briefköpfe. Die insgesamt drei Verdienstbescheinigungen waren schwungvoll von Hand unterschrieben, ein blauer Firmenstempel prangte neben der Unterschrift.

»Wie – äh – checken Sie das denn, solche Verdienstbescheinigungen?«

Rodriguez zeigte perlweiße Zähne, Dobler schätzte sie auf Mitte Dreißig.

»Ja wie, checken? Sie liegen ja vor.«

Er holte Luft.

»Nachdem ich aus Eberstadt bei Ihnen angerufen habe, bin ich vorher kurz in die Bismarckstraße gefahren. Zur Nummer 179. Und was finden wir da? Den Wasserturm. Wissen Sie, diesen alten Turm an der Eisenbahnbrücke, da gibt es manchmal Ausstellungen, spanische Musik, Gitarrenklang. Ich war da schon mal bei einem Konzert. Obo, das ist der Gitarrist, dem gehört auch der Turm. Der hat Gitarren, aber kein Obst und kein Gemüse. Na?«

Rodriguez war leicht verlegen, lehnte sich in ihrem Bürostuhl zurück. Dobler registrierte ihren glatten Bauch. Er erinnerte ihn an Michelle, seine Frau, die vor zwei Jahren bei einem Verkehrsunfall in Bessungen ums Leben gekommen war. Er liebte glatte Bäuche. Glatte Bäuche und schlanke Frauen, bei denen die Hüftknochen ein wenig zu sehen waren. So wie bei Michelle. Er fragte sich, wie groß sein Gegenüber sein konnte. Leider war sie nicht aufgestanden, als er hereinkam. Er riss sich von Anblick und Gedanken los, schaute ihr in die grünen Augen. Er registrierte ein leichtes Flattern ihrer Augenlider.

»Jetzt bin ich selbst überrascht, Herr Heinz.«

Dobler lachte. »Entweder Herr Dobler oder nur Heinz. Aber Herr Heinz, das hat so was von Dienstmädchenmentalität. Frau Carmen.« Jetzt musste sie lachen. Er hatte ihr zum Auftakt seine Visitenkarte auf den Schreibtisch gelegt, sie hatte sie in die Hand genommen, drehte sie hin und her. Dobler registrierte ihre schlanken, gepflegten Hände – und sie seinen Blick.

»Ja, also. Also das ist so. Es gibt vor dem Vertragsabschluss die Bonitätsprüfung und vor allem die Hinterlegung der Kaution. Darf ich mal?«

Sie beugte sich über den Schreibtisch, Dobler gönnte sich einen raschen Blick in ihren Ausschnitt.

»Sehen Sie, hier. Er hat die Kaution über eine Bareinzahlung bei der Postbank gemacht, ah, da fällt mir ein, er war ja erst drei Monate in Darmstadt und hatte gesagt, der Chef zahlt ihn immer in bar, deswegen war hier auch kein Konto angegeben.«

Dobler unterbrach sie.

»Das hat er auch weiter so gehalten. Ihr Hausmeister in Eberstadt hat uns das erzählt, das wusste er wohl von Ihnen?«

Rodriguez stimmte zu.

»Genau, er hatte ja vorhin angerufen. Da ist nun wohl Folgendes passiert. Die Miete kam regelmäßig rein, unsere Buchhaltung war zufrieden, hat mir die Bareinzahlungen nicht rückgemeldet, und so hat hier keiner danach geschaut, gibt's ein Konto oder nicht. So muss das gewesen sein.«

Dobler griff zu den Verdienstbescheinigungen, hielt sie ihr hin.

»Fällt Ihnen da was auf? Na?«

Rodriguez schüttelte den Kopf.

»Also, das mit der Hausnummer, komisch, ja. Aber sonst, nee, mir fällt da nichts auf.«

Dobler tippte mit dem Zeigefinger erst auf den Firmennamen, dann auf den Stempel.

»Gemuse, ist es das? Gemuse ohne ü?«

Er grinste. »Genau. Zweimal. Im Briefkopf und hier unten im Stempel. Fragt sich nur, was das zu bedeuten hat. Gemuse, wo gibt's denn so was? Also, kurz und gut, die Dinger sind gefälscht, der Stempel auch. Die Firma gibt's nich. Er hat doch sicher, als sie den Mietvertrag gemacht haben, seinen Perso vorgelegt, seinen Ausweis? Oder?«

Rodriguez griff nach der Mappe, blätterte.

»Komisch, die Kopie, die ist gar nicht da. Also, das ist jetzt wirklich komisch. Und der Datenbogen. Also, der ist auch weg.«

Dobler schaute sie kritisch an.

»Merken Sie was? Den Arbeitgeber gibt es nicht, die Ausweiskopie weg, der Datenbogen auch. Da können wir ja froh sein, dass wir wenigstens eine Leiche haben, also echt.«

Carmen Rodriguez war zusammengezuckt.

»Also etwas, etwas fällt mir noch ein. Der war aus der Gegend von Brindisi. Ich war nämlich mit meinem Ex mal dort, genau, doch, das habe ich mir gemerkt, das hatte der erzählt.«

Dobler nahm die Bemerkung vom Ex mit Interesse zur Kenntnis, hakte nach, wollte wissen, wie sich denn die Unterlagen hatten verflüchtigen können. Sein hübsches Gegenüber wuschelte nervös mit beiden Händen durch das kurzgeschnittene, schwarze Haar.

»Lassen Sie mich mal nachdenken, es ist ja noch nicht so lange her.«

Sie rollte mit dem Schreibtischstuhl ein Stück zurück, nahm die Arme hoch, legte beide Hände hinter den Kopf, schaute sinnierend an die Decke. Dobler registrierte zwei mittelgroße Wölbungen unter dem türkisfarbenen, dünnen Pullover, schaute aber rasch wieder weg. Seit der Brüderle-Busen-Affäre war nicht nur im verbalen Bereich Vorsicht angesagt.

»Also, wir waren ziemlich durch mit dem Papierkrieg. Dann hatten wir kurz über Brindisi gesprochen, ah, jetzt fällt es mir ein. Er hat gefragt, ob er ein Glas Wasser haben kann, genau.«

»Und dann haben Sie freundlicherweise eines geholt, da höre ich die Nachtigall trapsen«, grollte Dobler. »Er greift sich die Unterlagen, Sie bringen das Wasser, und das war es.«

Rodriguez wollte wissen, was das für einen Sinn ergebe. Dobler erklärte es ihr.

»Wissen Sie, zur Zeit der *RAF*, der Roten-Armee-Fraktion, da gab es konspirative Wohnungen, die sind von Scheinmietern organisiert worden, damit man den wahren Nutzern, die sich da getroffen haben, nicht auf die Spur kommen konnte. Und wir haben jetzt eine Leiche,der wir auch kaum auf die Spur kommen können. Für mich heißt das, es waren gezielte Aktionen, um die Gefahr der Entdeckung zu reduzieren. Wahrscheinlich war sein Ausweis auch gefälscht, insofern kein Drama, dass er die Papiere hier gemopst hat, danach sieht es ja aus. So kriegen wir kaum heraus, wer unser kalter Meister war, dass der Percussi heißt, muss jetzt gar nicht mehr stimmen. So eine Hundekacke. Oh, pardon.«

Rodriguez lächelte. »Sie haben einen ganz schön spannenden Beruf. Sie haben das eben so präzise abgespult, also, da kapiere ich als Laie sofort, dass da Einiges faul ist, wirklich.«

Dobler war erfreut. »Na ja, machen Sie sich keinen Kopp, wir kommen schon dahinter. Und das ist nicht nur spannend bei uns. Man freut sich auch, dass man immer wieder neue Menschen kennenlernt. Und vor allem so hübsche.« Er stand auf, Carmen Rodriguez biss sich kokett auf die Unterlippe.

»Tja, danke, Frau Ro – Carmen, darf ich?«

»Na klar. Und wenn Sie – also wenn Sie da noch Fragen haben.«

Dobler reckte seine einhundertneunzig ansehnlichen Zentimeter. »Dann frage ich. Gerne. Bestimmt. Passt das, wenn ich jetzt hasta luego sage?«

Sie lächelte ihn an.

»Ganz wie Sie mögen.«

Als Dobler zwanzig Minuten später im Präsidium »hasta luego« in den Google-Übersetzer eingab, musste er lachen. »Wir sehen uns später«, stand da. Irgendwie, dachte er, ist der Tag trotz allem Scheiß und zweier Morde gut gelaufen.

Polizeipräsidium Südhessen

Kriminaldirektor Rudolf Pranz saß auf einer Schreibtischkante, hörte aufmerksam zu, was Hauptkommissar Udo Wenger zusammengetragen hatte. Wenger stand vor einer Pinnwand, an der Farbfotos im DIN-A-4-Format angeheftet waren. Sie zeigten die Frauenleiche vom Schnampelweg, den Toten aus Süd III. Neben der Pinnwand saß Oberkommissarin Jutta Kissel, eine altgediente Ermittlerin, sie kaute ungeniert auf einem Mettbrötchen herum.

»An einer Beziehungstat ist nicht zu rütteln. Die Beiden«, Wenger zeigte auf die Fotos, »gehörten nach der Aussage des Strimpfel in Süd III irgendwie zusammen. Geeint hat sie etwas, was sie vielleicht beide im Wald am *Vivarium* vergraben haben, nach der aktuellen Spurenlage wohl eine Metallkiste, Leichtmetall, mit uns unbekanntem Inhalt. Beide sind vor zirka einer Woche umgebracht worden, denkbar, dass der Mann zuerst ermordet wurde und dann der oder die Täter mit der Frau an den Schnampelweg gefahren sind, wo sie das Versteck verraten hat. Eine Variante. Dann wurde sie an Ort und Stelle getötet. Eine andere: Sie hat das Versteck vorher verraten, und der Fundort ist nicht der Tatort.«

Pranz räusperte sich vernehmlich. »Dann macht es aber wenig Sinn, die Dame am Ort X umzubringen und sie ans *Vivarium* zu chauffieren, also das ist nicht stimmig, Leute. Und was auch komisch ist, wenn die schon in Süd III wohnen, warum verstecken sie ihre Kiste am anderen Ende der Stadt? Das hätten sie doch bequemer in Eberstadt haben können, die wohnten ja praktisch am Waldrand. Da müsst ihr mal ran, ob es da einen Bezug zum *Vivarium*-Zoo oder sonst etwas in der Nähe gegeben hat, oder? So, Herr Wenger, jetzt zu Ihren hehren Erkenntnissen nochmal.«

Wenger lief ein wenig rot an. »Ich habe ja nur von Varianten gesprochen, Herr Pranz. Darf ich?«

Pranz brummte etwas.

»Wir haben die Wohnung in Eberstadt mehr als aufwändig gefilzt, da hat wer klar Schiff gemacht. Gefunden haben wir außer Klamotten, Anglerzubehör, Lebensmitteln und einer unglaublichen Menge von eingekauftem Kram, Lippenstifte, Kaugummis, Kosmetik nur einen Fünf-Euro-Schein, den hat der ED noch in der Mache. Und dann haben wir jede Menge Prints, die wir noch auseinanderdividieren müssen, ich tippe mal drauf, dass sie von diesem Percussi stammen und von der Frau. Den blauen Panda haben wir unten in der Tiefgarage, der ED ist da aktuell dran, DNA und so weiter, das dauert noch.«

Die Tür ging auf, Heinz Dobler kam herein.

»Und«, brummte Pranz. »Hast du was?«

Dobler gehörte zu den Auserwählten, die zu Pranz »Rudi« und »Du« sagen durften, was bei gelegentlichen Diskussionen nicht immer von Vorteil war. Dobler angelte sich einen freien Stuhl.

»Ich will ganz am Rande mal drauf hinweisen, dass unten im Foyer der IPA-Empfang ist.« Dann berichtete er von seinen Erfahrungen bei der *Heimbau AG* und löste damit eine größere Diskussion aus.

»Okay«, sagte Pranz abschließend. »Soko Vivarium, Soko Süd III, wir teilen das erst mal auf, zusammenlegen können wir immer noch. Markus Wohlgemuth ist mit seiner Truppe noch am Machen. Ergo Ansage: Wir lassen hier eine Stallwache zurück, gesellen uns für eine Viertelstunde zu unserem verehrten Präsidenten und unseren Gästen, soviel Zeit muss sein.«

Luciano Pindui stand mit Petra Herrmann an einem weiß gedeckten Stehtisch, es gab Sekt, Orangensaft, Schnittchen, gut einhundertzwanzig Personen füllten den Raum. Der Italiener bewunderte gerade die Architektur des Innenhofes mit Grünanlagen und Wasserbecken, als ein hünenhafter Mann auf sie zukam.

»Hello, how are you, nice to see you here, I am Rudolf Pranz, Head of the Detective-Division. Welcome in Darmstadt.«

Pindui schaute den großen Mann mit einem Lächeln an, reichte ihm die Hand. Petra Herrmann stellte ihn vor. »Und da hab ich ihn mit nach Eberstadt an den Tatort genommen, wenn schon persönliche Betreuung, dann wird die eben exklusiv, habe ich mir gedacht.«

Pranz wackelte mit dem Kopf. »Da haben wir ja dann gleich einen Verbindungsmann nach Italien, vielleicht hat er mit dem Percussi oder wie der Mensch heißt, schon mal einen Vino zusammen getrunken.«

Er lachte dröhnend.

Percussi. Da war der Name wieder. Pindui dachte kurz nach, schaute Herrmann an.

»Der Name sagt mir was, irgendwo, irgendwie, also Percussi, das habe ich schon mal gehört, ich bekomme nur den Zusammenhang nicht hin.«

Petra tätschelte ihm die Hand. »Mach dir keine Sorgen, keiner weiß, ob der Name stimmt. Der Arbeitgeber vom Percussi, ein gewisser *Cornelli*, ist auch nicht existent, da sind wir auf einen Stapel gefälschter Bescheinigungen gestoßen, sogar der Firmenstempel war falsch.«

Hinter Pranz und Herrmann tauchte Markus Wohlgemuth auf, wedelte mit einem Tütchen. »Ich muss mal kurz stören. Der Kollege Heilmann vom ED hat die Prints auf dem Fünfer sichergestellt und noch was dazu. Der Sicherheitsstreifen ist aufgedruckt.«

Herrmann ließ sich die Tüte geben, hielt sie gegen das Licht. Pindui warf ebenfalls einen Blick darauf.

»Denaro falso, Falschgeld«, murmelte er.

Herrmann wollte wissen, wie er darauf kam.

»Ganz einfach«, sagte er. »Der Schein könnte aus Italien kommen, darf ich mal, kann man den rausnehmen?«

Wohlgemuth verstand, griff in seine Jackentasche, hielt dem Italiener einen Einmalhandschuh hin. Der inspizierte den Schein, hielt ihn gegen das Licht, kippte, drehte ihn.

»Der Faden ist aufgedruckt, die Farben stimmen nicht und ich garantiere, dass es eine komplette Charge mit der immer gleichen Nummer gibt. Obwohl das Papier, also schlecht ist das nicht.«

Er rieb den Schein zwischen zwei Fingern, tastete.

»Made in Italy, sage ich da. Der viel zu bräunliche Ton des Wasserzeichens, der ist mir schon in Udine untergekommen. Die Fälschungen halten sich zwar im Rahmen, sind aber im Raum Venedig, Triest und eben auch bei uns aufgetaucht, denkbar, dass da die Hersteller eine Art Testlauf veranstaltet haben.«

Herrmann war verblüfft, übersetzte. Pranz lachte.

»Da werden wir ihn gleich mal in unsere Sokos integrieren, vorausgesetzt, er hat Recht.«

Pindui verspürte ein gewisses Jagdfieber. In Udine hatten sie in der letzten Zeit immer wieder einmal kleinere Falschgelddelikte bearbeitet, Fachleute gingen davon aus, dass es eher in Italien statt in den dafür bekannten ehemaligen Ländern des Ostblocks hergestellt worden war. Er meldete sich erneut zu Wort.

»Bei uns waren es einige wenige Fünfer, Zehner, Zwanziger und Fünfziger. «

Die Umstehenden waren beeindruckt.

»Ich kann anbieten, also wenn Ihnen das passt, dass wir uns die Merkmale hier einmal genauer anschauen, und dann könnten wir sie fotografieren, als Mailanhang in mein Präsidium nach Udine schicken, dann einen Vergleich mit denen machen, die wir in Italien sichergestellt haben.«

Pranz meinte, Pindui solle lieber den Empfang genießen, dann wollte er wissen, wie Petra Herrmann den Abend mit ihrem Gast zu verbringen gedenke.

»Ihr habt ja die Möglichkeit, zum offiziellen Treff im Staatsarchiv zu kommen, oder ihr zwei macht, was ihr wollt.«

Petra Herrmann nickte. »Wir gehen ins *Braustübl* am Hauptbahnhof, ist ein neuer Pächter drin, Thilo Hanke, der früher im *Jagdschloss Kranichstein* Chefkoch war, der hat echt was drauf, mit Biersauce und solchen Ideen. Da kann der Herr Pindui dann gleich einen Fränkisch-Lehrgang machen.«

Pranz schaute sie fragend an.

»Ei ja, der ist ein Frange. Wissen Sie denn, was Marmeladentöpfchen auf Frängisch heisst? Mammaladaamala.«

Pranz lachte, schaute auf die Uhr.

»What theme of presentation do you have for us tomorrow«, fragte er Pindui.

»About Mafia in northern Italy«, strahlte ihn Pindui an.

»At eleven o' clock. Do you come?«

Pranz entschuldigte sich. Zwei Leichen an einem Tag, die Arbeit rufe, er könne noch nicht zusagen. Im Weggehen raunte er Wohlgemuth zu: »Also Bock hat der Italo-Meister ja, ich meine, bevor er sich bei der Tagung langweilt, könnten wir ihn doch ein bisschen, oder?«

Wohlgemuth grinste. »Derfe mer des?«

Pranz rammte ihm im Gehen den Ellenbogen in die Seite. »Top secret. Wie sagt der Beckenbauer immer?«

Wohlgemuth dachte nach. »Ich bin der Kaiser?«

Pranz zog die Augenbrauen hoch. »Mann. Schau'n mer mal, das sagt der.«

Braustübl am Hauptbahnhof

Casuale, lässig«, hatte Petra Herrmann mit einem freundlichen Schulterklopfen gesagt, als Pindui gefragt hatte, wie man sich die Abendgarderobe für das von ihr ausgewählte Lokal vorstellen musste.

Bevor er sich umzog, hatte er Sehnsucht nach frischer Luft. Als er über die Grünanlage in der Nähe des Hotels lief, rief ihm eine dunkle Gestalt von einer Bank aus etwas zu. Er blieb stehen. Ein ungepflegt aussehender Mann mit zerzaustem Vollbart und einem Parka, der schon bessere Zeiten gesehen hatte, winkte ihm zu.

»Ej, gimma 'ne Kippe, ej.«

Pindui, der nichts verstand, sagte höflich: »No, Grazie«, der Unbekannte stand auf, kam wankend, fordernd auf ihn zu. Der Commissario zuckte mit den Schultern, machte sich ans Weiterlaufen, als er grob von hinten am Jackett festgehalten wurde. Er duckte sich, drehte sich abrupt herum, ballte die rechte Faust, sie schoss nach vorne. Gleichzeitig zog er energisch mit kräftigem Schwung das linke Knie hoch. Der Volltreffer ins Gemächte ließ sein Gegenüber zusammenknicken, Pinduis Faust war krachend auf dessen Nase gelandet. Der Fremde taumelte zurück, stöhnte ächzend.

»Scheiße, Scheiße, ich blut ja, du dreckisch Drecksau, du.«

Pindui lächelte, sagte leise: »Polizia« und ging ungerührt weiter.

Als er zehn Minuten darauf ins Hotel zurückkam, war er froh, sich nun leger anziehen zu können. Petra Herrmann ließ von der Rezeption aus anrufen. Pindui bestieg den Expressaufzug, sah sich dreifach in den Spiegeln an den Wänden. Die Knöchel seiner rechten Hand waren leicht gerötet, er massierte sie, bis der Aufzug stoppte. Zu Fuß liefen sie zum Lokal, an einer zusammengesackten Gestalt auf einer Bank vorbei, neben der ein Rucksack lag.

»Alcolico, Alkoholiker«, kommentierte Petra.

»E vero, stimmt«, sagte Pindui, behielt den Rest für sich. Er schleppte einen großen Stoffbeutel mit sich, in dem es mal schepperte, mal klirrte.

Als die Beiden im *Braustübl* die Treppe hoch gingen, rief es von einem der Tische: »Geht in Deckung, die Kripo kommt.«

Herrmann sah links von sich eine Reihe älterer Herren, den Rechtsanwalt Hansfred Glanz, seinen Kollegen Uli Ritter, den Strafverteidiger Manfred Dering, neben ihm mit grauer Mähne Gunther Metzler, einen rechthaberischen Anwalt und Ex-Politiker mit wildem, grauem Haar sowie Oberstaatsanwalt Gunther Weinreich, der ihr fröhlich zuwinkte.

»Ich hab die Handschellen vergessen, da habt ihr noch mal Glück gehabt«, rief Petra dem Juristenstammtisch zu, steuerte dann einen mittelgroßen Tisch an.

»Polizei, ja?« fragte eine stramme Kellnerin. Petra nickte, war verblüfft.

»Ich kenn Sie nämlich, isch hab Sie rummache gesehe, als da der Koppschuss im Haardtring war. Bees Ding des. Der Tisch da is für Sie, gell.«

Pindui nahm ächzend Platz, wuchtete den Beutel neben sich auf die Bank. Er schaute sich um, bestaunte das rustikale Ambiente, dann packte er aus.

»Das ist Schinken aus San Daniele, das Beste, was es bei uns gibt. Luftgetrocknet, er hat ein tolles Aroma.« Er deutete auf zwei flache, bunt bedruckte Dosen, dann auf eine Flasche mit hellgrünem Inhalt.

»Und das hier ist Grappa, den mache ich selbst, mit Sellerie, besser als jede Arznei, und das hier«, er deutete auf eine Flasche mit sehr dunklem Inhalt, »ist gut für die Damen, Amarena, ein Grappa, bei dem ich einige Kilogramm zerdrückte Kirschen drei Monate im Fass lagern lasse.«

Petra wollte das Gebräu als Dosenöffner bezeichnen, riss sich dann aber zusammen. Die meisten Beamtinnen und Beamten im K-10, ihrem Kommissariat, redeten schon mal klardeutsch. Aber Pindui hätte die deftige Anspielung nicht verstanden. Sie bedankte sich, empfahl ihm eine Bratensülze mit Zwiebelvinaigrette, entschied sich selbst für gegrillte Medaillons mit Senf-Jus samt gebratener Gerste. Dabei hatte sie ihre liebe Mühe, die Namen der Speisen einigermaßen ins Italienische zu übersetzen.

Pindui räumte auf ihre Frage nach Bierdurst ein, dass er nehme, was sie empfehle, mit Vollmond-Bier begann der Abend.

»Mit dem Essen machen wir wenn du möchtest halbe-halbe, da kann jeder mal verkosten, okay?«

Pindui lobte das dunkle, würzige Bier, er stimmte zu. Mit dem Namen des Lokals habe er seine Schwierigkeiten, verriet er.

»*Braustubbel*, ist das korrekt?«

Petra lachte, meinte, das könne man so stehen lassen.

Nachdem Pindui von ihr einiges aus ihrer gescheiterten Ehe mit Francesco erfahren hatte, erstattete er der erstaunten Petra Herrmann Bericht über seine Landwirtschaft, seinen täglichen Mix aus Kripoarbeit samt Plackerei im Garten. Die Zeit verging wie im Flug, nach drei Stunden sowie diversen Bieren stellte Petra insgeheim fest, dass sie sich einem Zustand näherten, der mit »ein Herz und eine Seele« treffend beschrieben war. Irgendwie mochte sie diesen kleinen, dicken Mann mit dem roten Gesicht, vor allem sein Lächeln, das etwas knabenhaft-fröhliches hatte.

»Du warst heute Abend mein Gast«, bremste sie ihn, als er bezahlen wollte.

»Ruhe sanft, nicht nur ich bin auf deinen Vortrag sehr gespannt. Ich hole dich um zehn Uhr am Hotel ab, dann haben wir noch Zeit, um im *Darmstadtium* deine Powerpoint-Präsentation einzurichten.«

Als sie das Lokal verließen, drehte Pindui sich noch einmal um, schaute auf die Schrift über der Tür.

»*Braustubbel*, ein schwerer Name. Und Danke für den Abend, für das schöne Essen.«

Petra drückte ihm einen Schmatz auf die Wange.

UM PUNKT SIEBEN Uhr dreißig waren die inzwischen auf gut dreißig Beamtinnen und Beamten angewachsenen Sonderkommissionen zur Frühbesprechung bereit. Kriminaloberrätin Alma Gans, jung, hübsch, tüchtig, leitete das Treffen, sie war ein wenig abwesend, weil sie sich innerlich schon auf die anstehende Versetzung in die Präsidialabteilung im Landeskriminalamt konzentrierte.

Nach zwanzig Minuten gegenseitigen Referierens sprach sie Heinz Dobler an. »Der falsche Fünfer steckte also in der Hosentasche des Percussi. Finde ich ein wenig komisch, wenn doch die gesamte Wohnung so clean war, dass praktisch nichts Aufschlussreiches gefunden werden konnte.«

Dobler wies darauf hin, dass der Schein offenbar von dem oder den Tätern übersehen worden war.

Alma Gans hakte nach. »Haben die Fingerabdruckvergleiche von ihm und der Frau etwas erbracht?«

Dobler erklärte, mit hoher Wahrscheinlichkeit handele es sich bei beiden Toten um Italiener, das liege auf Grund von Äußerungen eines Nachbarn, aber auch dem entdeckten alten Panda auf der Hand. Die Fingerabdrücke seien via Interpol an die italienische Staatspolizei weiter gegeben worden.

»Das wird dauern, auch die Frage, ob es diesen Percussi gibt wie den angeblichen Obsthändler *Cornelli*. Mit DNA-Abgleichen sind wir durch, da gibt es Deckung mit dem Panda. Da haben wir was Interessantes gefunden. Man konnte mit ein, zwei Griffen die Abdeckschalen unter der Sitzbank und der Lehne rausnehmen, innendrin war so eine Art Krepp, der intensiv nach Knoblauch gerochen hat.«

Gans schaute ihn skeptisch an. »Nach Knoblauch?«

Dobler erklärte, es könne sich um eine Art Knoblauchspray gehandelt haben, immerhin gebe es jetzt Diensthunde, die Geld auf Grund des Geruchs der Druckfarben riechen könnten.

»Vielleicht hat der Blüten transportiert. Oder Koks oder sonst was. Aber ich denke, mit dem falschen Fünfer liege ich da vielleicht richtig. Zurück zu dem alten Panda, der hat fast 180.000 Kilometer drauf. Da haben wir ein Problem, das Nummernschild ist gefälscht, die Motorblocknummer ist ausgefräst, da muss das LKA ran, um die ursprüngliche Nummer sichtbar zu machen. Also, so ähnlich wie bei *Kentucky-Fried-Chicken*, allerdings die Kopfvariante.«

Gans blickte irritiert zu Dobler.

»Gefickt eingeschädelt«, raunte Gerd Müller seiner Kollegin Clara Wieland zu.

»Ich meine, die Opfer sind professionell vorgegangen beim Verwischen ihrer Spuren, die Täter später auch. Wenn Percussi oder wie er auch immer heißt und die Frau, wenn die beide sauber waren, hätten sie das ja alles nicht zu stemmen brauchen. Also – die dürften Kriminelle gewesen sein. Wir haben ja zurzeit einen *IPA*-Gast aus Italien, der meint, das Falsifikat könnte von dort stammen. Vielleicht haben wir da doch schon eine fette Spur, nämlich Falschgeld, wie gesagt?«

Gans blickte streng. »Italien, Italien, Italien. Toll. Ich muss zum Präsident, frohes Schaffen.« Sie stöckelte hinaus.

»Ich rede noch mal mit Pindui über den Fünfer«, tuschelte Petra Herrmann Heinz Dobler zu.

»Der konnte sich gar nicht einkriegen gestern Abend, er fand den Namen *Braustübl* so witzig, das »ü« hat er aber nicht hingekriegt und *Braustubbel* gesagt.

Ansonsten war es ein netter Abend, gehst du nachher mit ins *Darmstadtium?*«

Dobler verneinte, es gebe zu viel Arbeitsdruck.

»Schön, dass es ihm gefallen hat. Das mit dem »ü« ist ja wie mit dem Gemuse, oder?«

Herrmann schaute ihn irritiert an. »Mit was?«

Dobler erklärte ihr die Sache mit den gefälschten Verdienstbescheinigungen bei der *Heimbau*.

Herrmann runzelte die Augenbrauen. »Die Italiener kennen kein »ü», mit Umlauten haben die nix am Hut.«

Dobler legte einen Finger auf den Mund, eine Geste, die er stets beim Nachdenken machte.

»Da würde die liebe Frau Gans jetzt wieder sagen, Italien, Italien. Da haben wir vielleicht die Lösung. Die gefälschten Lohnbescheinigungen, das Zeug stammt samt dem Stempel aus – ich trau es mich gar nicht mehr zu sagen.«

PROVINZ PORDENONE, ITALIEN

GUTE ZWÖLF STUNDEN war er unterwegs gewesen, bis er in Paludea angekommen war. Vor München hatte er eine kleine Ewigkeit im Stau gestanden, kurz vor Tarvisio machte ihn eine mobile Zollkontrolle auf der Autobahn minutenlang nervös, bis er anstandslos durchgewinkt wurde. Er schloss seinen alten Alfa 33 ab, gähnte, sah aus den Augenwinkeln seine betagte Mutter mit krummem Rücken und einer schweren Stielhacke im Garten neben dem Haus werkeln. Er nestelte sein Handy aus der Jackentasche, dann wählte er eine Nummer in Brindisi.

»Pronto«, meldete sich eine mürrische Stimme.

»Ich habe das erledigt«, sagte Tillio Venturini.

»Bist du blöde, du sollst doch nicht über das Festnetz anrufen«, brüllte die Stimme, dann hörte er das Besetztzeichen. Er nestelte einen Zettel aus seiner Börse, wählte eine Mobilnummer. Er bemühte sich dann so zu sprechen, dass ein eventueller Zuhörer die Zusammenhänge nicht erahnen konnte.

»Tut mir leid mit der Nummer da. Also, es gibt ein Problem. Das Zeug war nicht da. Und die wollten nichts erzählen, gar nichts.«

»Was heißt denn, die? Hast du ihn doppelt gesehen, warst du besoffen, Mann?«

Tillio zuckte kurz zusammen, aus seiner Sicht hatte er diese Art des Umgangs nicht verdient.

»Ja, als ich kam, da hatte der eine Frau dabei, eine junge. Sprach italienisch. Weiß nicht, wo er die aufgerissen hat, ist ja auch kein Verbrechen, oder? Aber du musst mir glauben, ich habe keine Ahnung, wo das Zeug sein kann. Er hat gesagt, es ist weg. Für das alte Zeug konnten die mir auch nichts geben, es war einfach nichts da, verstehst du? Es war einfach nichts zu machen, dabei habe ich mich sehr bemüht, verstehst du?« Er hörte ein schweres Atmen.

»Nichts war da? Aber das war doch ziemlich viel. Bist du ganz sicher?«

Tillio bestätigte.

»Ganz, ganz sicher. Es war wirklich nichts zu machen, du kennst mich ja. Ich nehme an, die haben damit irgendwas gemacht, da bin ich mir sicher.«

Sein Gegenüber am Handy atmete wieder laut.

»Das ist eine gottverdammte Hurenkacke, ehrlich. Du musst mir das ein andermal erklären, den Scheiß, der da gelaufen ist. Das ist ja nicht zu glauben. Hast du dir große Mühe gegeben?«

Venturini meinte, man kenne ihn ja. Ganz besondere Mühe habe er sich gegeben, er sei sehr unfreundlich gewesen.

»Erst mal okay«, meinte die Stimme am anderen Ende.

»Dann müssen wir das abschreiben, das kann passieren, obwohl er doch ein absolut zuverlässiger Typ war. Irgendwie merkwürdig. Das bedeutet ja auch das Ende der Geschäftsbeziehung, der kann mir doch nie mehr unter die Augen geraten. Da wäre aber was los. Meinst du, das spricht sich herum, also die Folgen für die Beiden, als du unfreundlich warst?«

Tillio lachte. Es war ein lautes, hämisches Lachen.

»Das wird so mancher mitbekommen. Insofern war es auch eine Lektion, ich denke, das wird nicht wieder passieren, das wird sich dann keiner mehr getrauen, wenn das in ihrem Umfeld bekannt wird. Wir müssen jetzt nur zusehen, dass du mit deinen Kontakten was Neues auf die Beine stellst, also was, das sicher ist. Ich weiß jemand in Spilimbergo, also einen, der fährt, verstehst du?«

Dem solle er einen Freund von den Freunden schicken, empfahl die Stimme in Brindisi.

»Die Beiden sind also hart geblieben, haben nichts erzählt?«, wurde noch einmal nachgehakt.

Venturini meinte, er sei ja nicht blöde, es sei alles perfekt, man könne in Ruhe atmen.

»Gut. Dann ruhe dich mal aus. Eigentlich wollte ich, dass du zu mir kommst, du kriegst noch Kohle für Benzin und überhaupt, du hättest auch wieder was mitnehmen sollen, aber das macht ja keinen Sinn, wenn wir keinen haben, der sich drum kümmert. Ich habe da eine andere Idee, was du machen kannst. Morgen solltest du mal zu unserem Freund mit der Maschine fahren, ja? Du kannst ihm ein wenig helfen, eine Weile dort bleiben. Ich versuche, über einen Freund in dem Land einen neuen Vertreter zu organisieren, das wird schnell gehen, weil ich schon eine Idee habe. Dann melde ich mich bei dir. Also. Und pass gut auf. Ich ruf dich dann bei dem mit der Maschine an, okay?«

Es klickte. Sie waren immer extrem vorsichtig beim Telefonieren, drückten sich, aus der Sicht eines verborgenen Zuhörers, eher in Rätseln aus. Die »Direzione Antimafia Investigativa«, eine spezielle Polizeieinheit, war ernst zu nehmen. Vor allem ihre technischen Finessen.

Venturini nahm die Sim-Card aus seinem Handy, tauschte sie mit einer aus seiner Börse. Dann ging er in das Bauernhaus, sah, dass seine Mutter im uralten, angerosteten Holzofen mit dem kupfernen Wasserschiff Feuer angefacht hatte, warf die alte Karte mit Schwung hinein.

»Bist du da, Tillio? «, rief seine Mutter von draußen. Er bestätigte.

»Bin müde, lege mich gleich mal hin.«

Dann rief er seinen Freund Marcello an, der unten am Fluss Tagliamento in Trasaghis wohnte.

»Tillio. Alles okay, mit dem anderen habe ich eben über die aktuelle Lage geredet. Ich bin die nächsten Tage bei dem mit der Maschine, du musst uns was auf die Beine stellen. Kannst du den Typ, von dem du erzählt hast, den in Spilimbergo, mal fragen, ihm ein Angebot machen? Das wäre gut, es eilt nämlich.«

Am nächsten Morgen, nach dem ersten Espresso, fuhr er über Travesio die Via del Istria entlang, kam an Spilimbergo vorbei, dann machte er sich auf den Weg nach San Martino del Carso, einem ähnlich gottverlassenen Ort wie Paludea. Er war von der Autobahn bei

Udine ab-, dann nach Sagrado gefahren, von dort durch den Wald hinüber nach San Martino. An der Via Pantella war er rechts auf eine mit Schlaglöchern übersäte Schotterpiste abgebogen, bis er das alte Haus am Waldrand mit dem großen, modernen Anbau erreicht hatte. Als er ausstieg, hörte er das leise Zischen des hydraulischen Systems einer Offset-Druckmaschine.

Der gedrungene, schlecht gekleidete Mann mittleren Alters ging mit schwerem Schritt etwas unbeholfen die wenigen Stufen zum Druckereigebäude hoch.

»Bon di, Tillio«, grüßten ihn ein Mann und eine Frau, die beide blaue Kittel trugen und halb hinter großen Papierstapeln, die auf Metalltischen lagerten, verborgen waren.

Seit einem knappen Jahr nutzten sie nun schon die Abgeschiedenheit von San Martino del Carso für die Zwecke ihres Auftraggebers, selten zog es einen Touristen, noch seltener die Carabinieri in das Dorf mit seinen knapp sechzig Häusern und wenigen Straßen.

Das Nest wäre wohl völlig in Vergessenheit geraten, hätte nicht der Dichter und Minimalist Giuseppe Ungaretti das Dorf samt seiner Kriegsschäden in einem anrührenden Gedicht beschrieben, aber das war nun auch bald einhundert Jahre her und gehörte, wie die zwei über San Martino im Karstgebiet gebrausten Weltkriege, der Vergangenheit an.

Der Drucker Gabriele Zingaretti hatte jahrelang im deutschen Ludwigsburg sein Geld in einer Großdruckerei verdient, Lina, seine Frau in einer gut gehenden Pizzeria geschuftet. Nach dem Tod seines allein lebenden Vaters hatten beide das Ersparte in den Aufbau des Betriebes in San Martino gesteckt, eine Mischung aus altem Bauernhaus und modernem Arbeitsraum.

Gabriele hatte viele Touren in die Umgebung unternommen, bis er sich eine die Existenz sichernde Auftragslage schaffen konnte, als ihm dann vor gut fünfzehn Monaten erst sein Cousin Baldo, dann ein ganz besonderer Kunde mit einem verlockenden Angebot in die Quere kamen.

Baldo, ein unsteter Enddreißiger, gelernter Kellner, sein Handwerk hatte man ihm in Triest im berühmten *Caffé Tommaseo* beigebracht, schlug sich seit Jahren im fernen Brindisi mit Jobs in der Gastronomie durch, als ihn eines Abends an einem freien Tag sein Freund Tizio mit ein paar Kumpels zu einem Fest in der Via San Marco Evangelista eingeladen hatte. Von der Straße, die außerhalb lag, hatte er noch nie gehört, er erwartete das Übliche: einen kleinen Garten hinter einem heruntergekommenen Quartier, Grillfleisch, vielleicht preiswerten Fisch, Dosenbier. Baldo sollte staunen, als sie nach einem langen Fußmarsch ankamen.

Gefeiert wurde in einer prächtigen zweistöckigen, von schlanken Pinien umrahmten Villa mit ausgedehnter Parkanlage und Meeresblick. Auf dem gekiesten Parkplatz stand ein Ferrari neben einem Mc-Laren, schwere Mercedes-Fahrzeuge waren zu sehen, die Oberklasse von Alfa Romeo.

Der Gastgeber, ein zwar elegant gekleideter aber eher vierschrötiger Typ, Cesare Martemucci, begrüßte Tizio und seine Clique mit ausgesuchter Herzlichkeit. Er trug einen weißen Sommeranzug, sah wie eine Gestalt aus einem schlechten Hollywood-Film aus, offerierte ihnen mit weit ausholender Gestik Getränke, ein großes Buffet, das unter alten Olivenbäumen aufgebaut war. Baldo Zingaretti war mehr als überrascht, tippte Tizio an, der namentlich vom Gastgeber begrüßt worden war.

»Mann, was geht denn hier ab. Woher kennst du denn so tolle Leute?«

Tizio gab sich zurückhaltend.

»Der macht in Immobilien, ich kriege ab und an wie auch die Anderen kleine Jobs von ihm. Vor ein paar Tagen hatten wir geplaudert wegen einem Innenausbau, da hat er Leute gesucht, am Rande hatte ich dich erwähnt, gesagt, dass wir Freunde sind. Tja, da hat er gemeint, bring ihn mit. So ist er halt, der Marte. Großzügig.«

Baldo sah, dass sich gut zehn reichlich knapp bekleidete, recht hübsche Mädchen unter Zwanzig, alle dezent geschminkt, unter die fast nur aus Männern bestehende Gesellschaft gemischt hatten. Sie flanierten mit Prosecco-Gläsern über gekieste kleine Wege, zeigten viel Busen und Schenkel, wenn sie auf einem der zahlreich aufgestellten Gartensessel in dicken Polstern Platz nahmen. Vom Meer wehte ein warmer Wind.

Baldo war überrascht, dass der Mann mit der Cäsarenfrisur und dem Charakterschädel, er schätzte ihn auf Mitte Sechzig, schon bald seine Nähe suchte. Lächelnd kam Martemucci auf ihn zu.

»Du also bist Baldo, der Kellner, habe schon von dir gehört. Bist öfter mal mit Tizio auf Achse, ja.« Er legte ihm jovial eine Hand auf die Schulter, zeigte auf die jungen Frauen. Der Gastgeber rückte näher an ihn heran.

»Such dir eine aus, das sind heiße Bräute aus Albanien, mein Freund, die ficken alle gut. Greif dir eine, mein Hausmädchen zeigt dir drin ein Gästezimmer, wo du sie nageln kannst. Keine Scheu, jetzt mach mal. Ich hab die extra dafür kommen lassen.«

Dann ließ er den Verdutzten stehen. Baldo machte eine Inspektionsrunde, schlenderte herum. Dass er überhaupt zu den Gästen zählte, lag an Tizio, der dem Hausherrn vor Tagen von Baldo und dessen friulesischer Heimat erzählt hatte, auch davon, dass seine einzigen dort noch lebenden Verwandten eine kleine, abseits liegende Druckerei betrieben.

Ihm fiel eine etwas dralle Schwarzhaarige mit großem, zur Schau gestelltem Busen auf, er schlenderte hin.

»Hallo, ich bin Baldo.«

Sie lächelte, kam rasant zur Sache. »Ich bin Albulena. Ich könnte dir einen blasen, wenn du magst. Und Ficken können wir natürlich auch.« Sie sprach recht gut Italienisch, zeigte auf die umherstehenden Männergruppen. »Ich muss halt gleich was klarmachen, andere wollen nachher sicher auch noch, verstehst du.«

Baldo verstand, mit dieser derben, direkten Form konnte er umgehen, derlei Konversation kannte er von zahlreichen Bordellbesuchen. Er zeigte mit einer Kopfbewegung in Richtung der Villa. Sie liefen los. Baldo beging den ersten Fehler, der sich später sehr entscheidend auswirken sollte.

»Woher kennst du den Hausherrn, was macht der denn so? Immobilien, ja?«

Albulena lächelte. »Geschäfte, Geschäfte macht der Marte.«

Baldo insistierte. »Und was für Geschäfte, sag mal? Kauft Häuser und so, ja?«

Die junge Frau blockte ab. »Der mag das nicht so, dass man rumfragt nach ihm. Ist auch nicht gut. Du solltest das lassen.« Sie nahm ihn am Arm.

»Übrigens, ich bin rasiert, also echt total«, gurrte sie, dann hakte sie Baldo unter.

Der war verlegen. »Ich nicht«, brummte er.

Im großen, voll verglasten Wohnzimmer, das zugepackt war mit eleganten weißen Ledermöbeln, kam ihnen eine unglaublich dicke mütterlich wirkende ältere Frau in schwarzer Kleidung und weißer Schürze entgegen.

»Ihr wollt euch sicher ausruhen«, lächelte sie die Beiden an. Sie machte ein Handzeichen, ihr zu folgen, ging vor ihnen eine breite, geschwungene Marmortreppe hinauf. Baldo, der dicht hinter ihr lief, starrte auf ihr Gesäß. Sie betraten eine Galerie mit alten, offenbar wertvollen Gemälden an den Wänden, die von einer Reihe weiß lackierter, großer Holztüren mit beeindruckenden Messinggriffen unterbrochen waren. Die Haushälterin öffnete eine.

»Prego«, zeigte nach innen, machte sich auf den Rückweg.

Der Raum war pompös ausgestattet mit antiken Sitzmöbeln, einer riesigen, geschwungenen Couch mit vergoldeten Schnitzereien, zwischen zwei großen Fenstern stand ein großes, altertümliches Himmelbett. Baldo musste lachen, da spürte er Albulenas Hand im Schritt. Sie massierte ihn zart, seine Männlichkeit reagierte, dann nestelte sie an seinem Gürtel herum. Baldo hatte, Martemuccis Worte im Hinterkopf, aber noch Fragen.

»Albulena, bist du, also, wie man so sagt, eine – also eine Professionelle?«

Sie zog ihre Hand von seiner Hose weg, trat einen Schritt zurück.

»Willst du nun ficken oder quatschen, du bist ja neugierig.«

Sie öffnete ihre Blusenknöpfe, Baldo starrte interessiert auf das, was da von einem schwarzen Spitzenbüstenhalter kaum im Zaum gehalten werden konnte. Mit einem leichten Ratschen öffnete sie den seitlichen Reißverschluss ihres Minirocks, der nach unten rutschte. Baldo schaute auf den kleinen Hügel unter ihrem Slip, dann verblüfft auf ihren rechten Oberschenkel. Wie in einer Kraterlandschaft sah er schwarze und rote Verkrustungen, Vertiefungen. Albulena versuchte, die recht große Stelle mit einer Hand zu verdecken. Sie schaute ihn jetzt ernst an.

»Was ist los, lass uns in dieses verrückte Bett steigen.«.

Baldo ahnte, was er da entdeckt hatte. Es sah eindeutig so aus, als hätte jemand brennende Zigaretten auf Albulenas Schenkel ausgedrückt.

»Gleich, gleich«, sagte er.

»Wer hat dir das denn gemacht, also – äh – das angetan?«

Die junge Frau saß mit reichlich gespreizten Beinen und ihrem schwarzen Tanga-Slip auf der Bettkante.

»Ich hatte Ärger, ist vorbei«, versuchte sie ihn abzulenken. Seine Erregung war wie weggewischt, Mitleid machte sich in ihm breit.

»Also ehrlich, was für eine Sau war das denn?«

Albulena hatte jegliche Koketterie abgelegt, ihm schien, als habe sie tränenfeuchte Augen.

»Sprich«, forderte er sie auf. »Sprich, sag es mir, wer war das? Und warum?«

Durch einen halb geöffneten Fensterflügel konnte man das nahe Meer rauschen hören, ein schwerer Brokatvorhang wehte im Wind, Albulena hatte sich kerzengerade aufgesetzt.

»Kennst du die *Blu Night*-Diskothek unten, Richtung Hafen?« Baldo kannte sie.

»Der Geschäftsführer ist Dardan, er ist auch aus Albanien.«

Baldo zog die Augenbrauen hoch. »Und?«

Die junge Frau atmete schwer. »Ja, der ist gewissermaßen, so was wie unser Chef, sagen wir mal. Und manchmal, also wenn man seinen Ausweis wieder haben will oder es kommt so ein Schwein, so ein Kunde, ein perverser …«

Baldo begann, zu verstehen.

»Die anderen Nut – Mädchen draußen im Garten, da ist der auch der Chef von denen?«

Albulena nickte, klopfte mit der flachen Hand auf den Platz neben sich. Baldo setzte sich, roch ihr süßliches aber angenehm duftendes Parfum.

»Das heißt, weil du sagst, wenn man den Ausweis wieder haben will, also da gibt es«, er schaute auf die hässlichen Narben, »Ärger, ja, ist das so?«

Albulena holte tief Luft. »Du musst das für dich behalten, was ich jetzt sage, du hast ein ehrliches Gesicht, deshalb vertraue ich dir. Und so ein richtiger Kumpel vom Marte bist du ja auch nicht, sonst hätte ich dich schon mal gesehen. Wir – wir machen das ja nicht freiwillig, falls du mich verstehst.«

Baldo verstand. »Und wie ist eure ganze Truppe hierhergekommen, hier nach Brindisi?«

»Wir sind auf so Anzeigen reingefallen, Job in der Gastronomie, gute, harte Euros. Das lief über so eine Agentur in Tirana, ganz offiziell mit Büro am Skanderberg-Platz. Die haben 800 Euro Gebühr verlangt für die Vermittlung, die Reise, Formalitäten. Weil wir so viel Geld nicht hatten, haben die gesagt, als Pfand brauchen wir die Dokumente, also Ausweis und solche Dinge, die haben auch Fotos von uns gemacht, und dann sind wir mit unserem Gepäck in einem Kleinbus nach Vlora gefahren, das ist ein Yachthafen, und dann in der Nacht in so einem alten Kahn über das Meer nach Brindisi. Dann ist es schlimm geworden. Für uns alle.«

Dicke Tränen liefen über ihr geschminktes Gesicht, lösten langsam das Mascara an den Augen auf. Baldo verschwendete keinen Gedanken mehr an schnellen, harten Sex.

»Schlimm? Wie?«

Albulena suchte seine Nähe, drückte sich etwas an ihn heran. »Als wir gemerkt haben, die hatten uns in so ein versifftes Hotel an der Viale Colonne gebracht, dass wir da eingesperrt waren, hatten wir alle Angst. Und dann kamen die Männer.« Sie schluchzte. Baldo sagte kein Wort.

»Wir mussten dann Sex machen, alles, auch Sachen, also so Sachen«, sie schüttelte sich.

»Ruhig, ganz ruhig. Du musst nicht weiter reden«, Baldo hatte leise gesprochen. »Aber weißt du auch, wer dahinter steckt, ich meine, das ist ja Menschenhandel, oder?«

Sie wischte sich die Tränen ab. »Wer dahinter steckt? Was glaubst du, warum wir hier sind, hier, in diesem Palazzo?«

Baldo stutzte. »Willst du damit sagen, es ist – nein, das glaube ich nicht. « Er schüttelte den Kopf.

Albulena schniefte. »Doch, Martemucci. Der ist so eine Art Chef bei denen, ich weiß jetzt den Namen nicht, was Heiliges, so was wie Mafia, aber anders.«

Baldo wurde es heiß. »Sacra Corona Unita vielleicht?«

»Ja, bei denen ist der.«

Das brachte Baldo auf eine Idee, die er in absehbarer Zeit umzusetzen trachtete.

»Und ihr wohnt wo?«

Albulena erzählte, dass sie mit den anderen Mädchen im *Roma Due* wohne.

»In der Viale Colonne, sagte ich dir doch schon. Da

müssen wir auch arbeiten, auf dem Zimmer. Manchmal auch in der Diskothek. Wollen wir jetzt nicht rasch? Ich will keinen Ärger, der Marte fragt sicher.«

Baldo schüttelte den Kopf.

»Kommst du da auch mal raus, ich meine, kann ich dich mal wiedersehen, also nicht so wie hier?«

Sie lächelte, drückte ihm einen Kuss auf die Wange. »Ja, das können wir hinkriegen, aber du musst wissen, da ist dann einer dabei, der passt auf, dass man nicht zu den Carabinieri läuft. Es ist besser im Hotel, viel besser, wenn du willst .«

Ihre Hand machte sich erneut an seiner Hose zu schaffen, Baldo gab nach. Als ihre warmen, feuchten Lippen sich über seinen Schaft stülpten, hörte er auf, Mitleid zu empfinden.

Eine viertel Stunde danach verleibte er sich gerade Parmaschinken mit Melone ein, als eine kräftige Hand seine Schulter traf. Cesare stand hinter ihm.

»Und, war die gut, die kleine Drecksau?«

Baldo war die Nähe zu diesem Mann unangenehm.

»Danke auch, Herr Martemucci, vielen Dank.«

Der lachte. »Keine Ursache. Hör mal, deine Kumpels haben erzählt, deine Familie hat da irgendwo eine Druckerei, oben im Norden bei den Polentoni?«

Baldo musste lachen, obwohl sich in ihm ein Gefühl zwischen Abscheu und Angst breit machte. »Ja, das stimmt. Polenta ist aber besser als ihr Ruf, die passt gut zu geschnetzelter Leber mit Zwiebeln.«

Martemucci grinste. »Ich frage deshalb, weil, ich hab immer wieder mal was zu drucken, und die Burschen hier unten, die sind einfach zu teuer. Vielleicht kann man da über dich und deine Leute ins Geschäft kommen?«

Baldo, der nicht gerade das Gefühl hatte, dass sein

Gegenüber an Geldknappheit litt, war behilflich. »Klar, mein Cousin, der druckt alles, hat 'ne moderne Maschine, nur dass die oben im Norden am Arsch der Welt rumtuckert.«

Martemucci täuschte Neugier vor. »Am Arsch, ja wo denn da?«

Baldo erzählte von San Martino del Carso, dem abgelegenen Haus mit dem Druckstudio.

Sein Gegenüber lachte. »Da kann ich vielleicht deinem Cousin was Gutes tun, ich hab immer wieder mal was, und wenn er mir gute Preise macht, die sind echt zu teuer hier.«

Er drückte Baldo eine Visitenkarte in die Hand, er möge seinen Cousin doch mal fragen, ob er Interesse an guten Aufträgen habe.

»Wenn ja, dann soll er mich mal anrufen, dein Drucker.«

Spät am Abend verließ Baldo mit Tizio und einigen seiner Freunde die honorige Villa, Albulena hatte er nicht mehr zu Gesicht bekommen. Gemeinsam teilten sie sich ein Taxi.

Martemucci hatte sich beim Abschied noch Baldos Handynummer geben lassen.

»Der hat ganz schön Kohle, was, der Cesare«, stellte Baldo fest.

»Lass mal den Namen weg, quatsch nicht so viel«, bremste ihn Tizio.

Es sollte keine zwei Tage dauern, da stellte Baldo den Kontakt zwischen seinem Cousin und Martemucci her.

Der benötigte fünfzehntausend Prospekte für ein Hotel auf Rügen, ein Freund von ihm sei Mitinhaber, er wolle ihm einen preiswerten Gefallen tun. Gabriele Zingaretti machte sich in San Martino nach dem Eintreffen der Druckunterlagen an die Arbeit. In der folgenden Zeit verging kein Monat ohne Auftrag aus Brindisi.

Bis sich sein Auftraggeber persönlich meldete, ihm mitteilte, er verbringe einige Tage in Triest, es sei ein Katzensprung von dort nach San Martino, da wolle er doch die Gelegenheit zu einem persönlichen Kennenlernen nutzen. Baldo müsse davon nicht unbedingt erfahren. Da Gabriele mehr Interesse am Geld aus Brindisi als an seinem Cousin Baldo hatte, hielt er sich daran.

Ein paar Wochen später sollte Baldo durch geschicktes Ausfragen feststellen, dass es zwischen der beruflichen Funktion des Gastgebers und dem Namen der Straße, an der die Villa lag, Parallelen gab. »Evangelisti« nennt man die obere Führungsebene der Verbrecherorganisation Sacra Corona Unita, die – ausgerechnet mitten im düsteren Gefängnis von Lecce – in den frühen achtziger Jahren gegründet worden war.

Ein fetter Hummer-Jeep mit getönten Scheiben und überdimensionalen Chrom-Stoßstangen röhrte auf den kleinen Hof der Druckerei in San Martino del Carso.

Gabriele wischte sich die Hände mit etwas Nitroverdünnung sauber, rubbelte sie an einem Lappen ab, ging auf den Hof hinaus. Während der Fahrer, der nur als Silhouette wahrnehmbar war, im Auto sitzen blieb, stieg ein großer, sympathisch aussehender, älterer Mann in einem schicken, bläulich schimmernden Nadelstreifenanzug aus.

»Bist du der Drucker? Ich bin Cesare Martemucci.«

Gabriele, verblüfft über das spontane Du, wies mit der Rechten auf die Tür des alten Wohnhauses.

»Gehen wir hinein, was kann ich Ihnen anbieten?«

Sein Gast wehrte ab. »Wir haben im Hotel gefrühstückt, danke.«

Sein Blick fiel auf eine verhärmt aussehende Frau in einem blauen Kittel, die hinter einem der Glasfenster der Druckerei zu sehen war. Er schaute Gabriele fragend an.

»Lina, meine Frau.«

Martemucci winkte ihr freundlich zu, bevor sie ins Haus gingen. Gabrieles Besucher schaute sich in dem niedrigen Wohnzimmer um, bevor er auf einem betagten Stuhl Platz nahm.

»Du fragst dich sicher, warum ich dich persönlich besuche, oder?« Er zog die Augenbrauen hoch.

Gabriele stand noch immer unsicher an der Tischkante. »Äh ja, also, warum auch nicht, oder?«

Er solle sich zu ihm setzen, forderte sein Besucher ihn auf. Gabriele entging die goldene Rolex am linken Handgelenk nicht, er nahm Platz. Martemucci lehnte sich etwas zurück, verschränkte die Arme vor der breiten Brust.

»Also, Gabriele, du hast da gute Arbeit gemacht, alles perfekt gedruckt, und die Preise, also die sind gut, das muss man schon sagen. Ich will dir gerne auch weiterhin schöne Aufträge geben, aber – deshalb bin ich nicht hier. Ich bin gekommen, um mit dir im Vertrauen zu sprechen, und um dir ein Geschäft vorzuschlagen.«

Er schaute auf die Tür.

»Können wir das hier ungestört besprechen?«

Gabriele, noch immer unsicher, fragte sich, was dieser elegante Herr wohl von ihm wollte.

»Ich werde dir jetzt einen Vorschlag machen, mein Freund. Und da ich nicht viel Zeit habe, solltest du nicht zu lange nachdenken. Du kannst ja sagen, du kannst nein sagen, kein Problem.«

Martemucci lachte.

»Ja ist aber besser. Wenn du dich für ein Nein entscheidest, solltest du vergessen, dass ich jemals hier war.«

Seine Stimme war leiser geworden, Gabriele spürte Angst aufsteigen.

»Ich komme aus Brindisi, habe dort viele gute Freunde, um das mal so zu sagen, das sind Männer der Ehre, nicht irgendwelche Arschlöcher, verstehst du mich?«

Gabriele verstand den Hinweis, der eher eine Drohung war. Er hatte ein mulmiges Gefühl.

»Soll ich dir nun das Geschäft vorschlagen?«

Gabriele zögerte ein wenig. »Ja, sicher, also ja.«

Er fuhr hoch, als Martemucci nun dröhnend lachte.

»Gut. Es geht um viele Druckaufträge und um die Frage, ob du deinen Mund halten kannst und viel, viel Geld verdienen willst.«

Gabriele war nervös, fuhr unsicher mit einem schmutzigen Fingernagel durch eine Rille in dem alten Tisch, dann gab er sich einen Ruck, setzte sich aufrecht hin. »Ja, also?«

Martemucci war wieder ernst geworden, wurde direkt. »Traust du dir zu, Falschgeld zu drucken? Kannst du das? Oder würdest du das machen, wenn wir dir hier erstmal einen an die Seite geben, der dir das zeigt?«

Er trommelte ungeduldig mit den Fingern auf den Tisch, lehnte sich zurück, zog die Augenbrauen hoch.

Gabriele dachte an das teure Auto im Hof, an die Rolex.

»Wie – also ja – wie hoch ist denn, wäre denn, also das Risiko? Also für mich?«

»Wenn du dich dumm anstellst, ist es hoch. Wenn du das Maul hältst und die Regeln akzeptierst, null.

Und du verdienst einen Haufen Schotter. Wenn du dir aber eben in deine blaue Hose gekackt hast vor Schreck, dann sag das und in zwei Minuten bin ich vom Hof. Dann solltest du weder deiner Alten noch sonst wem auch nur ein Sterbenswörtchen erzählen, das kapierst du doch, oder?«

Die erneute Drohung stand deutlich und offen im Raum. Gabriele durchlief ein leichtes Zittern. Martemucci merkte, dass er den Drucker doch zu hart angepackt hatte, gab sich versöhnlich.

»Vielleicht hast du doch ein Schlückchen. Was trinkt ihr hier oben, schönen Refosco, Merlot oder so für deinen Gast?«

Gabriele stand auf, ging zu einem Schrank, entnahm ihm zwei derbe Gläser.

»Den Wein habe ich im Keller«, er verließ den Raum, kam nach ein paar Minuten mit zwei dunklen Flaschen zurück.

»Das ist Refosco, das hier ist Merlot, aber es sind Hausweine, also ehrliche, aber vielleicht nicht so toll, wie Sie –«

Martemucci unterbrach ihn. »Probieren wir es. Was du uns bisher gedruckt hast, zeigt mir, dass du da drüben so eine Vier-Farben-Offsetkiste stehen hast, oder?«

Gabriele nickte beflissen.

»Kannst du in deinem Laden auch Druckplatten belichten, ja?«

Gabriele musste lachen. »Ja sicher, sonst hätte ich ja ein Problem und müsste viel außer Haus geben. Ich halte mich für einen guten Drucker, nur Geld, also, das hatte ich noch nie, verstehen Sie.«

Sein Besucher verstand, spürte instinktiv, dass er dabei war, Gabriele vom Mitmachen überzeugen zu können. »Dass du ein super Drucker bist, habe ich ja schon gesehen, deshalb komme ich auch zu dir. Also, wenn du Lust hast, an diesem Geschäft teilzunehmen, mache ich dir einen Vorschlag. Du bekommst für alles, was du für mich drucken würdest, deine regulären Kosten und, pass auf, einen Aufschlag von fünfzig Prozent. Und es geht noch weiter. Das Papier, die Farben liefere ich dir. Das heißt, keinem Mensch fällt auf, dass du da viel bestellst. Und das Schönste – du kriegst das Geld von mir nero, schwarz und bar. Jede Menge. Was sagst du nun?«

Martemucci, der sich über eine seiner zahllosen Quellen gut informiert hatte, legte nach.

»Bei der *Banca Cattolica* hast du noch einen Kredit von vierzigtausend, stimmt das?«

Gabriele war verblüfft. Was Martemucci alles wusste.

»Nach einiger Zeit, wenn du ordentlich was gedruckt hast, dann hast du ja auch viel Kohle von mir zu kriegen. Dann lassen wir uns was einfallen, was du erzählst. Da stirbt dein Onkel in Amerika, gute Geschichte das. Den Schotter lasse ich dir echt aus Amerika schicken, du erbst also – und kannst deinen Scheißkredit auf einen Schlag bezahlen. Und keine Sau denkt sich was dabei. Na, ist das was?«

Gabriele zeigte Interesse, aber auch Angst. »Ja nur, ich meine, wenn das rauskommt? Dann?«

Sein Besucher langte über den Tisch, drückte eine stark behaarte Hand auf die Rechte von Gabriele.

»Schau mich an. Ich bin seit dreißig Jahren im Geschäft. Und wo sitze ich? Hier bei dir und trinke einen guten Wein. Na, ist das nichts?«

Gabriele wandte ein, dass er die Sache mit seiner Frau besprechen müsse.

»Sie würde ja dabei sein bei der Arbeit.«

Er solle sie rasch holen, regte sein Besucher an. Er

musste noch eine Stunde kunstvoll diskutieren, bis man sich einig war. Die Verlockung, in absehbarer Zeit den Kredit tilgen und sich mehr als bisher leisten zu können, siegte am Ende.

»Ich werde dir jemanden schicken, dann kriegt ihr erst mal Druckplatten von uns, geiles Papier, Schwarz, Gelb, Zyan und Magenta, da haben wir eine Art Spezialanfertigung bei den Farben, und wenn ihr beide ein bisschen drin seid, dann könnt ihr die Platten auch selber machen, sind ja nur vier. Und die, die wir liefern, also das Ergebnis sieht aus wie Stichtiefdruck, also – fast.«

Martemuccis dröhnende Lache brandete auf.

»Das Geld für eure Arbeit, das bringt jemand bar vorbei. Ihr dürft euch dann aber nicht gleich einen geilen Porsche davon kaufen. Immer schön auf dem Teppich bleiben, ja.«

Lina, die mit auf dem Schoß gefalteten Händen am Tisch Platz genommen hatte, meldete sich eher zaghaft zu Wort. »Wenn Sie doch das Papier und die Platten, also wenn Sie das alles schon haben, also, verstehen Sie mich bitte nicht falsch, da kann man das doch theoretisch auch bei Ihnen da in Brindisi drucken lassen, oder?«

Martemucci ließ sich etwas einfallen. Er konnte nun nicht gut erzählen, dass die *S.C.U.*, die Sacra Corona Unita, immer wieder die Druckereien aus Angst vor Entdeckung wechselte, quer durch ganz Italien. Dass es immer wieder neue Anwerbeversuche gab – und nach einiger Zeit betroffene Gesichter, wenn wortkarge Männer ankamen, Druckplatten samt Papier abholten, damit der Segen vorbei war.

»Der Luigi, der das bisher für uns gemacht hat«, Martemucci trug nun kräftig auf, »wird jetzt fünfundsiebzig, der gibt seinen Laden auf, das war dann Zufall, dass ich von eurem Cousin von eurer Druckerei hier hörte. Dieser Laden hier hat ja gute Vorteile. Es bleibt alles in der Familie bei euch beiden, hier kommt kaum bis selten einer her, Nachbarn sind weit weg, versteht ihr, das ist ja das Gute hier bei euch. Von wegen Risiko.«

Seine laute Lache ließ Lina hochfahren.

»Fünfer, Zehner, Zwanziger, Fünfziger, basta«, verkündete ihr Auftraggeber.

»Und wo geht das hin?«, wollte Gabriele wissen.

Martemucci hieb mit der Hand auf den Tisch, es knallte. »Kennt ihr die drei Affen?«

Lina und Gabriele schauten sich verdutzt an.

»Nix reden, nix hören, nix sehen«, Martemucci hatte sich wieder im Griff. »Und bei mir gibt's immer noch einen Affen dazu. Nix fragen, ist das klar?«

Gabriele und Lina nickten erschrocken. Wenig später röhrte der schwarze Hummer laut vom Hof. Lina und Gabriele standen vor der Haustür, starrten versonnen auf die aufgewirbelte Staubwolke.

Einige Tage später fuhr ein kleiner Lieferwagen vor, ein wortkarger junger Mann übergab ihnen einige Transportkisten, bestellte Grüße von Cesare Martemucci, es konnte losgehen.

Das war nun lange her. Nach vierzehn aufreibenden Tagen, nach zahllosen Probedrucken hatte Zingaretti Farben samt Papier im Griff. Im Prinzip war die Produktionsmethode simpel. Der bekannte Silberfaden wurde schlicht aufgedruckt, eine spezielle Druckplatte sorgte für das Hologramm-Element sowie ein nachgeahmtes Wasserzeichen. Außerdem hatte Martemuccis Bote Papier mit einem hohen Baumwollanteil geliefert, das sich einigermaßen echt anfühlte.

Lina Zingaretti saß tagelang auf einem Hocker in der Druckerei, faltete Scheine, knüllte sie, strich sie wieder glatt, um Gebrauchsspuren zu erzeugen. Mit einigen Scheinen aus der Produktion war Zingaretti nach Venedig gefahren um herauszufinden, wie leicht man sie an den Mann bringen konnte. Er war zittrig und aufgeregt, als er das Anwesen verließ. Als er zurückkam, lachte er.

»Kein Problem, ich bin sie alle losgeworden. Man muss nur dorthin gehen, wo viel los ist. Ich probiere das auch mal in Triest und so aus, wo mich keiner kennt. Aber wer schaut sich schon einen Geldschein an, wenn Gedränge im Laden ist.«

Lina konfrontierte ihn mit der Idee, man könne ja für den Eigenbedarf einige Scheine abzwacken. Ein mit Druckerschwärze bedeckter feuchter Lappen traf sie mitten ins Gesicht.

»Bist du blöd, wie blöd kann ein Weib eigentlich sein, porco dio? Der Martemucci und seine Truppe haben den Nutzen aus dem Papier genau kalkuliert, das ist das eine. Wenn dann hier in der Gegend dieses Scheißgeld auftaucht, wer weiß, wie schnell sie uns drankriegen.«

Ein gutes Jahr darauf stand plötzlich Tillio in der Tür. Zingaretti bat seine Frau, auf die Druckmaschine aufzupassen.

»Gehen wir rüber, ist gemütlicher. Und?«

Tillio schüttelte den Kopf.

»Scheißkerl, verdammter. Er hat sich die Kohle gekrallt, den Verdienst von der letzten Lieferung dazu, schaut mir ins Gesicht und meint, wenn der Marte will, kann er mich ja anzeigen.«

Zingaretti bat ihn ins Wohnhaus.

»Komm, trinken wir einen Kaffee. Das ist ja eine echte Scheiße. Hätte ich ihm nicht zugetraut.«

Tillio zog sich einen Stuhl heran, setzte sich.

»Der Martemucci hat es ertragen, was will man machen? Dann auch noch diese junge Nutte, also echt. Genauso ein Dreckstück.«

Der Drucker zog fragend die Augenbrauen hoch.

»Nutte, welche Nutte denn?«

Tillio ballte die Rechte, hieb sie klatschend in die offene linke Hand.

»Weiß nicht, wo er die herhat. Auf jeden Fall war er da und so ein junges Weib, die war genauso drauf, wie er. Ich hab alles versucht. Die haben mich ja fast ausgelacht. Es ist nicht zu fassen.«

Zingaretti holte das Espressokännchen vom Gasherd, schenkte ein.

»Grappa dazu, oder?«

Tillio nickte. »Ich habe mein Bestes gegeben, bin knapp zweitausend Kilometer hin und her gefahren, ich habe geflötet, gebrüllt, gebettelt. Weißt du, was der Arsch zu mir gesagt hat? Er hat gesagt, so wäre das halt, wenn sich Kriminelle mit Kriminellen einlassen. So ein Scheißkerl, so ein gerissener.«

Zingaretti kippte Grappa in die Espressotässchen.

»Ist ein Aquavite, den macht der Bepi Tosolini in Povoletto, echt was Gutes. Ja, und was hast du dann gemacht, Tillio?«

Zingaretti sah etwas hinterhältig aus, als er die Frage stellte.

»Was soll ich gemacht haben? Ich bin wieder zurück gefahren, dann habe ich das Marte erzählt, der hat gesagt, ich soll dir ein wenig helfen hier. Er will im Augenblick nicht, dass ich Kohle transportiere, ich soll hier mit anpacken. Marcello besorgt jemanden aus Spilimbergo, oder sagen wir mal so, er bemüht sich. Kannst ja nicht jeden nehmen für die Fahrten.«

Zingaretti schlürfte genießerisch. »Und wer betreut jetzt die ganzen Jungs, die Verteiler?«

Tillio lehnte sich zurück. »Da haben wir wen Neues, den hat der Marte in Brindisi aufgetan. Die alten Verteiler sind abgeschnitten, die kriegen nix mehr. Weil wir nicht wissen, ob da nicht gemeinsame Sache gemacht worden ist. Wir bauen neue auf, wenn das mit dem Transportmensch klappt, dann fängt der bald an zu liefern.«

Zingaretti nickte. »Da bist du dann ganz einfach wieder zurückgefahren?«, fragte er lauernd.

Tillio lenkte ab. »Ich kann doch bei dir pennen die nächsten Tage, so lange ich mit anpacke, oder?«

Friuli/Norditalien

Dort, wo die Via del Torrente in Spilimbergo kaum noch besiedelt war, nur wenige zum Teil alte Häuser standen, die Straße von Feldern gesäumt war, lud Vittorio Sedis vor dem seinen in aller Gemütsruhe den betagten Sprinter voll.

Der große, kräftige Mann um die Fünfzig war den ganzen Vormittag in der Umgebung unterwegs gewesen, er hatte Päckchen, Pakete eingesammelt. Sascha aus der Nähe von Brindisi hatte am Vortag nach langer Fahrt vier Zentner Artischocken angeliefert, die auch verstaut werden wollten.

An der Rückwand zum Fahrerraum hatte Vittorio zwei uralte Kühltruhen festgeschraubt, die mit Pufferbatterien verbunden waren. Die Truhen waren zum Bersten gefüllt mit würzigem Montasio-Käse und Buffalo, Büffel-Mozzarella, den er per Expressgut von einem betagten Cousin und Kuhzüchter aus dem Nest Borgo Apio in der Nähe von Neapel bezog. Was er nicht wusste, war der Umstand, dass der wohlschmeckende Buffalo aus einer Hinterhof-Lagerhalle im neapolitanischen Capodimonte stammte und weniger als zehn Prozent Büffelmilch enthielt. In der Halle wurden auch auf wundersame Weise Alba-Trüffel hergestellt. Ihre Grundmasse bestand aus chinesischen Billigtrüffeln, die in einem aufwändigen Verfahren aufgefasert, mit synthetischem Trüffel- und einem Hauch Knoblauchöl angereichert und in speziellen Formen regelrecht zusammengebacken wurden.

Doch selbst wenn Vittorio es gewusst hätte, er hätte den Verkauf der Ware riskiert. Es war noch kein Jahr her, als er hunderte Flaschen DOC-Chianti für gutes Geld in Österreich und Deutschland verhökert hatte, die das Chianti so wenig gesehen hatten wie ein Eskimo den Nürnberger Christkindlesmarkt. Auch seine anderen Weintransporte waren nicht ohne. In Rua di Filetto bei Conegliano im Veneto holte er stets kleine Chargen Clinto Americano, einen mit spezieller Gärmethode hergestellten Wein mit fast drogenähnlicher Rauschwirkung, brachte ihn zu hohen Preisen an gut zahlende Abnehmer.

In ein, zwei Stunden würde er losfahren, Richtung Osoppo, dort auf die Autobahn gelangen, über Tarvisio, Villach fahren, später an Salzburg vorbei die gut neunhundert Kilometer in den Großraum Frankfurt absolvieren. Wo seine Abnehmer ihn schon erwarteten.

Nachdem die Felder um das kleine Haus immer weniger abwarfen, die letzte Kuh vor Jahren verkauft war, hatte sich Vittorio auf das Transportgeschäft verlegt, nicht so ganz legal, wie er gelegentlich einräumte.

Er versorgte italienische Restaurants in Deutschland für kleines Geld mit Gemüse, Käse, Salami, Schinken, Muscheln, Fisch. Die Ware stammte aus dezenten Quellen, musste stets bar ohne Rechnung erworben werden. Dies war auch das Credo für seine Abnehmer, die sich – nach Verarbeitung und Verkauf des Gelieferten – über einen guten Batzen Schwarzgeld freuen konnten. Zusätzlich lieferte er Pakete aus der Heimat bei in Deutschland arbeitenden Italienern ab, die ihn ihrerseits mit Paketen bestückten, die er dann in Norditalien an Frau und Mann brachte, zum Teil auch an andere Transporteure weitergab.

Weil Vittorio billiger als die Post war, lief das Geschäft einträglich, in guten Wochen kassierte er bis zu tausend Euro durch Verkäufe und Pakettransport, gelegentlich sammelte er von Tippgemeinschaften in Deutschland Geld für die Lotteria Nazionale ein.

Zog er die Kosten für Übernachtungen in billigen Pensionen, hie und da eine Pizza oder Pasta, Maut und Sprit ab, blieb ihm genügend zum Überleben, immer vorausgesetzt, er hätte keine Scherereien mit der Guarda di Financa, dem Zoll oder der Polizei in Italien, Österreich oder Deutschland.

Auch ein Unfall durfte nicht passieren, die Elektroinstallation im Sprinter entsprach keineswegs den Standards. Er war gerade mit den Päckchen fertig, bei denen die Postleitzahl mit 6 anfing, als von Spilimbergo her ein nagelneuer 7er BMW ankam, neben ihm stoppte.

»Ciao Vito«, begrüßte ihn der jugendlich aussehende Fahrer in sportlicher Kleidung, der etwas Mühe hatte, seine langen Beine aus dem Auto heraus zu bekommen.

»Ciao, Marcello, wie geht's dir denn so? Steht noch Stein auf Stein bei dir in Trasaghis?«

Marcello wies auf Vittorios Haus, einen zweigeschossigen recht langen Bau mit einer alten, hölzernen Eingangstür und dem für Friaul typischen Hofeingang in Rundbogenmanier.

»Muss mit dir mal reden, da drin.«

Vittorio nickte, die Beiden gingen in das Haus. In der gemütlich eingerichteten Wohnküche, die so groß war, dass unter einer mit Blech verkleideten Esse ein Focolar, eine gemauerte offene Feuerstelle, Platz fand, offerierte Vittorio Wein, Wasser, Espresso, doch sein Gegenüber lehnte ab.

»Danke – danke, lass mal. Ich wollte dir vorschlagen, dass du für mich auch was mitnimmst und ab und zu auch wieder was zurückbringst, ich würde das gut bezahlen.«

Vittorio schaute Marcello zweifelnd an. »Etwas? Was soll das sein?«

Marcello lehnte sich zurück. »Im Prinzip ist das eine sichere Sache, weißt du. Du kannst das irgendwo in deinem Auto verstecken.«

Vittorio witterte Unheil. Verlegen massierte er sein breites Kinn. Marcello hatte vor nicht allzu langer Zeit eine Weile im Gefängnis von Udine gesessen, weil er in eine Schieberei mit Krankenhausabfällen verwickelt gewesen war. Der durchtrainiert aussehende Mann hatte auch in der Vergangenheit immer wieder mal Polizeikontakte mit entsprechenden Folgen gehabt.

»Ich weiß nicht so recht«, versuchte sich Vittorio heraus zu reden. »Das, was da zu transportieren ist, wird ja wahrscheinlich kein Rohmilchkäse sein, oder irre ich mich da?«

Marcello lachte, zeigte perlweiße, gepflegte Zähne. »Nein, Alter, Käse ist das nicht. Es ist – Zaster.«

»Zaster?« staunte Vittorio. »Du meinst …«

Marcello grinste. »Denaro falso, Falschgeld, aber prima gemacht. Schön in kleinen Päckchen. Musst nur dein Handy benutzen. Du kriegst einen Batzen Sim-Karten zum Austauschen, dann wird das in Deutschland dezent bei dir abgeholt, oder du gibst das bei bestimmten Leuten ab, die nehmen auch Obst und anderen Kram von dir, beim nächsten Mal bringste mir die gewaschene Kohle mit. Ich gebe dir, also das ist wirklich viel Geld, für jeden Transport fünfhundert Euro. Also echt. Was sagst du nun, Vito?«

Der war gerade auf dem besten Weg gewesen, das Geschäft abzulehnen. »Fünfhundert – echt, für jedes Mal?«

Marcello hielt ihm die Hand hin. »E vero, schlag ein, schneller kannst du so viel Kohle nicht verdienen, Alter.«

Vittorio war noch nicht überzeugt, rubbelte mit der Handfläche über sein stoppeliges Kinn. »Und wenn sie mich erwischen, was ist dann, wenn mich wer drankriegt?«

Marcello lehnte sich auf dem alten Stuhl zurück. »Wer soll dich erwischen? Bei deinen Käsegeschäften und was du sonst noch auf der Karre hast, ist ja auch nie was passiert, oder? Wenn du das dezent machst, ich habe ein paar Vertrauensleute in Deutschland, die halten genau so dicht wie ich, und da die auch nicht erwischt werden wollen …«

Vittorio war noch nicht überzeugt. »Da gehe ich ins Loch, wenn mich wer drankriegt. Da stehe ich nicht so drauf, Mann.«

Marcello stand auf, schien beleidigt. »Na gut, war ja nur ein Vorschlag. Wenn du das Geld nicht brauchen kannst, es gibt noch andere.«

Er ging rasch zur Tür. Vittorio bremste ihn mit einer Handbewegung.

»Piano, piano, jetzt mal langsam. Also, du bringst mir das, ich pack das an eine gute Stelle im Sprinter, telefoniere in Deutschland, dann kommt da wer und holt es ab, oder ich bringe es irgendwohin, ja?«

Marcello lächelte, zog sich einen klobigen Stuhl heran. »Genau so. Frankfurt, Darmstadt, das ist in der Nähe, Mannheim, Stuttgart sicher auch mal. Weitergeben, Geld kassieren.«

Vittorio fuhr sich nervös durch die grauen, kurzen Haare. »Die Kohle, die ich kriege, die ist aber – also sauber, oder?«

Marcello nickte, zeigte wieder seine Zähne, eine einstudierte Mimik, die ihm schon häufig weibliche Zuneigung eingebracht hatte. Jetzt galt es, Vittorio eine einigermaßen glaubhafte Geschichte zu erzählen.

»Pass auf, Vito, ich erklär dir, wie das läuft. Ich kauf das von gewissen Jungs im Süden und verkaufe es weiter. Nur Fünfer, Zehner, Zwanziger und Fünfziger. Für einen Zwanziger zahle ich acht Euro, für den großen Lappen dann achtzehn. Meine Jungs in Deutschland blechen zwölf für Zwanzig, fünfundzwanzig für Fünfzig, ja. Und die müssen dann zusehen, dass sie den Schotter weiter versilbern. Ich kann dich regelmäßig beliefern, ein kleines Treffen, ein Espresso, das war es. Zurzeit ist erst mal wichtig, einen größeren Vorrat an alten Scheinen loszuwerden, weil es später Stück für Stück neu gedruckte geben wird.«

Vittorio war neugierig. »Verstehe. Und die Mengen, ist das viel? Und wie kriegen die das an den Mann, da in Deutschland?«

Marcello wurde ernst. »Eigentlich ist das ein Tauschgeschäft, aber gut aufpassen müssen die schon. Also, da gibt es eine Reihe von Sachen, die einfach nicht gehen. Du kannst den Schotter nicht dort waschen, wo sie so ein Prüfding haben, weißt du, wo das Geld durchgezogen wird, wo es bimmelt oder leuchtet dann. Deswegen arbeiten wir ja nur bis Fünfzig, weil das noch im normalen Bereich ist. Die wirst du an so einem Kiosk los, wo du Zigaretten holst und 'ne Zeitung. Oder im Supermarkt. Aber die Läden muss man alle vorher checken. Auch Tankstellen und so. Man muss also einen Testlauf machen, wo wird die Kohle gecheckt, wo nicht. Sonst ist das natürlich Scheiße, verstehst du?«

Vittorio verstand. »Und wenn sie einen trotzdem kriegen, was läuft dann so ab? Die Bullen, oder?«

»Nicht unbedingt. Wenn du natürlich gekascht wirst, weil du nicht aufpasst und hast einen ganzen Sack Falsifikate in der Tasche, dann bist du fällig. Das kann, ehrlich gesagt, fünf Jahre machen da drüben in Deutschland.«

Vittorio verzog den Mund.

»Langsam, Alter, mach mal langsam. Die ziehen beim Eintauschen mit zwei Mann los. Der eine hat nur einen Lappen, den er wäscht, es is ja Wäsche, das ist klar. Der andere steht in der Nähe rum, der hat halt mehr gebunkert. Wenn jetzt, sagen wir mal, dem einen was passiert, also dass da ein Ladendetektiv geholt wird oder auch die Bullen, dann kann der immer noch erzählen, dass er den falschen Lappen irgendwo angedreht bekommen hat. Aber nicht einfach so, er muss sich da was einfallen lassen. Zum Beispiel, dass er mit dem Taxi unterwegs war, und da isses wohl passiert. Der darf nie sagen, es war in diesem Laden oder so was. Weil man das checken kann. Und es gibt ja auch die Videodinger, die jeden filmen heutzutage. Also aufpassen, das muss man schon. Du kannst mir doch noch 'nen Espresso machen, Vito.«

Sedis stellte den betagten Gasherd an, füllte Wasser und Kaffee in ein Kännchen. »Drei, vier Minuten.«

Marcello nickte ihm freundlich zu. »Die Jungs müssen sich einen klaren Plan machen, viel rumlaufen. Wo wird kontrolliert, wo nicht, wo hängt so ein Videoding rum, wo nicht. Am besten, wenn die in fremde Städte und Ortschaften gehen, wo die mit Sicherheit keiner kennt. Du kannst dann am Samstag auf so einen Gemüsemarkt gehen, auch auf Flohmärkte, wo ein schönes Gewimmel ist, in kleine Läden, zu so Türken und so was, also, da lässt sich schon viel machen.«

Vittorio musste lachen. »Und dann haben die sackweise Kippen, Kaugummipäckchen und Zeitungen, die sie nach Hause schleppen müssen, oder?«

Marcello pfiff leise. »Hoho, du passt ja gut auf. Nee, das muss man schon anders regeln. Also, erst mal, das ist ein Nebenjob, das macht man nebenbei, immer schön seriöse Fassade. Dann fragt man die Alte, was brauchen wir denn so? Eier, Waschmittel, Marlboro, eine Fernsehzeitung. So was eben. Also, was man echt braucht. Dann läuft das. Man hat dann die Ware, echtes hartes Geld, einen Teil krieg ich, einen Teil du, einen Teil die Jungs im Süden.«

Vittorio nahm das blubbernde Kännchen von der Flamme, stellte das Gas ab, kramte zwei reichlich verkratzte Espressotässchen von einem alten staubigen Wandregal. »Zucker und ein Schuss Grappa?«

Marcello hob die Hand. »Schwarz, ist schon gut so. Also, du siehst, wenn man das alles ordentlich macht, was soll da passieren? Nix.«

Doch Vittorio fühlte sich noch nicht sicher. »Und die Typen, also du kennst die?«

Marcello legte ihm eine gebräunte Hand auf den Unterarm. Es war ihm wichtig, sich als den großen Boss darzustellen, keinen Hinweis auf seine Hintermänner zu geben. Je weniger, desto besser, so hatte er es einst von Cesare Martemucci gelernt.

»Na logisch kenne ich die. Sie verticken das zum Teil dann auch weiter, also ich bin gewissermaßen, wie soll ich sagen, so eine Art Großhändler, klar?«

Das leuchtete Vittorio ein, er blieb aber weiterhin skeptisch. »Du hast doch gesagt, einmal liefere ich das ab, und bei der nächsten Tour, also, dann zahlen die. Also beim ersten Mal zahlen die also nichts?«

Marcello bestätigte. »Genau. Ich sag dir auch, warum. Zahlen tun die schon, aber jetzt kommen bald Bestellungen von gut zweihunderttausend Euro, das können die dann erst finanzieren, wenn sie es untergebracht haben. Vorkasse, wie das heißt, geht nicht. Is ja klar bei der Menge.«

Vittorio war ein wenig schwindlig geworden. »Zweihunderttausend? Aha. Das ist eine Menge. Und was machst du, wenn ich denen das gebe irgendwo und irgendwie und beim nächsten Mal, also, da sind die abgehauen? Was machste denn dann?«

Marcello blickte ernst mit kalten Augen, reckte sich. Er schlürfte einen Schluck Espresso, setzte die Tasse mit einem leichten Knallen ab. »Tillio.«

Vittorio zog die Augenbrauen hoch. »Tillio – Venturini? Meinst du den?«

Marcello schaute ihm ernst in die Augen, winkelte die rechte Hand an, zog sie mit einer betont langsamen Geste über seinen Hals. Vittorio schauderte. Von Tillio hatte er einiges gehört. Als Grundschüler hatte er angeblich die Katze eines ungeliebten Nachbarn bei lebendigem Leib an ein Scheunentor genagelt. In Tarvisio hatte er sich mit einer Gruppe Alpini der dortigen Kaserne geprügelt, einem jungen Leutnant mit dem abgebrochenen Henkel eines Bierkruges den Arm aufgeschlitzt. Gerüchte besagten, dass er in die Udineser Giftmüllaffäre verwickelt war sowie gute Drähte zu den albanischen Banden hatte, die seit geraumer Zeit ganz Friuli unsicher machten.

»Genau den. Er hat ja unten in Lecce nach dem Überfall auf den Juwelierladen sechs Jahre gebrummt und ist wieder draußen. Die konnten ihm nicht nachweisen, dass er den Juwelier abgestochen hat, die waren zu viert, und die Freunde der Freunde haben einen ausgeguckt, der dann gesagt hat, ich war's. Der Typ wird vergoldet wieder rauskommen. Der Tillio haust jetzt oben bei Paludea in den Bergen, dem Tristkaff, bei seiner alten Mutter. Der macht keine halben Sachen. Wenn mich einer linken will, da gibt's auf die Nüsse, der Tillio regelt mir das, das weiß hier jeder, oder?«

»Das wissen auch die Typen in Deutschland? Kennen die den denn überhaupt, Marce?«

Der grinste breit. »Nee, aber die wissen, dass da mit mir nicht zu spaßen ist. Die haben Familie, Frauen, Töchter, Söhne, Enkel. Denen soll es doch immer gut gehen, oder was meinst du?«

KONGRESSZENTRUM »DARMSTADTIUM«

ICH BIN VON der Soko-Arbeit weitgehend freigestellt, halt nicht ganz, aber immerhin.«

Petra Herrmann trug ein schickes, schwarzes Kostüm, ließ erstaunlich wohlgeformte Beine sehen, verstaute Pinduis Utensilien vor der Hoteltür im Heck eines älteren, schwarzen Audi mit Heppenheimer Tarnnummer.

Später parkten sie in der Tiefgarage des *Darm-*

stadtium, Pindui verspürte erneut Kragenzwicken, er freute sich insgeheim, dass die Zeit des Anzugtragens bald vorbei war. Er war aufgeregt, schwitzte ein wenig. Nicht alle Tage hielt ein Commissario aus Udine einen Mafia-Vortrag in einem imposanten, hochmodernen Zentrum vor zahlreichen Gästen, die von Simultan-Dolmetschern bedient wurden.

Noch vor wenigen Jahren gingen der Commissario und seine Kollegen in Friaul davon aus, dass die Mafia und verwandte Organisationen ihre Krakenarme zwar bis Mailand, aber kaum weiter ausgestreckt hatten. Dann wandelte sich das Bild. Friaul, mit dem obersten Zipfel bei Tarvisio, grenzte an Slowenien und Österreich und war inzwischen zur beliebten Durchfahrtsstrecke für Drogenschmuggler geworden. Der teilweise Wegfall der fest installierten Grenzposten durch das Schengener Abkommen – von vielen Zöllnern und Polizisten mit Argwohn betrachtet und bekrittelt – öffnete im Sinne des Wortes Türen und Tore für dunkle Gestalten aller Art. Dazu hatte sich das eher skandalfreie Friaul auch als Rückzugsgebiet süditalienischer Gangster angeboten. Pindui selbst war im Rahmen der Anti-Mafia-Aktion »Compendium« an der Verhaftung eines Mafia-Bosses beteiligt, der sich vor den Toren der Provinzhauptstadt Udine in einer teuren Villa wohlfühlte, einen noblen Ferrari, einen BMW X6 fuhr, bis die Handschellen einrasteten. Rund fünfzig Millionen Euro an Vermögenswerten entdeckte Pindui gemeinsam mit einer Sondereinheit dann auf verschiedenen Konten, die Verbindungen nach Palermo aufzeigten, sowie feine Ferienwohnungen in Grado und Bibione, die offensichtlich mit gewaschenem Geld finanziert worden waren.

Querverbindungen zwischen organisierten albanischen Banden und einheimischen Verbrecherorganisationen, die sich mit Prostitution, Waffen- und Drogenhandelt befassten, hatten zu Niederlassungen von Mafia, Ndrangetha, Cosa Nostra, Corona Sacra und anderen in Friaul geführt. Es wurde mit Müllschiebereien operiert, mit Falschgeld, Erpressung, Drogen und Prostitution, gewaschenes Geld wurde in teures Bauland und Neubauten investiert, das weitgehend katholische, bodenständige Friaul hatte längst seine Unschuld verloren.

Das war auch der letzte Satz in Pinduis Vortrag, den er nach einer knappen Dreiviertelstunde unter lautem Applaus reichlich durchgeschwitzt beendete.

Während der Pause, im hellen, lichtdurchfluteten Foyer, klopfte ihm Petra Herrmann auf die Schulter, ihr Präsident Holger Gössner stand bei ihnen.

»Zum Glück haben wir hier solche Strukturen nicht, wir sind eine kleine Insel der Glückseligkeit in Darmstadt«, verkündete er.

Die acht Morde aus dem Vorjahr hatte er geflissentlich außer Acht gelassen, sie waren ja auch nicht von der Mafia verübt worden, obwohl in einem Fall sehr wohl eine international agierende Bande einen plauderfreundlichen Mitläufer im Wald bei Seeheim-Jugenheim zum Schweigen gebracht hatte.

»Die beiden Taten, Sie haben das ja mitbekommen, die gestern entdeckt worden sind, sind Beziehungstaten. Wir kriegen den Mörder, und wenn er Hintermänner hat, die auch. Ich sage immer: Wir kriegen sie alle.«

Viel, viel später sollte sich Pindui lächelnd an diese Bemerkung erinnern.

»Ihr Vortrag hat mir gut gefallen«, lobte ihn Gössner. »Wir schließen übrigens nicht mehr aus, dass der gestrige Doppelmord auch mit Falschgeld zu tun haben kann, aber das haben Sie ja schon mitbekommen. Entschuldigen Sie mich, ich möchte dem Oberbürgermeister meine Aufwartung machen.«

Präsident Gössner ging einige Meter weiter zu einem großen Mann mit grauhaariger Tolle.

K-10

Heinz Dobler hörte aufmerksam zu, machte sich Notizen.

»Es gibt in dieser Sache für uns eigentlich nur eine Erklärung«, erläuterte Professor Kratze am Telefon. »Ein Teil der Hämatome steht in direktem zeitlichen Zusammenhang mit Strangulation, Genickfraktur, das gilt für die Frau wie auch den Mann. Rätselhaft ist allerdings, das können wir belegen, dass ein weiterer Teil der Hämatome bei beiden älter ist, zwei, drei Tage vielleicht. Ich will Ihnen jetzt keinen Vortrag über den Abbau des Hämoglobins halten, aber es ist faktisch so, dass wir da zwei Prozesse innerhalb der betroffenen Blutkörper entdeckt haben. Der Frau wie dem Mann wurden also eindeutig Tage vor ihrer Ermordung massive Faustschläge in den Unterleib zugefügt – und später noch einmal. Fragen Sie mich jetzt bitte nicht, Herr Dobler, ob das der gleiche Täter war, gelt.«

Dobler atmete tief durch. »Sie sind also zwei Mal verdroschen worden. Theoretisch hätten die Beiden ja nach dem ersten Mal etwas unternehmen können, sagen wir mal, unter dem Aspekt der Bedrohung zu flüchten, zur Polizei konnten sie ja wohl nicht gehen, wenn ich an die gefälschten Papiere des Mannes denke. Warum also lässt man sich zwei Mal derart verprügeln?«

Kratze blies laut Luft aus, es zischte im Hörer. »Lieber Herr Dobler, in der Rechtsmedizin ist für Spekulationen kein Platz, bitte. Aber ich habe noch etwas für Sie, das Sie auch ins Grübeln bringen wird. Die älteren Hämatome dürften durch Schläge mit der bloßen Faust verursacht worden sein, die neueren von einem Jemand, der Handschuhe getragen hat. Unter dem Elektronenrastermikroskop haben wir winzige Wisch- und Kratzspuren entdeckt, die beim Auftreffen von Haut auf Haut nicht vorkommen würden, ich tippe auf eine sehr grobe Art von Handschuh, vielleicht waren das Arbeitshandschuhe, die sind ja eher von derber Machart. Ich hatte ja auch bereits angedeutet, dass der Täter, oder die, bei den Attacken mit Sicherheit Handschuhe getragen haben, um sich zumindest im Fall der Frau mit dem Würgedraht nicht zu verletzen, das passt doch jetzt ins Bild, oder?«

Dobler grunzte bestätigend.

»Mit den Mageninhalten sind wir durch«, ergänzte Kratze. »Beide Opfer hatten wohl Nudelgerichte verzehrt, wir schätzen, zirka fünf Stunden vor der Tatausführung, die Frau ist mit einiger Wahrscheinlichkeit zirka vier Stunden nach dem Mann getötet worden. Der Mann hatte eine intensiv gefärbte Raucherlunge sowie eine beginnende Koronarerkrankung, das bringt die Pafferei dann schon mal mit sich. Weitere Auffälligkeiten haben wir bei ihm nicht festgestellt. So. Nun zum Thema Vergewaltigung. Die vaginale Untersuchung der Frau hat ergeben, dass es über längere Zeit keine Penetration gegeben hat, Spermien konnten wir auch keine entdecken, damit ist für uns die Vergewaltigungsthese vom Tisch, es sollte wohl danach aussehen. Ein recht plumpes Manöver, meinen sie nicht auch?«

Dobler bestätigte. »Wann kriegen wir Papier von Ihnen, Professor?«

Kratze versprach, in Kürze zu diktieren, dann beendeten sie das Gespräch. Dobler lehnte sich zurück, dachte nach.

Brauereiausschank Grohe, Darmstadt

Wir könnten die Mittagspause nutzen, um den Laden hier zu verlassen. Zehn Minuten zu Fuß von hier gibt es was Deftiges, wenn du magst.«

Petra Herrmann lotste den Commissario aus dem *Darmstadtium*. Bald saßen sie bei milden Temperaturen an einem von der Sonne beschienenen Biertisch, tranken alkoholfreie, süffige »Fassbrause«, Pindui stocherte verlegen in einer großen Portion Sauerkraut, die ein saftiges, recht großes Rippchen garnierte. Petra Herrmann wischte sich eine blonde Haartolle von der Stirn.

»Das ist eine hessische Spezialität, Rippchen mit Kraut. Zu dem Rippchen gehört die Portion Senf dazu, das solltest du erst mal probieren, dann das Kraut, sauer macht lustig.«

Der Commissario griff zu. »Mir geht das mit den zwei Morden nicht aus dem Kopf«, meinte er kauend. »Es muss einen massiven Grund geben, bevor man so weit geht. Dass da jemand spontan seine Grenzen überschritten hat, kann ich mir nicht vorstellen. Zumal, wie du berichtet hast, die Leiche der Frau so drapiert war, dass man auf den ersten Blick hin hätte denken können, sie wäre ein Vergewaltigungsopfer. Dann noch falsche Namen, Dokumente und ein falscher Geldschein.«

Petra Herrmann schaute auf die Uhr. »Morgen Vormittag nehme ich nicht an der Tagung teil, mal sehen, ob deine Kollegen in Italien schon was geschickt haben, was uns eine Vergleichsmöglichkeit in Sachen Fünf-Euro-Schein ermöglicht. In zehn Minuten müssen wir loslaufen, dann geht es weiter. Hast du für heute Abend schon Pläne? Wenn nicht, könnten wir mal auf die Burg Frankenstein fahren.«

Pindui tat so, als erschaudere er. »Frankenstein, da werde ich aber ziemlich große Angst haben.«

BRINDISI

BALDO ZINGARETTI, DER seit Monaten davon ausging, dass sein Cousin in San Martino del Carso wacker Prospekte für Martemucci druckte, hatte nach dem Gespräch mit Albulena in Martemuccis Villa eine Idee entwickelt, die ihn umtrieb. Er war begierig, mehr über Martemucci zu erfahren.

Die Art und Weise, wie Martemucci mit den Prostituierten bei der Party in der feinen Villa umgegangen war, dazu die Informationen von Albulena, aber auch der Hinweis seiner Freunde, nicht zu viele Fragen über »Marte« zu stellen, hatte ihn hellhörig gemacht. Hätte er sich in seiner eigenen Verwandtschaft, bei seinem Cousin in San Martino del Carso umgehört, vielleicht hätte er von der Falschgeldproduktion erfahren. Aber so blieb ihm nur Albulena als Quelle, denn egal, wo er sich in Brindisi nach seinem Gastgeber erkundigte – er stieß auf eine Mauer des Schweigens.

In den vergangenen Monaten hatte er sich mehrfach mit Albulena getroffen, es tunlichst vermieden, sie auf ihre Begegnung in Martemuccis Villa anzusprechen.

Er vermied es ebenfalls, mit der jungen Frau über ihr Gewerbe zu reden, obwohl es ihm immer wieder durch den Kopf ging. In Gedanken stellte er sich vor, wie sie mit fetten, verschwitzten, alten Männern Oralverkehr hatte oder mit besoffenen Jüngeren einen Dreier durchzog. Er malte sich selbstquälerisch diese Situationen aus, bis ihm fast übel wurde. Und er stellte bei sich fest, dass die junge Albanerin es ihm in irgendeiner Weise angetan hatte. Das war die menschliche Komponente, was ihn umtrieb, war eine andere.

Jetzt saß er in der Viale Colonne in der etwas herunter gekommenen Hotelbar, an der Rezeption hatte er gebeten ihr mitzuteilen, dass er warte. Dragan, der Chef der *Blu Night Disco* hatte ihre Treffen gnädig gestattet, aber nur im Hotel. Er war allerdings misstrauisch, was Baldo anging.

»Wenn dieser Baldo dich ficken will, soll er in die Disco kommen oder ins Hotel, die Knete hinlegen und dich rammeln. Von mir aus kannst du mit dem Idiot auch plaudern, aber verplaudere dich nicht. Ist das klar?«

Mit dieser eindeutigen Drohung wollte Dragan nicht nur für seine Sicherheit sorgen. Zwar wusste ganz Brindisi, was sich in seiner Disco sowie dem betagten, sogenannten »Hotel« tat, aber Interna wie die Frage, unter welchen Umständen die Mädchen und jungen Frauen aus Albanien zu ihrer Tätigkeit gekommen waren, stellte sich niemand. Baldo hörte ein leichtes Klackern auf der benachbarten Treppe. Albulena trug zu Jeans und einer roten Bluse High-Heels, in denen sie graziös die Stufen herunterlief, sie lächelte ihm zu.

»Martini on the rocks, wie immer?« fragte Baldo, sie nickte, setzte sich ihm gegenüber auf einen betagten Sessel.

»Und, wie geht es dir«, fragte Baldo halblaut.

Die verhärmt aussehende Barfrau hinter ihnen erschien ihm nicht vertrauenswürdig, so bevorzugten sie den Flüsterton.

»Es geht. Und bei dir?«

Baldo erzählte ein wenig von seiner Arbeit, Albulena von einem kürzlich absolvierten Strandbesuch samt Badegelegenheit unter der Aufsicht von Dragan.

»Er macht so was immer wieder mal, damit wir uns wohlfühlen, denkt er. Das sind so kleine Belohnungen, er fährt mit einigen von uns auch mal raus an die Peripherie in ein Restaurant. Aber letzten Endes bezahlt er das von dem Geld, das wir verdient haben.«

Baldo sah die junge Frau im Geiste nackt auf einem schmuddeligen Bett sitzen, die Hand gegenüber einem Freier aufhalten. Er kniff sich in den Oberschenkel, der kurze, heftige Schmerz lenkte ihn von seinen Gedanken ab. Bei den letzten Treffen hatte Albulena ihm von Martemuccis Freunden erzählt, Namen genannt.

Baldo hatte sich in seinem schlichten Apartment an den Laptop gesetzt, mit Hilfe von *Google* die Namen Colonelli und di Petris eingegeben. Damit kam er nicht weiter, die wenigen Einträge nannten zwar Firmenadressen und Telefonnummern, aber das waren nur die nach außen vorhandenen Fassaden. Baldo war klar, dass er sein Interesse auf eine kriminelle Organisation richtete, dahinter stand sein Plan, in absehbarer Zeit einen Erpresserbrief an Martemucci zu schicken, Geld zu verlangen. Was ihm fehlte, waren Informationen, die Martemucci und seine Partner unter Druck hätten setzen können.

»Hast du unseren Gastgeber von der Villa mal wieder gesehen«, versuchte er Albulena aus der Reserve zu locken.

»Der hat mich schon schwer beeindruckt.« Albulena nippte an ihrem Martini. »Dich aber auch, du fängst ja immer wieder an mit ihm. Na gut, manchmal bestellt er Mädels. Er ist ja ganz dick mit Dardan, ist ja auch sein Chef, ich bin mir auch sicher, dass er das alles organisiert, also die Sachen mit den Frauen.«

Albulena bemühte sich, wie Baldo auch, weder die Worte »Sex« noch »Prostitution« in den Mund zu nehmen. Beide wussten letztendlich, worum es ging.

»Wenn Cesare Martemucci in die Disco kommt, das macht er sehr selten, hockt er mit Dardan und irgendwelchen Gästen, die ich nicht kenne, hinten im Büro. Ich glaube, die reden dann drüber, wie sie neue Mädchen herholen können. Manchmal kommen dann auch neue und einige, die schon lange da sind, müssen packen. Die gehen dann in Läden in Taranto, aber es sind auch schon welche nach Turin, Mailand und Rom gegangen. Na ja, was heißt gegangen. Gebracht worden. So nach dem Motto, da muss frisches Blut geliefert werden. So 'ne Art Verschiebebahnhof. Nur wenn man hier in Brindisi Stammkunden hat, dann lassen sie einen bleiben. Wer gute Arbeit macht, der bleibt halt. Ist ja auch zu verstehen.«

Baldo stieg Hitze in den Hals, die »gute Arbeit« bezog sich bestimmt auch auf sein hübsches Gegenüber, denn Albulena war schon über ein Jahr in Brindisi. Ohne es zu wollen, startete sein Kopfkino wieder. Baldo beschloss, sich die gerade genannten Namen der Städte gut zu merken.

»Ja und, also, wie läuft das denn? Der Dardan sagt dann, jetzt wird gepackt, und dann geht es mit dem Auto irgendwo hin? Ich meine, das ist ja eine ewige Tretmühle mit dem Abarbeiten von euren Schulden, wann kommt man da denn mal raus?«

Albulena lächelte. »Das ist eine gute Frage. Aber du musst auch sehen, dass es Mädchen gibt, die sich sagen, okay, ich mach da keinen Zoff, ich mach die Arbeit, meckere nich rum, kassiere gut Kohle. Also, die wollen dann einfach weiter machen, verstehst du?«

Baldo verstand, die Frage, die ihm in Sachen Albulena auf der Zunge lag, sprach er nicht aus.

»Und dass eine abhaut, ich meine, die muss doch nur hier irgendwo aus dem Fenster klettern oder vom Lokus in der Disko?«

Albulena schüttelte den Kopf. »Erstens hast du kein Geld, dann auch keine Papiere. Also musst du zur Polizei gehen oder den Sozialbehörden, für die bist du erst mal illegal. Und wer garantiert dir, dass du da nicht an jemand gerätst, der dich verpfeift, der drinsteckt in dem ganzen Kram? Was glaubst du, wer alles aus der Stadtverwaltung hierher zu den Mädels kommt? Nee, abhauen, das ist ein Problem. Also in meiner Zeit ist nur eine weg, die Vlora. Die hatte einen Freier, einen Kerl von hier, die haben das wohl lange und gut vorbereitet – auf einmal war sie weg, das ist noch nicht so lange her. Es gab dann einen Riesenärger mit Martemucci, mit Dardan, sie würden ihr den Kopf abhacken, sie würden sie kriegen.«

»Nehmen wir noch einen, ich geb noch einen aus, okay?«

Die Barfrau stellte ihnen mürrisch zwei neue Gläser mit Martini auf den Tisch.

Baldo rückte nahe an Albulena heran. Er hatte beschlossen, einen Köder auszuwerfen.

»Also es geht, wenn man gut plant. Hör mal, Albulena, wenn ich jetzt sage, wie wäre es, wenn wir zwei auch einen Plan machen, würdest du da nicken, ja sagen?«

Sie griff nach seiner Hand, drückte sie. »Ehrlich, du würdest …»

Baldo setzte eine ernste Miene auf, schaute ihr lange in die Augen.

»Ja, das ist ja auch der Grund, warum ich so viel frage. Ich kann mir vorstellen, mit dir weg zu gehen, irgendwohin, vielleicht in ein kleines Häuschen, so mit Garten, ich gehe arbeiten – und du gießt in der Zeit die Tomaten.«

Die junge Frau musste lachen.

»Wirklich, ist das wirklich wahr? Du würdest mit mir, obwohl ich hier …«

Baldo legte ihr einen Finger auf den Mund.

»Pscht. Ich mag dich richtig gern, richtig, richtig. Je mehr ich über den Martemucci und seine Kumpels weiß, desto besser kann ich einen Plan machen.«

Albulena glaubte ihm uneingeschränkt, strahlte ihn an.

Knapp drei Kilometer weiter entkorkte Cesare Martemucci eine Flasche 2004er Apollonia.

»Der wird dir schmecken, Rino. Das ist ein guter Wurf, dieser Wein, saugeil ist der.«

Colonelli schwenkte den dunkelroten Wein in einem großen, bauchigen Glas, betrachtete mit Kennermiene die Schlieren, schnupperte, verdrehte die Augen, verkostete schlürfend.

»Ja, der hat was, Cesare.«

Dieser war ein wenig verblüfft, dass Rino ihn korrekt mit seinem Vornamen ansprach, es schien etwas Ernstes anzuliegen. Martemucci hob fragend die Augenbrauen.

»Mir geht das mit den Zweihunderttausend nicht runter, die da im Land der Germanen abgegangen sind.

Wir haben in La Torre einen Batzen für den Druck bezahlt, und du sagst, Geschäftsrisiko. Haben wir denn nicht jemand in der Gegend, der dieser Sache nochmal nachgehen kann? Nichts gegen Tillio, der hat sicher seine Arbeit gemacht, gut gemacht, so kennen wir ihn. Aber jetzt einfach zu sagen, die haben mit dem Geld irgendwas gemacht, was, war nicht heraus zu bekommen, es ist weg, futsch, also da sträubt sich der Geschäftsmann, der da irgendwo in mir steckt, Cesare. Irgendwas stimmt doch da nicht, Mann.«

Martemucci zog die Schultern hoch, ließ sie wieder sacken. »Der Geschäftsmann in dir, Rino. Wo steckt der denn? In deinem alten ausgefransten Arschloch vielleicht?«

Colonelli war zusammen gezuckt. Martemucci war bekannt für seine gelegentlich drastische Ausdrucksweise, doch das eben Gesagte war doch über die Massen heftig. »Bremse dich mal, das ist hier keine Proletenversammlung. Immerhin sind wir Geschäftspartner, und du kannst die Nummer nicht nach deinem Gutdünken alleine entscheiden, oder?«

Martemucci zauste seine grauen Locken. »Okay, okay. Was hältst du davon, wenn wir noch mal nachforschen? Wir können Lombardi bitten, sich zu kümmern. Der ist gerade zurück, da muss er halt wieder los. Dann wäre seine Phantasie gefragt, aber er ist ein gerissener Hund, vor allem hat er den Vorteil, dass er gut Deutsch kann. Also?«

Rino Colonelli war erfreut. »Soll er machen. Soll er echt machen, der Lombardi. Weil irgendwas ist da, da stimmt was nicht. Und wir könnten ja in der Zwischenzeit seine Alte mal so richtig nageln.« Er brüllte vor Lachen.

»Ej, wir sind hier keine Proletenversammlung«,

bremste ihn Martemucci. »Aber wenn du die Maria nageln willst, musst du dich im Beichtstuhl verstecken, die verhutzelte Muschi von der gehört dem lieben Gott persönlich. Ich ruf jetzt mal in der Osteria an, Lombardi ist sicher da.«

Polizeipräsidium Südhessen

Staatsanwalt Frieder Machenbach, im Gegensatz zu seinem Chef, dem Leitenden Oberstaatsanwalt Weinreich, ein umgänglicher Jurist, saß bei Heinz Dobler im Büro, machte sich Notizen.

»Wir haben verschiedene DNAs in dem alten Fiat Panda sichergestellt, abgeglichen, auch via Interpol. Ergebnis: null, bis auf die, die zu unseren beiden Opfern gehören. Wir haben einen Geldspürhund in dem Auto gehabt, er hat im Heck, am Rücksitz angeschlagen. Deshalb gehen wir, auch wegen dem falschen Fünfer, davon aus, dass die Karre zum Falschgeldtransport genutzt worden sein könnte. Eine fast schon klare Spur haben wir Richtung Norditalien. Wir konnten uns aus Udine Vergleichsdaten von Falschgeld besorgen, wir haben da im Moment einen direkten Draht. Und jetzt halten Sie sich fest.« Dobler holte tief Luft. »Der Fünfer aus der Wohnung in Süd III stammt aus der gleichen Fälscherwerkstatt wie die Scheine, die im Großraum Udine aufgetaucht waren. Die Sache wird aus meiner Sicht bald international. Denkbar, dass der ausgegrabene Blechkasten, von dem wir die Aluminiumfragmente gefunden haben, so eine Art Bunker war. Denkbar, tut mir leid, aber aktuell geht es nur mit denkbar weiter. Konkret ist auf jeden Fall die Täuschungsabsicht des angeblichen Herrn Percussi bei der

Heimbau, da hat er sich absichtlich unter falschem Namen eingeschlichen. Was die junge Frau angeht, muss ich noch passen. Wir sind noch immer mit acht Mann dran, in Süd III alle nur denkbaren Leute zu befragen, bisher – also bis auf diesen Russen, den Strimpfel – Fehlanzeige. Wenn Sie mich jetzt fragen, was wir konkret haben, also: den falschen Fünfer, Kartons voller Lippenstifte und Schminkkram, die meisten Inhalte mit den Prints unserer Leichen, eine Anglerausrüstung, zwei Typen von Hämatomen, ältere, jüngere, vor der Tat beigebracht. Und dieses – hm – Beweisstück.«

Der Kommissar hielt einen Plastikbeutel hoch, in dem sich eine Streichholzschachtel befand.

»Ein Super-Asservat, das in Süd III unter der Spüle herumlag.«

Machenbach warf einen Blick darauf. »Aha, die *Neue Mühle*. Wo genau dieses Magnano liegt, wissen sie das?«

Dobler schaute ihn erstaunt an. »Wohl an der Riviera, oder?«

Der Staatsanwalt lächelte wissend.

»Ich kann ein bisschen Italienisch. Also, Riviera, das heißt, ich denke mal grob gesagt, am Ufer, das kommt von Riva, Ufer. Dieses Magnano liegt also an einem Ufer. Von einem Meer, See, Fluss. Und da gibt es diese Kneipe. Konnte ich Ihnen damit helfen?«

Dobler blieb die Ironie nicht verborgen. »Ich hatte wirklich schon angeregt, dass wir das mal googeln.«

Machenbach meinte, das könne man gleich erledigen. Eine Minute später schauten sie gemeinsam auf Doblers Monitor, den dieser ein wenig zur Seite gedreht hatte, auf das Ergebnis ihrer Eingabe bei *Google Earth*.

»Friuli, aha. Da bin ich mit Weib und Kind schon

durchgefahren, als wir nach Kroatien gefahren sind. Berge, Täler, Ebenen, ganz nette Gegend.«

Als er Friuli hörte, zuckte Dobler leicht zusammen.

»Darf ich mal rasch ans Telefon?« Machenbach war es recht. Eine Minute später meldete sich Petra Herrmann.

»Hast du den Commissario dabei? Okay. Frage ihn mal, ob ihm Magnano in Riviera etwas sagt.« Das war offenbar nicht der Fall. Dobler hatte allerdings den Ortsnamen als »Macknano« ausgesprochen, Petra fragte nach der Schreibweise.

»Du musst praktisch Mannjano sagen, Heinz. Aber du gehörst halt zu denen, die immer Tackliatelle bestellen und Gnotschi, deswegen hat der Pindui das nicht gleich verstanden. Moment noch. Doch, das kennt er, kennt er persönlich. Was ist denn mit dem Städtchen?«

Dobler hörte Petra noch einen Augenblick zu, erklärter ihr einiges zu der Schachtel, bedankte sich..

»Petra, ich danke dir. Also, Herr Machenbach, das ist ein Zweieinhalbtausend-Seelen Städtchen, es gehört zum Dienstbezirk eines italienischen Kollegen, der zurzeit Gast bei unserer *IPA*-Tagung ist. Der kennt das gut, hat er gerade mitgeteilt.«

Machenbach meinte, mit dem Herrn könne ja mal über die Streichholzschachtel gesprochen werden.

»Vielleicht ist das die Lösung sämtlicher Rätsel, Herr Dobler.«

Machenbach grinste süffisant, Dobler zeigte etwas aufgesetzte Freundlichkeit. Der Staatsanwalt stand auf, verstaute seine Unterlagen, warf ihm einen reichlich kritischen Blick zu.

»Wie sagt Ihr Präsident immer? Wir kriegen sie alle, stimmt's? Na, dann kriegen Sie mal, Herr Dobler.«

COMMISSARIO PINDUI WAR aus allen Wolken gefallen, als Petra Herrmann einen Anruf auf ihrem Handy erhielt, ihn nach einigem Hin und Her fragte, ob er Magnano in Riviera kenne, und dort *Molin Nuovo*. Sie konnte nicht wissen, dass das Restaurant gerade mal zwanzig Minuten von Pinduis Haus entfernt war. Pindui wollte wissen, worum es ging.

»Na ja, es geht um einen Fund beim Percussi, eine Streichholzschachtel, da steht der Name von dem Städtchen drauf.«

Die Temperaturen waren angenehm, sie saßen auf der Terrasse der Burg. Pindui hatte kritisch angemerkt, dass sich das historische Ambiente mit dem schnöden Betonbau des Restaurants beiße. Sie schauten ins keimende Grün, Petra wies mit der ausgestreckten Hand nach rechts.

»Da ist Eberstadt Süd III, weißt du, der Percussi und so.« Sie hatte dem Commissario Schnitzel mit Kochkäse empfohlen, sich selbst für Saltimbocca entschieden.

»Diese Streichholzschachtel ist der einzige Hinweis, den dieser angebliche Percussi in der Wohnung hinterlassen hat«, wollte Luciano wissen.

»Na ja, die lag halb verborgen hinter einem Abfalleimer unter dem Spülbecken, wer da auch immer aufgeräumt oder weggeschafft hat, der hat die Schachtel übersehen. Meinst du denn, sie hat eine Bedeutung? Ich kann das kaum einschätzen.«

Pindui erklärte, dass Magnano in Riviera kein ausgesprochenes Touristenstädtchen sei, schon pittoresk mit teils altem Gemäuer, aber nicht so auf dem Präsentierteller liegend, dass man gerade mal so dort vorbeikomme.

»Das *Molin Nuovo* hat man früher vor gut fünfunddreißig Jahren anders genannt, nämlich auf Furlans *Mulin Nuf*, das bedeutet das Gleiche, eben *Neue Mühle*. Man kann dort gut und preiswert essen, es liegt mitten in der Stadt. Ich komme da öfter mal durch, wenn ich mit Freunden in unser Lieblingstal Ledis fahre, davon muss ich dir noch erzählen. Also, jetzt kann die Streichholzschachtel ja tausend Wege hinter sich haben, aber ich tippe mal drauf, dass der so genannte Percussi vielleicht mal dort war in diesem Restaurant, oder die junge Frau. Sagen wir mal so: Die Spur führt nach Friaul.«

Beide mussten so laut, so herzlich lachen, dass man sich an den Nebentischen nach ihnen umdrehte.

»Pscht«, flüsterte Petra. »Lachen verboten, sonst holen die hier noch die Polizei.«

Pindui konfrontierte sie mit einer Idee. »Was würdest du denn sagen, wenn wir die Fotos, die wir vom falschen Percussi und der Frau haben, wenn wir die mal in der *Molin Nuvo* vorlegen, ich könnte sie ja, wenn das recht ist, in fünf Tagen mitnehmen?«

Petra zischte laut. »Respekt, Herr Kommissar. Was würdest du denn sagen, wenn wir die Bilder mit deiner Empfehlung an deine Questura schicken, dann fährt jemand hin, und vielleicht wissen wir morgen Abend mehr?«

Pindui äffte sie nach, zischte: »Respekt, Frau Kommissarin.«

»Haupt«, verbesserte Petra. »Hauptkommissarin, bitte, Herr Kollege.«

Sie schaute auf die Uhr. »Halb Sechs, da lasse ich den Heinz Dobler mal in Ruhe. Morgen früh, wenn du dir einen sicher hoch dramatischen Vortrag anhörst, kümmere ich mich um die Fotos. Deine Kollegen, kennen die den Laden? An wen schicken wir die Bilder, wenn sie eingescannt sind? Ich pack mein bestes Italienisch aus, samt Grüßen von dir. Vielleicht wiehert ja dann der Amtsschimmel nicht. «

Sie musste eine Weile radebrechen, behalf sich schließlich mit »burocratico«, weil Italiener zwar entschieden mehr Amtsschimmel als Deutsche hatten – nur nicht das entsprechende Wort. Pindui griff in sein Jackett, nahm einen kleinen Notizblock heraus, schrieb.

»Hier, bitte.«

Petra las.

»E-Mail an die Polizia di Stato, okay, und dieser Andrea Tizzo, wer ist das?«

Pindui lächelte. »Mein Chef, der Questore. Oh, Dottore muss ich noch dazu schreiben. Du wolltest mir noch erzählen, was in der Gerichtsmedizin herausgekommen ist.«

Petra rückte etwas näher an ihn heran, tuschelte.

»Ist nicht sehr appetitlich, den Mann hast du ja gesehen mit dem Genickbruch, die Frau ist mit einem dünnen Draht oder so etwas erwürgt worden. Professor Kratze, also der Gerichtsmediziner, meint, beide Taten könnten von einem Einzeltäter ausgeübt worden sein, er tippt sogar auf so was wie einen Einzelkämpfer, jemand von einer Spezialeinheit. Die lernen ja offenbar so etwas.«

Pindui lag etwas auf der Zunge. »Einzelkämpfer, da wollte ich dir noch was dazu sagen. Hatten wir nicht, Moment, eben war es noch da. Also, so was. Einzelkämpfer, Sondereinheit. Ist weg, kam mir wie ein Blitz in den Kopf, weg ist er. Na ja, das fällt mir wieder ein.«

Metzgerei Thomas Lach, Waldkolonie

Heinz Dobler hatte sich einen Stapel Ermittlungsakten unter den Arm geklemmt, sie mit nach Hause genommen, ausnahmsweise früh Feierabend gemacht. Staatsanwalt Machenbachs Ironie hatte ihn verärgert, er hatte beschlossen, einen häuslichen Arbeitsabend mit kräftiger Kost und einem guten Schoppen Rotwein zu absolvieren, dabei die Akten durchzusehen.

»Und, haben Se sich schon eingewöhnt?«, fragte Carola Lach, während sie ihm Schwartemagen, geräucherte Leberwurst und ein rundes Sauerteigbrot mit appetitlicher Kruste einpackte.

Dobler nickte. »Von der Ludwigshöhstraße zum Moldenhauerweg, das ist schon was. Auf jeden Fall rumpelt jetzt keine Straßenbahn mehr durch meine Wohnung, die Kinder sind gleich in der Kollwitz-Schule und hier«, er fuhr sich durch das an den Seiten leicht angegraute Haar, »der Friseur *Jährling* versteht sein Handwerk, außerdem kann man mit ihm immer prima über die 98er reden.«

Die Metzgersgattin kassierte. »Und genügend Platz haben Sie ja im Haus drüben bei der Tante Hilde. Komisch, wir nennen sie hier fast alle so.«

Dobler bedankte sich, ging durch die sich automatisch öffnende Schiebetür, stieß mitten auf dem Bürgersteig mit einer rasant fahrenden Radfahrerin zusammen, ihren Sturz konnte er durch kräftiges Anpacken gerade noch verhindern. Wurst und Brot fielen auf den Boden, die Tüte platzte auf.

»Nicht so flott, Madame, außerdem sausen Sie hier mitten auf dem – nee, ich glaub's nich, ei so was!« Dobler trat einen Schritt zurück, hielt aber immer noch den rechten Arm der Radfahrerin fest im Griff.

»Frau Ramirez, nee, also so was. Wo kommen Sie denn her?«

Die Frau stieg ab, stellte das Fahrrad auf den Ständer.

»Rodriguez, Herr Heinz, gell, ich bin Frau Carmen, von wegen hasta luego.« Sie lachte.

»Das nenne ich aber einen Zufall, Sie hier! Später Hunger?« Doblers Herz schlug schneller, hoffentlich werde ich nicht rot, dachte er. »Ich wohne seit zwei Monaten hier, im Moldenhauerweg. Und Sie? Waldkolonistin?«

Carmen Rodriguez schüttelte den hübschen Kopf. »Ja, eigentlich schon, aber nicht so ganz mittendrin. Ich wohne in der Kölner, gerade um die Ecke, oder besser drei. Wenn Sie einen Augenblick Zeit haben, ich habe was bestellt, geh schnell rein, um Sechs macht der *Lach* zu.«

Der Kommissar hatte Zeit, viel Zeit.

Vierzig Minuten später saßen sie im *Ristorante Napoli* an der Riedbahn. Doblers Wurst und Brot waren ein Fall für den Abfalleimer, Carmen Ramirez hatte kulinarische Revanche angeboten.

»Jetzt zieren Sie sich nicht, wenn ich Ihnen schon das Abendmahl ruiniere, dann komme ich auch für den Schadenersatz auf.«

Dobler begleitete sie zur Kölner Straße, wo sie ihr Rad abstellte, dann liefen sie los. Dobler schlug vor, die Waldwege zu nehmen, das sei kürzer.

»Wir hatten gemeinsam mit den Kollegen vom Rauschgift hier eine größere Observation, wir kommen dann in der oberen Wiesenstraße raus, dann ist es nur ein Katzensprung.«

»Ich wusste gar nicht, dass es hier einen Italiener gibt«, erzählte sie wenig später. Er bestellte eine Flasche Primitivo di Manduria.

»Ach, wissen Sie, die halbe Kripo lässt ihre Privatautos nebenan beim Egidio Napoli reparieren, irgendwann habe ich hier mal einen Espresso getrunken, dann Andrea und Manuel, die Chefs hier, kennengelernt. Es ist ja auch nicht weit hierher. Große Portionen, faire Preise, dann gibt's noch einen geilen – Entschuldigung – guten Grappa aufs Haus.«

Carmen Rodriguez hatte die Ellenbogen aufgestützt, das Kinn auf ihre zusammen gefalteten Hände gelegt, ihn schräg von unten lächelnd angeschaut.

»Wenn Sie mich so anschauen, wird mir warm und wärmer«, gestand Dobler.

»Ich bin nicht sehr böse über unseren gemeinsamen Unfall«, konterte Carmen.

»Sind Sie denn mit diesem komischen Vogel da weitergekommen, Petrucci, oder wie der heißt?«

»Percussi, leider nein. Wir tappen reichlich im Dunkeln.«

Carmen lehnte sich zurück. Dobler fiel der straff sitzende Sommerpulli ins Auge.

»Zwei Morde, wie schrecklich. Wie kann man sich nur so einen Beruf aussuchen?«

Dobler ließ sich etwas einfallen.

»Wie kann man nur bei der *Heimbau* lebenslänglich mit Mietverträgen zu tun haben? Aufregend ist es dann doch nur, wenn mal Unterlagen verschwinden und ein charmanter, gut aussehender, hoch attraktiver Kriminalbeamter Fragen stellt.«

Sie musste lachen, legte ihm die Hand kurz auf den Unterarm, zog sie dann, wie erschrocken, zurück. Er hatte die Geste registriert. Charlotte Bühlers *Psychologie im Alltag* hatte er aufmerksam gelesen, ja, verinnerlicht. Eine solche Geste deutete man als Form der Inbesitznahme. In seinem Inneren jubelte eine Stimme, sagte: »Das wird was.«

»Bitte, was?« fragte Carmen.

Er lief nun doch rot an. »Mit dem, ja also, Essen. Ich meinte, das wird was, nicht wahr?«

Carmen Rodriguez fragte, ob er daran gezweifelt habe. »Am Essen, ich meine, dass es zubereitet wird.«

Heinz Dobler wünschte sich weit fort in eine fremde Galaxis. Zu seinem Glück tauchte Kellner Luigi mit der Weinflasche auf, drehte sie hin und her.

»Acht Jahre alt. «

»Ah, Dottore Commissario, schön, Sie wieder mal zu sehen, und guten Abend auch, gnädige Frau«, begrüßte Sie kurz darauf Manuel Barros.

»Manu, wenn du mal 'nen echten Commissario kennenlernen möchtest, schleppe ich den mal hier an, wir haben einen zu Gast im Präsidium.«

Manuel flüsterte: »Eine Mafia-Sache?«

Dobler verneinte. »Nein, *IPA*.« Manuel stutzte.

»Irgendwas Sizilianisches?«

Dobler lachte, erklärte es ihm. Es wurde ein langer, teils lustiger, teils ernster Abend, der ihnen guttat. Als er kurz vor Mitternacht und nach einem Wangenkuss in der Kölner Straße seine schlafenden Kindern anschaute, sich auf den Weg ins Bett machte, schien sein Leben einen neuen Sinn bekommen zu haben. Als er sich zudeckte, schaute er Michelles Foto auf dem Nachttisch lange an.

»Nicht böse sein, Cherie, bitte, es ist ja nichts passiert.« Dann schlief er unruhig ein.

K-10

Als Pranz in Begleitung hereinkam, richteten sich viele Augen auf die Mittdreißigerin im schwarzen Kostüm und einer leuchtend türkisfarbenen Bluse.

»Ich möchte Ihnen kurz die Nachfolgerin von Frau Gans vorstellen, Kriminalrätin Ulla Jacobi.«

Man machte sich gegenseitig bekannt, Pranz informierte die neue Kollegin kurz über den Sachstand und die zwei Sonderkommissionen.

»Aus denen machen wir jetzt eine, dann nennen wir sie einfach Soko Percussi. Das hat den Vorteil, dass wir stets an den falschen Namen erinnert werden und jeder weiß, was gemeint ist. Die Sonderkommissionen sind hiermit zusammengelegt.«

Kriminaldirektor Rudolf »Rudi« Pranz war kurz angebunden. Seine jahrzehntelange Erfahrung lehrte ihn, dass den Ermittlern schwierige Zeiten bevorstanden. Zwei Leichen unbekannter Herkunft, ein noch immer rätselhafter Tatablauf, das bedeutete Sisyphusarbeit, auch reichlich Hoffnung auf den allgemein bekannten »Kommissar Zufall.« Dass der fast schon anwesend war, konnte Pranz bei der Frühbesprechung nicht ahnen. Dobler kam auf ihn zu.

»Die Kollegin Herrmann hat eine gute Idee.«

Pranz unterbrach ihn mit einer abrupten Handbewegung. »Hier ist jede Idee willkommen. Also?«

Dobler schilderte das Gespräch mit Staatsanwalt Machenbach, erwähnte die Streichholzschachtel aus der Wohnung in Süd III.

»Petra hat mit dem Commissario gesprochen, er hat gemeint, wir sollen das locker angehen, also nicht via Interpol, sondern, sagen wir mal, zwischen ihm, uns und seinen Kollegen in Italien regeln. Spricht aus Ihrer

Sicht etwas dagegen, wenn wir die ganze Bürokratie vergessen, die gescannten Bilder zu Herrn Pinduis Dienststelle schicken, damit sie später in dem Lokal vorgelegt werden können, von dem wohl die Streichhölzer stammen?«

Pranz knurrte. »Es spricht nichts gegen irgendwas, wenn es uns denn weiterbringt. Wie sehen Sie das, Frau Jacobi? Aber stellen wir uns mal folgendes vor: Der Cousin der Nichte meiner Schwägerin macht Urlaub in Alaska, bringt von dort aus der Eskimo-Kneipe – was ist denn, Herr Müller?«

»Inuit heißen die, nicht Eskimo«, hatte sich Gerd Müller eingeschaltet.

Pranz knurrte. »Ja ja, also aus der Kneipe Streichhölzer mit, die wirft er weg, ein arbeitsloser südarmenischer Stehgeiger findet die, vergisst sie aber bei der Bahnhofsmission, wo sie von Pater Eusebius mitgenommen werden, der zündet dann in Sankt Nimmerlein die Altarkerzen an. Im Anschluss wird er von einem arbeitslosen Derwisch aus Turkmenistan ermordet. Dann wird seine Leiche entdeckt samt den Zündhölzern. Wissen wir dann, ob der Täter ein Eskimo war?«

»Nein«, sagte Gerd Müller. »Ein Inuit.»

Trotzdem würden sie dem Fund der Schachtel nachgehen.

Zum Schluss bekam Heinz Dobler noch einen ab.

»Ist das Blut oder Lippenstift an deinem schönen Hemdkragen?« Dann walzte Pranz hinaus.

Dobler ging rasch zur Toilette zwecks Inspektion. Er war an diesem Morgen knapp dran gewesen, zum Hemdenbügeln hatte es nicht mehr gereicht. Als die Kinder unterwegs zur Schule waren, griff er zum Hemd vom gestrigen Abend. Er freute sich auf das nächste Treffen mit Carmen, am Wochenende wollten sie einen gemeinsamen Spaziergang zum *Gehaborner Hof* machen.

Petra Herrmann rief nach ihm. »Ich hab alles rausgeschickt, bin mal gespannt, ob die Kollegen in Udine mitmachen, aber Luciano war sich sicher, der scheint da einen guten Einfluss zu haben.«

»Luciano«, sagte Dobler, »oho.«

Während sich Luciano Pindui bei der *IPA*-Tagung etwas langweilte – er lauschte einem Vortrag zum Thema »Präventive Polizeiarbeit/Strategische Ansätze im Vorfeld eskalationsbereiter Fußballfans« – war man in der Sonderkommission ein Stückchen weiter gekommen. Der blaue Fiat Panda aus Süd III war inzwischen zum Landeskriminalamt transportiert worden, wo es gelungen war, die ausgefeilte Motornummer unter UV-Licht sichtbar zu machen. Über die Interpol-Verbindungsstelle beim Wiesbadener Bundeskriminalamt war eine entsprechende Anfrage nach Italien gegangen.

»Wenn wir Pech haben, liefern die uns zehn Vorbesitzer samt der Erkenntnis, dass die Kiste irgendwann geklaut worden ist«, zerstörte Heinz Dobler, dessen Hemd nun ein feuchter Kragen zierte, einige Hoffnungen.

Versuche, von Nachbarn im Eberstädter Hochhaus etwas zu erfahren, waren weitgehend fehlgeschlagen, ein gewisser Ben Yussuf, der auf der selben Etage wie Percussi wohnte, hatte angegeben, ihn abends gelegentlich mit Angelgerätschaften auf dem Flur gesehen zu haben. Was niemanden weiterbrachte.

»Dort in Süd III hätten wir mit zehn Dolmetschern anrücken müssen, Babylon ist nichts dagegen. Auch das Vorzeigen der Fotos – null. Der mutmaßliche Herr Percussi und seine Lady – bislang Fehlanzeige. Wir nehmen uns noch Geschäfte in der Nähe, auch in Eberstadt drin, vor, irgendwo müssen die ja mal was eingekauft haben – oder er alleine. Bis wir mit den Nachbarhäusern durch sind, Kollegen, das wird noch reichlich dauern.« Jutta Kissel war emsig dabei, sich die Haare zu raufen.

Es gab zwar einige Hinweise, nachdem retuschierte Fotos der beiden Ermordeten im Presseportal der Polizei, dann auch von einigen Printmedien veröffentlicht worden waren. Die Soko stocherte jedoch in einem riesigen Heuhaufen nach der berühmten Nadel. Mehrere Anrufe von Staatsanwalt Frieder Machenbach, der nach Neuigkeiten fragte, die gleichen von Kriminaldirektor Pranz, von Oberrätin Gans verursachten weiteren Missmut.

Darmstadt, Viktoriaplatz

Petra Herrmann hatte sich in Unkosten gestürzt, auf dem Heimweg vom Präsidium einen Bocca di Lupo gekauft, Büffelmozzarella, Basilikum, Parmaschinken, Oliven, gefüllte Paprikaschoten, gesalzene Butter, Focaccia – Pindui würde sich am frühen Abend ein Taxi nehmen, sie ihn dann auf dem Balkon des Gründerzeithauses mit Blick auf den kleinen Platz verwöhnen.

»Vergessen wir Mord und Totschlag, sprechen wir über das Leben, schöne Dinge und kauen gute Sachen dazu.« Es sollte anders kommen.

Auf dem Balkon am gedeckten Tisch sitzend, sah sie das Taxi kommen, rief, winkte Pindui, der Minuten später schwer atmend auf dem mit blühenden Geranien geschmückten Balkon im vierten Stock in einem bequemen Korbsessel Platz nehmen.

»Das Treppensteigen hat mich an Scugellars erinnert, das sind ein paar Häuschen in meinem Lieblingstal, die letzten Meter dahin geht mir immer die Luft aus, also, wenn ich von unten komme. Von oben, Petra, da springe ich wie ein Gamsbock.«

Sie lachten, prosteten sich zu.

»Du hast schon zwei Mal von diesem Tal gesprochen, jetzt will ich aber mehr wissen«, sagte Petra.

Ihr Gast holte weit aus, berichtete vom Berg Chiampon, dessen Vorberg Scric, vom Monte Ledis. Vor Petras geistigem Auge skizzierte er ein schmales, langes Tal mit teils steilen Hängen, mit einem beschwerlichen Aufstieg, aber auch der Chance, über einen Forstweg mit einem geländegängigen Wagen nahe heran zu gelangen.

»Früher gab es da Almen mit Milchwirtschaft, man hat Käse, Butter produziert. Es gab sogar so eine Art Seilbahn, die ging von oben vom Pass bis nach unten. Da hat man dann die Körbe mit Milch, Käse und Butter an einem dicken Drahtseil runtergelassen. Wenn die Leute von den Almen das dann an Mann und Frau gebracht hatten, haben sie Mehl und Brot und was man sonst noch so braucht wieder in die Körbe gepackt, das wurde dann von einem kleinen Motor hochgezogen. Dann kam der Krieg, es kam Erosion, Mitte der Siebziger das schwere Erdbeben. Alle bequemen Zugänge, auch die für die Kühe, waren weg, zerstört. Durch das Beben sind viele der ehemaligen kleinen Almhäuschen zerstört worden, inzwischen sind sie restauriert, es gibt nur knappe fünfzehn Leute, die sich dort mal aufhalten in herrlicher Ruhe und zum Teil weit verteilt.«

Petra goss Wein nach, begann sich vorzustellen, es dort auch einmal aushalten zu können.

Pindui hatte sich in Begeisterung geredet.

»Weiß du, im Tal Ledis gibt es eine Quelle, La Moede, das ist die Wasserversorgung für alle, kaltes, frisches Quellwasser, ein Hochgenuss an heißen Tagen. Tja, und die Häuschen liegen weit auseinander, man muss da ziemlich krabbeln, wenn man wen besuchen will. Eines davon, das ist die Villa Lucia, da würde ich dich gerne mal mit hinnehmen, wenn du magst.«

Petra staunte. »Eine Villa?«

Pindui lächelte. »Heißt nur so. Aber ein großes Haus mit dreizehn Betten, drei Schlafräumen, ganz romantisch gelegen. Handy geht da nicht, es gibt keine Telefone, mit etwas Glück hat man Radioempfang, der Strom kommt von Aggregaten und Solaranlagen, es ist ganz still dort, ganz romantisch, es ist ein kleines Paradies. Da sitzt man dann am Abend vor dem Haus an einem Feuer, immer so gegen Neun kommt sie dann, La Bederle, die Eule, und ruft.«

»Klingt so, als ob man dort in aller Ruhe sämtliche Bücher lesen könnte, für die man sonst keine Zeit hat. Am Feuer sitzen, einen schönen Roten schlabbern, hm.«

Pindui berichtete dann von einem eher langweiligen Vortragstag und davon, dass er in der Mittagspause den ersten Döner seines Lebens verspeist hatte.

»Da drücke ich mit beiden Händen drauf, beiße kräftig rein und habe die ganze Soße auf dem Jackett. Beim nächsten Mal bringe ich Messer und Gabel mit, auch ein nasses Putztuch.«

Er schaute auf die Weinflasche, aus der Petra eingoss. »Oh, das ist aber was Feines. Habe ich den denn überhaupt verdient?«

Petra meinte, wenn sie seine Einladung, ihn in Friuli zu besuchen, annehme, erwarte sie ähnliches. Sie ließen es sich schmecken, der Commissario lobte die Auswahl samt Petras stahlblauer Bluse.

»Zu blondem Haar sieht sie toll aus«, freute sich Pindui. Dann wollte er wissen, was es an Neuigkeiten in der Soko gab.

»Die Aufnahmen habe ich an deinen Präsidenten geschickt, mal sehen, was da passiert. Die Motorblocknummer des Panda haben Kollegen sichtbar gemacht, der dürfte wohl geklaut sein. Wir fragen immer noch in der Nachbarschaft in Süd III herum, aber der angebliche Herr Percussi, also der war bislang keinem bekannt. Da bleibt nur der alte Strimpfel, aber das mag daran liegen, dass der genau gegenüber wohnt. Ach so. Wir haben die Fingerabdrücke aus der Wohnung abgeglichen, ohne jeden Treffer, sämtliche Mülltonnen und Container wurden inspiziert, weißt du, wegen der Kleider, auch der Handschuhe des Täters oder auch der Täter, nichts.«

»Ich werde das Gefühl nicht los«, Pindui kaute mit vollen Wangen, »dass hinter diesem Fall mehr steckt. Was mich verblüfft, ist diese Sache mit den Hämatomen, du hast doch erwähnt, dass es alte und neue gibt. Also sind beide Opfer zweimal, ja sagen wir mal, verprügelt worden – und nach dem zweiten Mal umgebracht.«

Der Commissario war skeptisch.

»Da gibt es irgendwas, das ihr nicht mitbekommen habt, ich habe so ein Gefühl. In meinem Kopf rumort es, einmal, weil mir der Name Percussi etwas zu sagen scheint, aber da ist noch was, so eine Art Vision. Mir ist, als wir dort waren, etwas durch den Kopf gegeistert, irgendwas mit diesem alten Russen, ich martere mich seit Tagen, um herauszufinden, was es war. Es war wie ein Blitz, eine Eingebung. Am liebsten würde ich mit dir da noch mal hingehen.«

Herrmann wiegelte ab.

»Die Wohnung ist erst mal versiegelt, obwohl, das wäre kein Problem.«

Pindui machte eine abwehrende Handbewegung. »Es war nicht die Wohnung, es war dort, aber etwas anderes, verdammt noch mal. Es ist da und trotzdem weg, irgendeine Assoziation.«

Petra lächelte ihn an. »Greif zu, mein Freund, blase mal die bösen Gedanken weg. Ich habe nämlich Feierabend. Erzähl mir mal von deiner Arbeit im Garten.«

Luciano ging kurz nach Mitternacht, sie brachte ihn hinunter. Kurz bevor er ins Taxi stieg, fasste er sich an den Kopf.

»Petra, ich habe es da drin, aber es kommt nicht raus. Verrückt. Ich danke dir für den schönen Abend.«

Questura di Udine/Polizeipräsidium

Erst nervt er uns mit seinem falschen Fünfer, dem Wunsch nach Vergleichsmaterial, jetzt will er auch noch mit Hilfe von Zündhölzern einen Doppelmord aufklären.« Questore Andrea Tizzo faltete beide Hände auf seinem ansehnlichen Bauch, schaute voller Skepsis auf den Leiter der Ermittlungsabteilung, Commissario Capo Enzo D'Angiolino.

Der große, schlanke, elegant gekleidete Beamte grinste. »Er kann es halt nicht lassen, der Pindui. Darf ich die Mail bitte kurz überfliegen, Dottore?«

Dem war es recht, er strich sich über seinen Oberlippenbart, dachte an das bald anstehende Mittagsmahl, das er im *Giardinetto* in der Via Sarpi einzunehmen gedachte.

Petra Herrmann hatte in ihrer Mail in gutem Italienisch kurz die Morde skizziert, um dem Fund der

Streichholzschachtel mehr Bedeutung zu verleihen. D'Angiolino legte den Ausdruck auf den Schreibtisch des Präsidenten.

»Percussi als Aliasname, Falschgeld, Doppelmord. Kaum Indizien, aber eine kleine Schachtel.«

Er warf einen Blick auf das ausgedruckte Foto.

»Wissen Sie was, Dottore. Ich fahre heute Nachmittag sowieso nach Collalto, um mir ein paar Kistchen Friulano zu holen, da komme ich an Magnano vorbei. Wenn es Recht ist …«

Der Questore stimmte zu. »Machen Sie mal, zeigen Sie denen im Restaurant die Bilder. Wenn wir Pech haben, können sie damit was anfangen. Dann wird die Sache offiziell, dann ist das ein amtlicher Vorgang. Ich habe dann nur Probleme zu erklären, wie wir da herangekommen sind. Zur Not müssen wir eine Interpol-Sache mit Amtshilfe draus machen.«

Vier Stunden später stand D'Angiolino vor dem niedrigen Bruchsteingebäude nahe des Zentrums in Magnano. Ein altes, schmiedeeisernes Schild mit der Inschrift *Molin Nuovo* zierte den Eingang, der aus einer mächtigen, mit schmiedeeisernen Elementen beschlagenen halbovalen Holztür bestand, die verschlossen war.

D'Angiolino schaute sich um, ging den schmalen, gepflasterten Weg neben dem Gebäude entlang, der zu einem Weingarten führte. Rechts von ihm stand eine Tür in einer Fundsteinmauer offen, dahinter befand sich ein kleiner Hof, in dem zwei junge Männer im letzten Sonnenlicht des Tages Gemüse putzten. D'Angiolino wies sich aus, zeigte die Fotos der Ermordeten, der Zündholzschachtel aus Deutschland, mit denen die Beiden nichts anfangen konnten. Er möge den Chef fragen, der komme gleich vom Metzger zurück. Nach wenigen Minuten war das Geräusch einer Vespa zu hören, der Motor wurde abgestellt, ein zirka fünfzigjähriger Mann schob das Gefährt durch die kleine Tür, wuchtete einen Karton vom Gepäckträger. D'Angiolino wiederholte seinen Spruch, der Restaurantbesitzer, der sich als Paolo Servante vorstellte, wischte sich die Hände an seiner blauen Schürze ab.

»Darf ich?« Er inspizierte die Fotos, stutzte.

»Die sehen aus, also, wie tot sehen die aus, die Beiden da.« Er schaute D'Angiolino skeptisch an. »Und was wollen Sie wissen, ob ich die kenne, oder so? Also, den Typ, den kenne ich. Es ist aber nicht so, dass ich ihn zu meinen Freunden zähle.«

D'Angiolino verspürte Jagdfieber. »Aha. Er ist in Deutschland ums Leben gekommen, dort hat er sich Percussi genannt.«

Der Wirt lachte. »Percussi. Ich sag Ihnen was, Commissario. Der Typ stammt aus San Floriano, da ist er vor gut zehn Jahren abgehauen, runter nach Brindisi. Percussi, dass ich nicht lache. Das ist der Gecci-Giovanni, der hat damals für den Großhändler Cornelli, der hat in Obst und Gemüse gemacht, die Ware ausgefahren. Lange her, der Cornelli ist ja auch schon ewig tot. Klar, der hat schon meinem Vater Gemüse geliefert, mir dann auch, als ich den Laden übernommen habe. Und wie kommen Sie ausgerechnet jetzt auf mich?«

D'Angiolino zeigte ihm das Foto von der Streichholzschachtel.

»Die ist in Deutschland bei ihm gefunden worden. Haben Sie solche Werbeschachteln noch? Dann müsste er ja mal hier gewesen sein, oder?«

Servante schmunzelte. »Solche Schachteln habe ich noch. Aber wir haben hier drin«, er wies auf das Lokal,

»gut einhundert Plätze, und was mich angeht, ich stehe in der Küche. Denkbar, dass der mal hier war, aber das kriege ich nicht mit. Und die Frau da, die tote, also da weiß ich nichts, die sagt mir nichts.«

»Wissen Sie denn, ob der Gecci noch Verwandte hat drüben in San Floriano?«

Der Wirt hob entschuldigend die Hände. »Keine Ahnung. Denkbar, vielleicht lebt auch von den Cornellis noch jemand, da kann ich nicht helfen. Äh – wenn Sie vielleicht Hunger haben, ich könnte rasch was machen. Man soll sich ja mit der Obrigkeit gut stellen, oder?«

D'Angiolino lehnte ab, bedankte sich. »Wenn es noch Fragen gibt, darf man wiederkommen? Ich könnte die Fotos Ihrem Servierpersonal zeigen, vielleicht würde das helfen.«

Servante nickte. »Was ich hier an Personal habe, also Alfredo, der ist sechs Jahre bei mir, die Andern, nee, ich glaube nicht, dass das was bringt. Aber auch ohne so schreckliche Fotos können Sie wiederkommen. Probieren Sie mal mein Fricco, das ist eine Sensation. Mein lieber Mann, der Gecci. Aber so richtig sauber, also das war der nie. Man wusste nichts Genaues, aber irgendwie, na ja, das war es jetzt nun für ihn.«

Brindisi

Begeistert war Pietro Lombardi nicht, als ihn Martemuccis Anruf erreichte.

»Das sind eintausendundsechshundert Kilometer bis nach Darmstadt, ich habe gerade zwei Tage für die Rückreise verbraten, jetzt soll ich schon wieder, Mann. Außerdem braucht Maria mich in der *Osteria*.« Cesare lockte ihn mit dreitausend Euro, sagte, die Spesen kämen obendrauf, ob das denn kein Geschäft wäre?

Pietro zuckte die Achseln. Er könne doch auch mit dem Flugzeug, was Marte davon halte.

»Nix, du Arsch. Jede Buchung ist eine Spur, verstehst du? Aber keine Sau interessiert sich dafür, wenn du hundert Mal mit der Karre über die offene Grenze fährst.«

Lombardi stimmte zu, wollte wissen, worum es genau gehe. Martemucci bat ihn, zu ihm nach Hause zu kommen. Kurz darauf flanierten sie im gepflegten Park der Villa.

»Ich muss da weit ausholen«, erläuterte Martemucci. »Wir haben den Gecci, der bekanntlich bei di Petris schafft, den haben wir nach Deutschland geschickt, um Verteiler aufzubauen, die ersten Transporte mit der Kohle hin und her zu machen. Das hat er unter falschem Namen gemacht, sich eine billige Bude besorgt. Das ist eine ganze Weile gut gelaufen. Er hat sich, bevor er los ist, von unserem Drucker ein paar Papiere machen lassen, sich ohne Probleme eingemietet. Mir war das einfach zu riskant, ihn in ein Hotel zu schicken, wo überall Kameras rumhängen. Ich sage ja, man soll nie so viel Spuren legen.«

Martemucci legte seinem Gast die Hand auf die Schulter. »Also, das war alles gut gelaufen. Wir haben uns dann gesagt, wir können den Verteilerkreis erweitern, also ist der Gecci auch nach Stuttgart, Heidelberg und Düsseldorf gefahren, er hat da Kontakte von Kontakten genutzt. Tillio hing zu der Zeit voll in der Arbeit mit den albanischen Drecknutten drin, der war oft drüben in Albanien, neue Mösen zu organisieren. Den habe ich da abgezogen, weil wir aufgrund der vielen Arbeit für Gecci noch einen Transporteur gebraucht haben, das lief dann auch. Tillio hat neue Lappen hingebracht, die Gewinne zurück. Tja, aber dann. Bei Tillios letzter Tour hat ihn Gecci ausgelacht und gesagt, er denke nicht dran, die gewaschene Kohle rauszurücken, so sei das halt, wenn Kriminelle mit Kriminellen rummachen.« Martemucci redete sich in Rage.

»Außerdem hatte er ein junges Weib dabei in der Wohnung, vielleicht nur zum Ficken, vielleicht hat die auch irgendwie mitgemacht. Keiner weiß, wer das Weib war. Tillio hat alles versucht, aber die Kohle war weg, zumindest hat er sie nicht bekommen. Den Rest von der alten Kohle, also der falschen, wollte er auch nicht rausrücken. Tillio hat mir erzählt, dass er zu den Beiden dann sehr unhöflich gewesen ist, du weißt, was er damit sagen wollte. Das hat aber auch nicht geholfen, er hat auf Granit gebissen. Sagt Tillio. Seit Tagen aber geht der Gecci nicht an sein Handy, seit vielen Tagen. Wir haben von ganz unterschiedlichen Nummern aus angerufen, verstehst du, Pietro?«

Der verstand.

»Klingt irgendwie faul, oberfaul. Der Gecci kann sich ja nie mehr hierher getrauen, oder, Marte?«

»Ich würde ihm bei lebendigem Leib die Eier rausreißen lassen, es waren immerhin 200.000 Euro, mein Freund. Es tut mir leid, dir das jetzt erst zu sagen. Aber du hast ja nun verdammt gute Arbeit gemacht mit den neuen Verteilern, also sollst du auch wissen, warum du diesen Job bekommen hast. Wir konnten niemandem mehr trauen, weißt du.«

Lombardi wollte wissen, was genau er denn nun in Deutschland machen solle.

»Du fährst dorthin in diese Scheiß-Stadt, Adresse kriegst du, hältst Augen und Ohren offen, es ist jetzt deine Arbeit zu sehen, dass wir wieder an den Schotter rankommen. Du musst rausfinden, was treibt der Gecci, was hat er für Kontakte, ich werde dann das Geeignete unternehmen, verstehst du? Ich schicke dann wen dort hin, der mehr Eier im Sack hat. Doch das ist es nicht alleine. Tillio hilft zurzeit in der Druckerei in Friuli aus, das macht eigentlich keinen Sinn, Mann. Aber ich wollte ihn ein wenig unter Beobachtung haben. Er hilft dem Zingaretti, das hat den Vorteil, dass wir genau wissen, wo er steckt, dabei kriegt er nicht mit, dass wir einen bösen Verdacht haben.«

Lombardi räumte ein, den Sinn dieser Aktion nicht zu verstehen. Cesare Martemucci blieb abrupt stehen, trat gegen einen Gartensessel, der sich überschlug, eine kleine Böschung hinunter purzelte.

»Nochmal. Der Gecci geht nicht an sein Handy. Tillio sagt, Gecci hat sich geweigert, ihm die gewaschene Kohle auszuliefern. Und eine komplette Ladung Falschgeld hat er auch noch. Jetzt sage ich dir was. Gecci hat fast zehn Jahre lang perfekt gearbeitet, du weißt ja, was der alles gestemmt hat. Und dann so was. Und jetzt kommt es.«

Martemucci trat einen Schritt zurück, kniff die Augen im Sonnenlicht zusammen, sah böse aus, aggressiv.

»Was wäre denn, wenn Tillio dem Gecci das Geld abgenommen hat, dass er es für sich eingesackt hat? Wieso rührt sich der Gecci nicht? Ich sehe das so. Vielleicht hat Tillio ihn beraubt, ihn danach sogar bei den Bullen verpfiffen, der Gecci sitzt jetzt vielleicht mit seinem kleinen Arsch im Knast, wie findest du das?«

Lombardi rieb sich verlegen den Schädel. »Hm, tja. Und die Schlampe, die Frau. Weiß man da was?«

Martemucci schüttelte den Kopf so heftig, dass seine weißen Locken einen kleinen Tanz aufführten.

»Nur von Tillio, der hat gesagt, da war ein Weib mit dabei, ein junges. Was weiß ich, was das soll. Fahr da hin, observiere den Scheiß. Wir hatten Gecci einen alten Panda mitgegeben, eine unauffällige Kiste mit einem geilen Versteck drin. Damit hat er die ersten Transporte gemacht, bevor Tillio das übernahm. Ich suche dir nachher den Zettel mit der Autonummer raus, ist sowieso eine falsche, aber dann findest du die Kiste schneller, blau ist die Karre. Drin gebe ich dir noch ein Handy mit, auch einen Batzen Sim-Karten, diese Prepaid-Dinger. Und du kriegst von mir eine spezielle Nummer, wo du anrufst und Bericht erstattest. Denk dran, nach jedem Telefonat die Scheißkarte wegzuschmeißen. Komm mal kurz mit rein, da kann ich dich auch gleich bezahlen.«

Maria Lombardi hatte am nächsten Morgen einmal mehr Grund, sich zu bekreuzigen, als ihr Mann mit kleinem Gepäck für einige Tage das Haus verließ.

Brindisi, Hotel Roma Due

Baldo hatte sich mehrfach mit Albulena getroffen, sie war geschmeichelt, weil er ihr gegenüber Mitleid heuchelte, Verständnis für ihre Situation. Inzwischen wusste Baldo, dass die meisten Mädchen, so auch Albulena, Eltern und Verwandtschaft zwar ab und zu kleine Summen nach Albanien schickten, sie im Glauben ließen, einen halbwegs guten Job in der Gastronomie in Brindisi und andernorts zu haben, aber sein Hauptanliegen war, mehr interne Informationen zu erhalten. Zu Sex war es zwischen den Beiden nicht mehr gekommen, ihre Beziehung basierte, aus Albulenas Sicht, auf Freundschaft und gegenseitiger Sympathie.

»Der Tag kommt, da hole ich dich hier raus, das verspreche ich dir.« Mehrfach hatte Baldo diesen und ähnliche Sätze gesagt, darauf verwiesen, dass man vorsichtig sein müsse, dass er aber auch Geld sparen müsse, um Albulena an einen sicheren Ort bringen zu können.

Wie üblich saßen sie an der Hotelbar, unterhielten sich leise im Plauderton.

»Ich wäre gerne ein wenig mit dir allein, Albulena, ich möchte dich mal an mich drücken, mehr nicht«, gurrte Baldo. Er zeigte auf die Barkeeperin. »Wenn ich ihr achtzig Euro gebe, denkt sie, wir gehen poppen, und dann können wir in dein Zimmer gehen, ohne dass das auffällt, okay?«

Baldo zahlte den Festpreis für ein Schäferstündchen. In dem kleinen Zimmer, in dem man den Verkehrslärm von der Viale Colonne deutlich hörte, nötigte er Albulena auf die Bettkante, setzte sich neben sie, streichelte ihr dichtes, schwarzes Haar. Sie schloss die Augen, genoss den Moment. Baldo ließ von ihr ab, legte sich auf das Bett, verschränkte die Arme unter dem Kopf.

»Weißt du, ich muss noch ein paar Informationen haben, bevor wir dich hier wegholen. Je mehr ich weiß, desto besser können wir aufpassen.«

Albulena war immer wieder über seine Neugier erstaunt, er fragte nach Dardan, Martemuccis Statthalter im Prostitutionsbereich, aber auch nach Martemucci erkundigte er sich immer wieder, ebenso über ihre Kolleginnen.

Baldo hatte sich nach ihren Treffen Notizen gemacht. Der Plan, Cesare Martemucci zu erpressen, war in ihm erwacht als er feststellte, dass Martemucci über ein großes Vermögen verfügte, bestens in Brindisi bekannt war, aber auch eindeutig dem Bereich der organisierten Kriminalität zuzurechnen war.

Ab und an hatte er seinen Cousin Gabriele in dessen Druckerei angerufen, sich nach dessen und seiner Frau Wohlergehen erkundigt und beiläufig gefragt, ob es noch Druckaufträge aus Brindisi gäbe. Was Gabriele kurz angebunden bestätigte. Hätte Baldo nicht per Zufall einen Artikel gelesen, in dem es um in Brindisi aufgetauchtes Falschgeld ging, wäre er nicht auf die Idee gekommen, einen Zusammenhang zwischen Martemuccis Interesse an einer preiswerten Druckerei, Falschgeld und seinem Cousin in San Martino del Carso herzustellen. Zwar hatten die in Brindisi aufgetauchten Falsifikate nicht das Geringste mit der Corona Sacra Unita und Martemucci zu tun, doch Baldos Kombinationsgabe reichte aus, um den Verdacht zu schüren. Endgültig sicher war er, als er mit seinem Freund Giorgio da Ponte das übliche Zigarettengeschäft machte. Da Ponte handelte mit, wie er sagte, Original *Marlboro* ohne Steuerbanderole, die Stange Zigaretten offerierte er für dreißig Euro. Das Geschäft brummte, obwohl es geschmackliche Abweichungen zu den handelsüblichen Zigaretten gab.

»Das kommt, weil die in den USA für jedes Land so einen etwas anderen Geschmack da rein machen«, erklärte da Ponte, und bei zwanzig Euro Ersparnis nahmen seine Abnehmer das gerne hin.

Sie hatten sich in einer kleinen Bar am Hafen getroffen, einem lärmigen Laden, in dem keiner auf den anderen achtete. Baldo hatte, seit er in der noblen Villa unten am Meer zu Gast gewesen war, keine Gelegenheit ausgelassen, sich nach Cesare, den viele auch mit dem Attribut »Don« belegten, zu erkundigen. »Don« war zwar die amtliche Anredeform für Priester oder auch Adelige, in gewissen Kreisen aber galt sie als Respektsbekundung gegenüber Personen, die eigentlich keinen verdienten.

»Geschäfte mit Nutten macht er auch, der Martemucci, wer weiß, was sonst noch«, lockte Baldo sein Gegenüber aus der Reserve.

»Ja, das ist ein ganz, ganz Großer. Und das mit den Nutten, das ist ja nur ein bisschen was von dem, was der macht. Der und die Anderen.« Da Ponte sprach leise. »Die machen alles. Die bestechen Beamte, damit sie Bauaufträge kriegen, dabei bescheißen sie mit dem Beton, die bauen Straßen, die nirgendwo hin führen, die kassieren jede Menge Kohle. Und die Kohle, habe ich gehört, machen sie auch selber. Von der gewaschenen Kohle kaufen die sich Häuser, Firmen, Hotels, das ist ja dann sauber.«

Baldo hatte aufmerksam zugehört aber beschlossen, keine weiteren Fragen zu stellen. Eigentlich war ihm auch klar, woher da Ponte seine preiswerten Zigaretten bezog.

Dass ausgerechnet ein Mann wie Cesare Martemucci sparen musste, wenn er einen Druckauftrag vergab, war schon verwunderlich genug. Das hatte ihn früh misstrauisch gemacht. Ansonsten gab es, das hatte Baldo einem Branchenverzeichnis entnommen, in und um Brindisi gut achtzig Druckereien jedweder Provenienz – warum ausgerechnet hatte sich Martemucci für den kleinen Betrieb seines Cousins entschieden?

Baldo beschloss, dass die Zeit nun bald reif war, um eine wohlüberlegte, Geld bringende Attacke zu starten.

Eberstadt Süd III

Lombardi hatte an der A 8 im *Irschenberg-Motel* übernachtet, ausgiebig gefrühstückt. Nach knapp sechs Stunden zeigte ihm sein Navigationsgerät, dass er am Ziel war. Noch von Brindisi aus hatte er sich via Internet in einem kleinen Eberstädter Hotel eingemietet, das nur wenige hundert Meter von der Siedlung entfernt war, in der Gecci, getarnt als Percussi, Quartier bezogen hatte.

Bevor Lombardi die Parkplätze vor den Wohnblocks inspizierte, hatte er sich in einem nahe gelegenen Supermarkt mit Obst, Getränken, belegtem Toast eingedeckt. Er ging von einer längeren Wartezeit aus bei der Observation von Geccis Wagen. Wie eine Klette wollte er sich, tauchte Gecci auf, an ihn hängen, ihn dezent verfolgen, versuchen, etwas herauszufinden. Dabei motivierten ihn vor allem die 3.000 Euro, die ihm Martemucci überreicht hatte. Er lief um die Wohnblocks, ein blauer, älterer Panda war nicht zu entdecken. Sollte er sich jetzt, Äpfel und Toastbrot kauend, stundenlang in seinen Wagen setzen, die Haustür einige Meter weiter im Auge behalten? Was, wenn Gecci vielleicht für einen oder mehrere Tage weg gefahren wäre? Ihm kamen Zweifel. Im Gegensatz zu seinem Auftrag beschloss er nach knapp zwei Stunden, persönlichen Kontakt zu Gecci aufzunehmen. Er kannte ihn schon eine kleine Ewigkeit, vertraut hatte er ihm nicht, andererseits aber auch nicht zugetraut, dass Gecci sich mit Martemucci anlegte.

Das Schild unter der Klingel am Hauseingang zeigte ungelenk geschrieben den Namen»Percussi«. Minuten später stand er auf dem etwas düsteren Gang, klingelte Sturm, nichts rührte sich. Den deutlich sichtbaren

Aufkleber mit der Aufschrift »Verschlusssiegel« entdeckte er erst, als er begonnen hatte, mit den Knöcheln gegen die Tür zu klopfen.

»Kann man da helfen?«

Lombardi fuhr herum. Hinter ihm stand ein älterer Mann in einfacher Kleidung mit einem Pepita-Hut auf dem Kopf.

»Ich bin Strimpfel, Nachbar hier. Kann man da helfen?«

Pietro Lombardi war ein wenig erschrocken, er hatte den Mann nicht kommen gehört.

»Ah, ja, also, ich bin der Cousin von Gecci, der hier wohnt, ich war gerade in der Nähe.«

Strimpfel war einen Schritt zurückgetreten, hatte beschwörend beide Hände hochgehoben. »Das ist nun schlechte Nachricht fir Sie. Der von hier war Percussi, nix Gecci, vielleicht falscher Flur, was Sie hier suchen?« Er zeigte auf das Schild mit der Aufschrift »Percussi.«

»Oh, da habe ich aus Versehen seinen Scherznamen, ja sehen sie, natürlich, Percussi. Ich heiße auch Percussi.«

Lombardi hatte die Kurve elegant genommen.

»Was ist das hier, dieser Aufkleber, können Sie mir dazu was sagen?«

Strimpfel hob wieder die Hände. »Von Polizei. Darf keiner rein. Ja, Percussi. Sie werden jetzt schrecken. Weil, Percussi, tot.«

Lombardi musste sich nicht verstellen, wich entgeistert ein Stück zurück. »Tot, sagen Sie? Wie, tot?«

Der Alte lächelte, zeigte auf den Boden. »Habe ich Wurme gesehn, Totenwurme, alles voll, dann Polizei geholt. Percussi war da schon lange totgemacht, Genick durchgebrochen.«

Lombardi stand mit offenem Mund da.

Strimpfel wies auf die gegenüberliegende Tür.

»Meine Wohnung. Trinken wir Tee. Megen Sie?« Er schloss, ohne Lombardis Antwort abzuwarten, die Tür auf. »Kommen Sie. Tee ist gut.«

Er nötigte seinen Zufallsgast auf das Sofa, ging einige Schritte zu einem alten Buffet, auf dem ein silberfarbenes Monstrum stand.

»Samowar, aus alte Heimat Mitterchen Russland. Gut für Tee, lange warm. Megen Sie Zucker?«

Lombardi trank den vermutlich ersten Tee in seinem Leben, das Gebräu duftete aromatisch, schmeckte ihm, in einem Nebenraum schnarchte jemand laut.

Strimpfel lächelte. »Der Sohn, miede. Aber nun, schlimm, Percussi. Jetzt auch fir Sie und Familie. Gemordet, der Percussi. Die Frau auch. Aber andere Stelle.«

»Mein armer Cousin. Hat man den Mörder schon gefasst?«

Der Deutschrusse machte ihm ob seiner Deutschkenntnisse ein Kompliment. »Sehr perfekt, mehr als mir. Fir Polizei große Rätsel, hat man geheert. Ich nur wissen, war Besuch, mehr als zehn Tage her und laut in Wohnung. Das war so letzte Kontakt. Laut, ich aber nix verstehe. Aber war Mann, was laut war, sehr. Problem fir Polizei, was war Motivation, Sie mich verstehn?«

Das Motiv war für Lombardi kein Problem, er sagte sich, dass das Tillio gewesen sein musste. Er fragte nach der Frau, dem blauen Panda.

»Frau nur gesehn, war jung, hibsch. Kann von Osten sein, die. Man kann sehen.«

Strimpfel tippte mit dem Zeigefinger auf seine ausgeprägten Wangenknochen.

»Percussi mal arbeiten, mal nicht. Mal Tage weg,

dann Tage da. Hier in Wohnanlage nix viel Kontakte. Zuviel Sprache, große Mischung das hier. Und Panda weg, hat Polizei genommen. Für Kontrolle oder was. Megen Sie mehr Tee?«

Lombardi nickte. »Sie sagen, der Frau ist auch etwas passiert, an einer anderen Stelle, wie darf ich das verstehen?«

Der alte Mann beschrieb mit beiden Händen den offenbar großen räumlichen Abstand zwischen ihrem Standort und dem Wald am *Vivarium*.

»War fast nackt, Frau. Und dort in Wald gemordet. Große Frage fir Polizei. Mehr ich nicht kann sagen. Weiß auch nur von Zeitung.«

Da schien nicht viel mehr herauszuholen zu sein. Er werde gleich seine Familie in Italien informieren, dann zur Polizei fahren, log Lombardi.

»Auch wegen der Beerdigung. Sie sagen, das, was hier passiert ist, hat in den Zeitungen gestanden?«

Strimpfel nickte.

»Jaja, auch Foto von Percussi und Frau, Polizei wollen wissen, wer ist, wer kennt. Mich auch viel fragen.«

Er stand auf, kramte in einem uralten hölzernen Zeitungsständer, nahm eine Zeitung heraus.

»Hier, Sie kennen haben, wenn mechten.« Er hielt ihm die Zeitung hin.

»Doppelmord in Darmstadt«, lautete die Schlagzeile, zwei Schwarz-Weiß-Fotos zeigten Percussi sowie eine unbekannte Frau, ein Mitarbeiter des Erkennungsdienstes, der Fachmann für Phantombilder war, hatte in die beiden Fotos geöffnete Augen eingearbeitet, trotzdem war eindeutig zu sehen, dass die Gezeigten das Erdenrund längst verlassen hatten. Lombardi starrte die Fotos an. Die Frau kam ihm bekannt vor, so, als habe er sie irgendwo schon einmal getroffen.

Hatte der Marte Recht gehabt. Tillio hatte die platt gemacht, sich die Kohle gegriffen, ansonsten Lügengeschichten verbreitet. Lombardi war klar, dass diese Attacke für Tillio böse ausgehen würde. Er bedankte sich bei Strimpfel, der noch wissen wollte, wo er in Darmstadt zu bleiben gedenke.

»Vorne, wo das Krankenhaus ist, da bin ich im Hotel.«

Strimpfel war neugierig. »Sie kommen durch Zufall?«, wollte er wissen.

»Wir, also ich, habe ein paar Tage lang immer angerufen, da ging keiner dran. Jetzt bin ich sowieso in der Gegend, ich bin Vertreter für Tischdecken, da habe ich mir gesagt, ich fahre mal schnell vorbei.«

Strimpfel nickte zufrieden.

Lombardi bedankte sich bei seinem Gastgeber, gab ihm die Hand.

»Komme ein Stick mit, mir Fisse vertreten«, kündigte der an, lief nach unten mit bis zum Auto. Dort deutete er auf das Nummernschild.

»Von wo bitte kommen Sie?«

Lombardi zeigte in die südliche Himmelsrichtung.

»Von Brindisi, im Süden. Und danke für den Tee.«

Auf der kurzen Fahrt zum Hotel dachte er nach. Tillio war zwar ein Krimineller, auch einer von der Sorte, die ihren Willen mit Gewalt durchsetzte. Aber Tillio und ein Doppelmord? Andererseits machte es vielleicht Sinn. Tillio musste Mitwisser beseitigen. Aber schützte das dann vor Entdeckung? Warum, fragte sich Lombardi, ging Tillio so viele Risiken ein, nahm das Geld, fuhr zurück nach Italien, erzählte komische Geschichten?

Später, in seinem Zimmer, schlug er die Zeitung auf, fand aber nur den Hinweis, dass aus ermittlungstaktischen Gründen nicht näher beschrieben wurde, wie genau die Todesumstände der Beiden gewesen waren. Lange schaute er das Bild der toten Frau an, konnte sich keinen Reim darauf machen, ob er sie nun wirklich schon einmal gesehen hatte oder nicht.

Er grübelte weiter.

Strimpfel hatte von einem gebrochenen Genick erzählt. Könnte Tillio tatsächlich so eiskalt und brutal vorgehen? Lombardi war sich über eines im Klaren. Tillio hätte bewusst gewesen sein müssen, dass Martemucci und seine Helfershelfer nicht einfach auf das Geld verzichten würden, er hätte sich ausmalen können, dass – wer auch immer – den Wahrheitsgehalt seiner Aussagen überprüfen würde. Was nun geschehen war. Er blieb skeptisch.

»Irgendwie passt das alles nicht«, murmelte er halblaut, suchte in seiner Brieftasche nach einem Zettel. Er legte ihn auf den kleinen Hotelschreibtisch, warf kurz einen Blick darauf, murmelte halblaut: »Morgen, Marte, rufe ich dich an. Jetzt hab ich erst mal Hunger.«

Minuten später saß er in einem italienischen Restaurant neben dem Hotel, bewunderte die vielen Bilder von Prominenten an der Wand, orderte einen Primitivo di Manduria sowie Scaloppine. Zwei Tische weiter saß eine Gruppe seriös aussehender älterer Herren, die sich halblaut unterhielt. Als sich ein neuer Gast hinzu gesellte war es an Lombardi, zu lächeln. Der Mann trug einen breitkrempigen Borsalino-Hut, den er mit Schwung auf einen Haken an der Garderobe bugsierte, wo schon vier andere hingen. An heißen Sommertagen, erinnerte sich Lombardi, trug auch Martemucci ein solches Monstrum als Sonnenschutz.

PINDUI WIE AUCH alle anderen Gäste der *IPA*-Tagung waren am frühen Morgen mit Bussen abgeholt worden. Auf dem Tagesprogramm stand die Besichtigung des Hessenparks bei Neu-Anspach, anschließend ein Besuch im Bundes- und Landeskriminalamt in Wiesbaden. Pindui nutzte die Zeit im Bus, um nachzudenken, er grübelte, ließ sich, was er über den Doppelmord wusste, durch den Kopf gehen. Was ihn beunruhigte, waren vor allem die Informationen, die ihm Petra in Sachen Gerichtsmedizin gegeben hatte. Wieso gab es ältere und neuere Hämatome? War da gefoltert worden? Was war mit dieser Blechkiste, die wohl am anderen Ende der Stadt ausgegraben worden war? Wieso war die Leiche der Frau so präpariert, dass sie auf den ersten Blick ein Vergewaltigungsopfer hätte sein können? Gab es einen Zusammenhang mit seiner Heimat, wieso lag diese Streichholzschachtel aus Magnano in Riviera in der Wohnung?

Zum gleichen Zeitpunkt befasste sich auch die Sonderkommission mit den Zündhölzern. Udo Wenger wedelte triumphierend mit einem Papier, kam zu Heinz Doblers Schreibtisch.

»Wir sind einen Hauch weiter, na, was sage ich, Hauch. Orkan müsste ich sagen.«

Dobler hob den Kopf. »Wir sind einen Orkan weiter, aha. Interessante Formulierung. Was gibt's?«

Wenger legte ihm eine ausgedruckte E-Mail vom Polizeipräsidium in Udine vor.

»Perfekt auf Deutsch übersetzt, alle Achtung.«

Dobler las halblaut.

»Ui, da haben wir ja einen fetten Treffer, von wegen Herr Percussi. Giovanni Gecci heißt also der Meister.

Da frag ich mich, was das mit dem Pseudonym zu tun hat. Ob da nun Gecci an der Tür steht oder Percussi, das ist, unter uns gesagt, Udo, doch eigentlich scheißegal.«

Wenger setzte sich auf die Schreibtischkante. »Das sehe ich so nicht. Der wollte hier schlicht und einfach keine Spur hinterlassen. Der Panda, die Motornummer, das falsche Nummernschild, der falsche Name – so was mache ich doch nur, wenn ich eine große Nummer durchziehe. Die Frage ist nur, welche? Einen Printabgleich mit Italien haben wir schon via Interpol gemacht, kein Treffer. Das heißt, der Gecci war sauber, also einigermaßen.«

Dobler meinte, das sehe er auch so.

»Auf jeden Fall weiß ich jetzt, dass dieses Magnano nicht an der französischen Riviera liegt. Geh doch mal in *Google Earth* und schau nach, wo dieses San Floriano liegt, wo der Gecci früher mal war, vielleicht fällt eine Erhellung über dich her.«

Jetzt war es an Wenger, zu korrigieren. »Erhellungen fallen nicht. Außerdem meinst du wohl eine Erleuchtung. Aber mit dem gewaltigen Spektrum meines hellwachen Geistes ist es mir trotzdem gelungen, aus dieser deiner Rede den dienstlich notwendigen Extrakt zu eruieren, Heinz.«

Der meinte, Wenger könne ihn mal kreuzweise, sie mussten lachen.

Minuten später kam Markus Wohlgemuth vom Erkennungsdienst herein, griff sich einen Bürostuhl, rollte damit an Dobler heran.

»Heinz, ich glaube, wir kommen dem Motiv ein wenig näher. Wenn ich dich mal an den falschen Fünfer erinnern darf. Also. Wir kriegen seit Tagen immer mehr Blüten gemeldet, aus dem Odenwald, dem Ried, jetzt auch aus Darmstadt. Und weißt du was? Die Machart deckt sich mit dem Schein aus Eberstadt. Aufgedruckter Sicherheitsfaden, fehlender Effekt beim Kippen im Licht, eine relativ gute Papierqualität, wie wir sie bei dem Fünfer aus Eberstadt auch haben, also ein auffällig hoher Baumwollanteil. Wir kriegen von den Erbacher Kollegen auch noch welche, also da läppert sich was zusammen. Ich kann hier mit meinen Bordmitteln zwar keine Papieranalyse machen, da muss das LKA ran, aber ich bin mir hundert Pro sicher, das kommt aus ein und derselben Quelle.«

Dobler lehnte sich zurück.

»Hm. Motiv sagst du, Markus. Da musste mir mal ein wenig auf die bekannten Sprünge helfen. Also?«

Wohlgemuth rieb sich das Kinn.

»Wir finden den Fünfer in der Hosentasche vom Percussi. Dann gibt es dieses Loch im Wald am *Vivarium* samt zweier Leichen, ja?«

Dobler stimmte ihm zu.

»Allerdings heißt der Percussi in echt Gecci, das haben die Kollegen in Udine rausbekommen, aber ist ja im Moment egal. Thema Loch im Wald.« Wohlgemuth rückte näher.

»Na ja, was hältst du denn von folgender These: Wir haben ja die Hämatome in der Folge von Faustschlägen. Nehmen wir mal an, in dieser Metallbox war Falschgeld gebunkert, dem Loch nach war das schon eine größere Kiste. Irgendwer weiß, dass Percussi und die Frau mit Falschgeld rumdealen, der kommt auf den Geschmack. Also geht er alleine oder mit ein paar Kerlen nach Eberstadt, vermöbelt die Beiden um was rauszukriegen, klappt aber nicht. Dann gewinnt er oder gewinnen die vielleicht andere Erkenntnisse, spazieren noch mal nach Süd III, vermöbeln die wieder, jetzt kriegen die raus, wo der Bunker ist. Dann holen sie sich die Kiste ab. Na?«

Dobler war aufgestanden, lief hin und her.

»Ja ja, so kann es gewesen sein. Fragt sich nur, warum man die Beiden dann umbringen muss, wenn das Ziel doch sowieso erreicht war? Die Gefahr, dass sie eine Anzeige bei uns erstatten, weil man sie verdroschen und ihnen falsche Kohle abgenommen hat, die hat es ja wohl nicht gegeben. Noch was. Warum wird der Mann in Süd III umgebracht, aber sie liegt dann hinterm *Vivarium?*«

Wohlgemuth ging an die Pinnwand mit Fotos der Opfer, Zeitungsausschnitten, einem großen Stadtplan.

»Der oder die haben die Frau gebraucht, damit die ihnen zeigt, wo genau die Kiste vergraben ist. Dann haben sie sie plattgemacht und aus Gründen, die ich nicht kapiere, oder sagen wir noch nicht, das so inszeniert, dass man auf den ersten Blick an eine Vergewaltigung glaubt, macht doch Sinn, oder?«

Dobler war skeptisch.

»Genau so kann es gelaufen sein. Immer unter dem Aspekt, der oder die Täter denken, wir sammeln am Schnampelweg die Leiche ein, das war es dann. Das heißt, sie haben die Absuche nicht einkalkuliert, oder?«

Wohlgemuth meinte, das sei denkbar.

»Ich komme halt auf meine These, weil das Auftauchen von neuen Blüten – Fünfer, Zehner, Zwanziger und Fünfziger – aktuell so vermehrt stattfindet, dass man sich sagen könnte, das erklärt sich über den Fund des Bunkers. Wer auch immer die Kiste ausgebuddelt hat, will sein Geschäft machen und hat angefangen, die Falsifikate zu waschen.«

Das leuchtete Dobler ein.

»Hast du denn schon Hinweise, wo in welchen Geschäften und so weiter gewaschen worden ist?«

Wohlgemuth verneinte.

»Im Augenblick habe ich nur die Rückmeldungen von Bank- und Sparkassenfilialen. Allerdings ist das so, dass die aufgeliefertes Geld durch die Zählmaschine laufen lassen, dabei können auch gleich die Blüten entdeckt werden, aber die einzelnen Chargen, die habe ich noch nicht. Aber das kriegen wir raus, weil das gezählte Geld ja jemandem gutgeschrieben worden ist, das können wir ermitteln. Was bringt dir das?«

Dobler formte mit den Händen eine Art Röhre.

»Wenn wir wissen, in welchen Geschäften der große Unbekannte eingetauscht hat, sollten wir schauen, ob es da eine Videoüberwachung gibt. Vielleicht taucht da wer auf, der uns ins Auge fällt.«

Wohlgemuth stöhnte. »Weißt du, was das heißt? Das ist die berühmte Nadel im Heuhaufen.«

»Hast du eine bessere Idee, Herr Hauptkommissar?«

Wohlgemuth hatte keine.

Dobler rief Petra Herrmann im K-10 an, die etwas hektisch klang. »Schlecht geschlafen?«, wollte er wissen.

»Nee, Stress. Wir haben ein frische Leiche reinbekommen, ein Passant hat einen Toten in Birkenau in einem Auto gefunden, die Kollegen sind dort, sieht nicht danach aus, als ob er eines natürlichen Todes gestorben wäre, Heinz.«

»Leichen pflastern ihren Weg«, kommentierte Dobler, brachte sie auf den neuesten Stand, erwähnte auch, was Wohlgemuth ihm mitgeteilt hatte.

»Siehst du heute den Commissario noch?«

Petra erzählte, sie wollten am Abend in der *Bockshaut* an der Stadtkirche einkehren.

»Notiere dir doch mal den Ortsnamen San Floriano, dann noch Giovanni Gecci mit zwei c, das ist nämlich des angeblichen Herrn Percussis echter Name. Vielleicht fällt dem Commissario was dazu ein. Hintergrund ist auch, dass dieser Gecci in diesem Dorf mal für jemanden Gemüse ausgefahren hat, der interessanter Weise Cornelli hieß, das ist ja der Name von Geccis angeblichem Arbeitgeber in den Unterlagen von der *Heimbau*.

Kaum hatte Dobler aufgelegt, erschien ihm Carmen Rodriguez vor seinem inneren Auge. Der Samstag rückte näher, er freute sich auf den Spaziergang mit ihr.

RESTAURANT BOCKSHAUT, DARMSTADT

PETRA HATTE PINDUI am Hotel abgeholt, jetzt brüteten sie über der Speisekarte. *Bockshaut-Chef* Reiner Heiß hatte sie persönlich begrüßt, Pindui war von den Antiquitäten, Erinnerungsstücken samt der gemütlichen Einrichtung des Lokals sehr angetan.

Petra entschied sich für ein Heinerpfännchen, Pindui für eine geschmorte Roulade. Der Kellner schenkte ihnen einen Rossdörfer Rossberg vom Erfolgswinzer Edling ein.

»Müller-Thurgau, secco«, kommentierte Petra, als sie miteinander anstießen. Dann konfrontierte sie den Commissario mit den neuesten Erkenntnissen.

»Natürlich kenne ich San Floriano, das liegt wie auch die *Molin Nuovo* vor meiner Haustür. Also langsam reime ich mir da was zusammen«, deutete er an. »Dieser Gecci, der scheint sich einfach Namen aus dem Gedächtnis zu kramen, nur das Rätsel Percussi müssen wir noch lösen, aber schlauer sind wir dann auch nicht. Die Theorie von deinem Kollegen kann stimmig sein, obwohl, mir gibt es da zu viele Eventualitäten. Andererseits muss ich zugeben, dass sich in meinem Kopf ein klar strukturierter Tatablauf breit gemacht hat und mir die Widersprüche bei unseren zwei Morden einfach nicht ins Bild passen. Allein dieser Ort, an dem die Kiste vergraben war, merkwürdig.«

Petra erwiderte den Gruß eines Vorbeigehenden.

»Der schreibt Krimis, Gude heißt der. Darmstadt-Krimis, weißt du. Es wimmelt hier nur so von Krimiautoren.«

Pindui meinte, dann könne der schlanke Mann mit dem wenigen Haupthaar, der zwei Tische weiter Platz nahm, mal einen über sie beide schreiben. Petra lachte.

»Und dann gibt es eine Commissario-Pindui-Serie, die später im Fernsehen groß rauskommt. Franca Potente als Petra Herrmann, George Clooney als Pindui, das wär doch mal was.«

Pindui erzählte, er wolle sich in der kommenden Woche mit dem Questore unterhalten, ebenfalls zur *Molin Nuovo* fahren, sich auch mal in San Floriano umsehen.

»Ihr müsst dann halt das Ganze amtlich machen, so mit Amtshilfe, weil das, was die Kollegen aktuell in Udine unternommen haben, das war ja Grauzonen-Arbeit. Diese typischen Merkmale an dem gefundenen Fünfer, dann die Streichholzschachtel, San Floriano, mich fängt das immer mehr an, zu reizen.«

»Die Spur führt nach Friaul«, lächelte Petra, »wie gehabt. Schon ein Segen, dass du zu unserer Tagung gekommen bist, deine Anwesenheit hat uns echt ein Stück weitergebracht, das ist wirklich wahr. Morgen Abend musst du dann so langsam packen, ich werde dich am Samstag zum Flughafen fahren.«

Pindui lehnte ab, er könne bequem mit dem Taxi fahren, sie möge sich keine Mühe machen.

»Wenn ich dich mal in Italien besuche, freut es mich auch, wenn du mich fährst, also, sei brav, wir machen das so, wie ich es gesagt habe. Schmeckt der Wein?«

Pindui nahm sein Glas, trank, schmatzte, leckte sich die Lippen. »Molto delicato. Comme te, Petra.«

Sie zeigte einen Kussmund, lächelte. »Wie sieht das Freitagsprogramm aus?«

Pindui nestelte ein etwas zerknittertes Papier aus seinem Jackett. »Zwei Vorträge, einmal über die zunehmenden Wohnungseinbrüche in Deutschland sowie organisierte Banden aus dem Osten, dann referiert ein Kollege über erhöhte Einbruchsicherheit sowie neue Bauvorschriften, die mehr Sicherheit bieten sollen.«

Das sei ja echt aufregend, meinte Petra. »Wenn du auf das Abschiedsessen im Hotel verzichten willst, ich hätte da einen Geheimtipp, wie isses?«

Pindui nickte erfreut. »Machen wir. Gerade, wenn es geheim ist.«

BRINDISI

DIE POST, DON Cesare.« Martemuccis Haushälterin legte ihrem Patron einen Stapel Zeitungen und Briefe auf den Tisch. Der Tag hatte mit einem feinen aber warmen Nieselregen begonnen, die Wolken hingen tief über dem Meer, eine etwas kühle Brise wehte. Missmutig sortierte der Hausherr den kleinen Papierberg, riss Umschläge auf, las.

Zwei Dinge sollten ihm den Tag vergällen.

»Pronto«, krächzte er schlecht gelaunt in eines der Handys, von denen eine ganze Batterie vor ihm auf dem Schreibtisch lag. Dann hörte er eine Weile dem reichlich verklausulierten Bericht von Pietro Lombardi zu, der sich umständlich ausdrückte, von der »Sache« und »denen da« sprach, um einem ungebetenen Lauscher keine Chance zu geben. Er brauchte lange, um Martemucci beizubringen, dass Tillio offensichtlich gelogen, Gecci und die unbekannte Frau umgebracht und das gesamte Geld an sich genommen hatte. Die Laune des »Don« verschlechterte sich zusehends.

»Dann weiß ich, was zu tun ist, gut dass er dort ist, wo wir ihn hingeschickt haben. Komm zurück, falls du nicht mehr erfahren kannst. Ich werfe jetzt was weg, das musst du auch machen.«

Martemucci öffnete das Handy, nahm die SIM-Karte heraus.

Neben ihm lag die zweite, unangenehme Überraschung des Tages, ein korrekt beschriebener frankierter Briefumschlag. Er riss ihn auf, viel hatte er nicht zu lesen.

»Wenn du nicht hochgehen willst mit deinen Zigarettengeschäften, deinen Nutten und deinem Falschgeld, solltest du mir eine Million Euro geben. Wenn du bereit bist, das zu tun, will ich ein Signal. Hänge ein rotes Tuch an den Fahnenmast in deinem Garten. Es soll ganz oben zu sehen sein. Dafür hast du bis heute Abend Zeit. Ich melde mich wieder. »

Das Schreiben war in ungelenken Blockbuchstaben abgefasst. Er griff sich eines seiner Handys, rief erst di Petris, dann Colonelli an. Jedem sagte er das Gleiche.

»Du musst rasch hierher kommen. Es gibt zwei sehr unangenehme Dinge, über die wir uns schnell unterhalten müssen.«

Beide verstanden.

Martemucci stand auf, öffnete eine der Terrassentüren, trat in den Regen hinaus. Er schaute auf den Fahnenmast, dann lange nach links, nach rechts, geradeaus. Er grinste.

»Idiot, verdammter. Das hast du dir schlecht ausgedacht. Sehr, sehr schlecht.«

Er rief nach seiner Haushälterin.

»Lina, geh nach oben zu dem Schrank, in dem meine Schals sind. Da ist ein roter, ziemlich langer dabei. Dann gehst du raus, holst die Fahne runter, ziehst den Schal hoch. Ich habe eine Wette verloren, di Petris und Colonelli haben sich das so ausgedacht, nun mach schon.«

Aus seiner Schreibtischschublade nahm er einen großen Stadtplan von Brindisi, markierte sein Haus mit einem gelben Filzschreiber, zog einen Kreis um das Haus, dann grübelte er.

»Dreißig Mann müssten reichen«, brummte er, »dann schnappen wir uns die Drecksau.«

Am späten Nachmittag saß Martemucci mit di Petris und Colonelli zusammen, hatte ihnen erläutert, es sei davon auszugehen, dass Tillio Gecci sowie die unbekannte Frau umgebracht und das gesamte Geld, gefälschtes wie gewaschenes, an sich genommen habe.

»Ich schicke wen rauf nach San Martino, zwei, drei Mann, die sich mit ihm auf ihre Weise unterhalten sollen, ist das okay für euch?«

Seine Gäste stimmten zu, wurden dann durch Dardan, den Geschäftsführer der *Blu-Night*-Discothek unterbrochen, der von der Haushälterin herein geführt wurde.

»Es gibt noch ein Problem«, sagte Martemucci.

»Dardan, setz dich. Ich glaube, du hast vielleicht eine Idee. Hier, ich habe heute Post bekommen, lest alle mal die Kopien.«

Er reichte seinen Gästen die Kopien des Erpresserbriefes.

Dardan, ein gut aussehender, sportlich gekleideter Mitvierziger pfiff durch die Zähne. Di Petris schüttelte den Kopf, schaute Colonelli an.

»Das ist ja ein ganzes Paket, Mann. Eigentlich kann das nur einer von uns sein, also von unseren Leuten«, korrigierte er sich, als er Colonellis Gesichtsausdruck sah.

»Da müssen wir schnell was unternehmen. Frage nur, was?«

Der Hausherr lehnte sich im Sessel zurück. »Also, der Schal hängt schon. Dann habe ich mir erlaubt, ein wenig zu telefonieren. Vom Meer her kann man den Fahnenmast nicht sehen, weil die Pinien da vorne zu hoch sind und ihn abdecken, eine Sache. Von da hinten, von der Rückseite her, sieht man ihn auch nicht, weil mein Haus die Sicht versperrt. Bleiben zwei Möglichkeiten. Die Via Evangelista in der Höhe meines Hauses und ein Stückchen runter, ich denke mal, das sind keine zweihundert Meter. Die Bebauung drüben rechts und die ganzen Scheißbäume auf der anderen Straßenseite lassen einen direkten Blick auf den Mast auch nicht zu. Bleiben die beiden Hochhäuser drüben an der Strada per Betlemme, von der Via San Tommaso her könnte es auch gehen, da braucht man aber schon ein Fernglas, denke ich.«

Dardan war aufgestanden, schaute nach draußen zu dem Fahnenmast.

»Ja und, was bringt das, Marte?«

»Ich habe ja gesagt, ich habe telefoniert. Und die ganze Gegend vollgepackt mit unseren Leuten. Da ist es nun ein Vorteil, dass ich die meisten mit arschgeilen Handys ausgestattet habe, mit denen man herrlich

Fotos machen kann, jede Menge. Die haben alle schon Position bezogen. Wer hier durchläuft oder fährt und irgendwie in meine Richtung schaut, mit Fernglas oder ohne, den fotografieren wir, das ist eine Sache. Die andere, Dardan, betrifft dich ein wenig, weil ja auch die Nutten erwähnt werden, die verdammten. Natürlich weiß so mancher, was läuft, aber die Kombination mit Nutten, Falschgeld und sogar den Zigarettengeschäften, also das lässt mich ziemlich hellhörig werden. Was meinst du?«

Dardan hatte sich eine Zigarette angezündet.

»Ich meine erst mal gar nichts. Mir sagt aber der Text, da weiß einer was, aber nix Genaues. Wenn ich so drohen würde, also, da wären noch Details dabei. Das ist irgendein Mitläufer, ein kleines Arschloch, das sein Glück probiert.«

Di Petris warf ein, es könnten auch die Bullen sein.

»Das wäre nämlich eine schöne Falle. Er schreibt ja, er meldet sich wieder. Nehmen wir an, deine Leute fotografieren Gott-weiß-wen aber nicht ihn, dann kommt der nächste Kontakt. Der kommt ja sowieso. Wenn es eine Bullen-Falle ist, wäre man gut beraten, diesen Erpressungsversuch anzuzeigen, um sich nicht selbst zu belasten, oder, Marte?«

»Wie man es macht, ist es falsch«, meldete sich Colonelli zu Wort.

»Mit einer Selbstanzeige wecken wir schlafende Hunde, Leute. Ich glaube auch nicht, dass das eine Bullenfalle ist, die sind doch viel raffinierter, würden uns mit V-Leuten unterwandern, abhören, das ganze Programm. Aber doch nicht mit Erpressung. Außerdem«, Martemucci zwinkerte ihnen zu, »haben wir ja unsere Verbindungen, also, da hätte sich wer bei uns gemeldet und einen Tipp gegeben. Es wäre das Beste, wir kriegen den Kerl, dann schicken wir ihn zu den Fischen. Oder wir denken darüber nach, wie wir ihm eine Falle stellen. Der rote Schal ist ja erst mal nur das Signal, ja, ich habe deinen Scheiß-Brief bekommen, mehr nicht. Es kann also Sinn machen, mit dem mal zu verhandeln, näher an ihn ran zu kommen, oder?«

Dardan warf seine Zigarettenkippe durch die halb geöffnete Glastür auf die Terrasse.

»Du meinst also, Marte, irgendwie könnte eines von den Mädchen dahinterstecken, deshalb hast du mich doch kommen lassen. Also, da sage ich mal, die wissen sicher was von den Zigarettengeschäften, sie paffen den Dreck ja selbst. Aber Falschgeld, nee, da liegst du falsch, Cesare.«

Der protestierte. »Das kannst du so nicht sagen. Wir haben noch Baldo in La Torre, der in Kürze nix mehr drucken wird. Wir habe die Zingarettis oben in Friaul, wir haben unsere Transporteure, also sagen wir mal so, es gibt gut fünfzehn Leute, die darüber sehr gut informiert sind und dann noch eine große Gruppe, die uns zwar nicht namentlich kennt, ich denke an die Verteiler, die aber etwas wissen. Und irgendwer aus dieser Mannschaft, fickt vielleicht mal im *Roma Due*, erzählt da was, also Dardan, du kannst nicht einfach sagen, aus meinem Bereich ist das niemand, oder?«

Als Martemucci Baldo in La Torre erwähnt hatte, war Dardan innerlich zusammen gezuckt. Hatte er nicht diese seltsame Liebschaft zwischen Albulena und diesem armen Kellner erlaubt, der auch Baldo hieß? Diese merkwürdigen Treffen im Hotel ? Er hielt den Mund, beschloss, mit Albulena zu sprechen. Auf seine Art.

Sie diskutierten noch eine Weile hin und her, beschlossen dann, die Ergebnisse der nächsten Stunden abzuwarten.

»Wie es dunkel wird, kommt der Schal wieder weg, dann sehen wir weiter. Vielleicht bringt die Überwachung der Gegend ja was. Entweder ruft die Sau an oder schickt wieder einen Brief, ich lasse auf jeden Fall mein Haus jetzt rund um die Uhr von den Jungs im Auge behalten«, teilte Martemucci mit.

»Jetzt machen wir uns Gedanken, wen wir wann zu Tillio schicken, um unser Geld wieder zu kriegen. Das hätte ich ihm nicht zugetraut, echt nicht.«

Hotel »Roma Due«, Brindisi

Albulenas Freier, ein kleiner, dicker, bäuerlich wirkender Mann, hatte es in vielfacher Hinsicht eilig. Nach wenigen Minuten verließ er das Zimmer im *Roma Due* wieder. Sie ordnete die Bettlaken, als es klopfte. Albulena öffnete, Dardan stand vor ihr, schaute sie lächelnd an, hieb ihr aus kurzer Distanz die geballte Faust in den Magen, Albulena stöhnte, knickte zusammen, würgte. Dardan schob sie Richtung Bett, gab ihr einen Schubs. Sie saß zusammengesunken auf dem Bett, presste die Hände auf den Magen, Tränen liefern ihr über das Gesicht.

»Na, mein Täubchen. Kannst du dir denken, warum ich so nett zu dir bin?«

Dardan ging an das Fenster, schloss es, zündete sich eine Zigarette an. Albulena schaute ängstlich auf die Glut an der Spitze.

»Was ist denn, was habe ich dir denn getan?«, fragte sie mit belegter Stimme.

Dardan grinste, lief auf und ab, rauchte, warf ihr böse Blicke zu.

»Kannst du dir das nicht denken, Albulena? Oder

hast du nur Kacke in deinem süßen Schädel? Ich würde doch nicht deinen Bauch streicheln, wenn ich keinen Grund dafür hätte.«

Er kam näher, hielt ihr die brennende Zigarette dicht vor das Gesicht, sie zuckte zurück.

»Ich – ich habe nichts, nichts habe ich getan. Gerade eben war ein Kunde da, der vierte heute. Das Geld«, sie zeigte auf die Nachttischschublade neben ihr, »das Geld kannst du nachzählen.«

Dardan setzte sich neben sie. Sie rückte ein Stück von ihm ab.

»Wo drück ich denn nun diese Kippe aus, Albulena? Was bietet sich denn da an?«

Sie griff kurz entschlossen zu einem Glas mit einem Orangensaft-Rest, hielt es ihm hin. Dardan grinste, schnipste die Kippe hinein. Albulena atmete auf. Dardan legte ihr den Arm um die Schulte, sie erschauerte.

»Ich bin mir nicht so sicher, ob du mir was getan hast. Hast du's aber, dann mache ich einen Schwimmlehrgang mit dir, verstehst du? Draußen, auf dem Meer, wenn es richtig dunkel ist.«

Die junge Frau zitterte. Dardan war ernst zu nehmen, seine Brutalität bekannt.

»Dieser Kerl da, Baldo, dieser Kellner, was ist eigentlich mit ihm? Ihr trefft euch ab und zu, ja? Fickt der dich auch, der Hänfling, hm?«

Albulena nickte. Es sei erst ein paar Tage her, da sei er da gewesen, hier im Zimmer, und habe korrekt bezahlt. Die Barfrau habe das sicher auch mitbekommen. Er sei ein Freier wie viele andere auch. Man rede halt auch mal miteinander, einfach so. Dardan war damit nicht zufrieden.

»Angelina unten an der Bar sagt, das stimmt, der kommt auch zum Quatschen, was ich dir ja erlaubt habe. Weil ich dich mag und weil du gut anschaffst. Da stärke ich dein soziales Umfeld, um das mal so zu sagen. Worüber quatscht ihr denn da, ihr Beiden?«

Albulenas Angst war etwas gewichen. Dardan hörte aufmerksam zu. Baldo erzähle von seiner Arbeit als Kellner, von seinen Freunden, sei ganz begeistert von Martemucci.

»Den hat er doch kaum gesehen, den Marte. Woher kommt denn die Begeisterung?«

Albulena merkte, dass sie sich auf gefährliches Terrain begeben hatte.

»Na ja, die Villa, das alles da unten am Meer, das hat ihn beeindruckt, das ist ja auch kein Wunder, oder?«

Wo Baldo denn wohne, arbeite, fragte Dardan. Er wurde zusehends freundlicher.

»Das Zimmer muss schrecklich sein, das er da hat, es ist am Flughafen, total laut, hat er erzählt. Es ist an der Via Materdomini. Und arbeiten, also er hat ja zwei Jobs. Einmal bei *Da Claudio* am Yachthafen, dann kellnert er noch in der *Villa Mandini*. Da reden wir halt so über seine Arbeit und so. Warum fragst du denn?«

»Es gibt da eine Sache, wir suchen jemanden, der unseren Freund Marte ziemlich ärgert, jemanden, der dumme Sachen über ihn erzählt, verstehst du?«

Albulena verstand überhaupt nichts.

»Und wie kommst du da auf den Baldo? Was soll der denn erzählen? Der weiß doch nichts.«

Ihr gingen viele Fragen durch den Kopf, sie beschloss, den Mund zu halten.

Dardan stand auf, gab ihr einen Klaps auf die Schulter.

»Schon okay. Fickt er denn wenigstens gut, dein Bock Baldo?«

Dardan verließ das Zimmer, erkundigte sich an der Bar bei der wie üblich mürrischen Angelina über Baldo und Albulena. Sie höre da nicht hin, wenn die Beiden miteinander plauderten, aber das sei als harmlos einzustufen. Erst kürzlich sei er mit aufs Zimmer gegangen.

»Da haben sich halt zwei gefunden, die sich irgendwie mögen, da quatscht man halt miteinander, was soll's.«

»Und fickt«, lächelte Dardan. »Is ja auch was Gutes.«

Zur gleichen Zeit, als er das Hotel verließ, fuhr ein Taxi mit einem Fahrgast auf dem Rücksitz langsam die Via Evangelista entlang. Baldo hatte sich auf dem Flohmarkt für kleines Geld einen alten Strohhut mit breiter Krempe besorgt, ihn tief ins Gesicht gezogen. Aus den Augenwinkeln erkannte er den roten Schal am Fahnenmast. Wen er nicht erkannte, war Enzo Tasso, einen von Martemuccis Männern, der rauchend im Schatten einer Toreinfahrt stand, dabei mit seinem Handy beschäftigt war.

San Martino del Carso

Gabriele Zingaretti war stolz auf seine Arbeit. Am Vormittag hatte er sechshundert Plakate für Mauro in Venzone gedruckt. Unter der Überschrift »Festa della Zucca« prangte ein riesiger Kürbis, der auf das Kürbisfest in dem kleinen, pittoresken Städtchen hinwies. Der Text avisierte Köstlichkeiten aus Kürbis, Gaukler, Ritter, mittelalterliche Spektakel.

»Schön geworden«, kommentierte Tillio das Ergebnis. »Nur, was will der Chef vom *Caffé Vecchio* um diese Jahreszeit mit den Plakaten, es dauert ja noch eine Ewigkeit, bis es da oben in Venzone abgeht?«

Zingaretti erklärte, er habe einen guten Preis angeboten, zurzeit sowieso nicht allzu viele Aufträge, sich heftig um diesen bemüht.

»Wie der Kürbis leuchtet, das macht richtig Appetit. Auf jeden Fall habe ich die Konkurrenz aus Udine abgehängt, das Fest findet jedes Jahr statt, so kann man jetzt von einem Dauerauftrag sprechen.«

Lina Zingaretti verabschiedete sich in die Küche, hängte ihren blauen, mit Druckfarbe verschmierten Kittel an einen Haken.

»Carbonara, wäre das in Ordnung, einen schönen Salat dazu?«

Die Männer nickten. Gabriele bat Tillio, die Plakate in Stapel zu je zwanzig zu sortieren, dann in Papprollen zu stecken. Er verließ die Druckerei, setzte sich in der milden Sonne in einen alten Korbstuhl, zündete sich eine Zigarette an, inhalierte tief, starrte versonnen in das Grün der Bäume gegenüber. Ein metallisches Ratschen ließ ihn hochfahren. Zingaretti kannte das Geräusch aus seiner Militärzeit, es entstand beim Durchladen einer Waffe, wenn die Patrone aus dem Magazin über einen Federmechanismus in die Patronenkammer transportiert wurde.

Zwanzig Meter vor ihm standen am Waldrand zwei kräftig gebaute junge Männer in Jeans und T-Shirts, von denen einer eine Pistole hochhielt, der andere legte einen Finger auf den Mund, zeigte auf die Druckerei. Zingaretti wurde es heiß. Ein Überfall? Gangster? Er stand langsam auf, vor Schreck fiel ihm die Zigarette herunter, die Glut traf seinen nackten, in der Sandale steckenden Fuß. Hilflos breitete er die Arme aus.

Die Beiden, er schätzte sie auf Mitte Zwanzig, sahen völlig normal aus. Zwei sportliche junge Männer mit kurzgeschnittenen, schwarzen Haaren und sympathischen Gesichtern. Sie trugen beide Turnschuhe, kamen leise, vorsichtig näher, vermieden es, auf herumliegende, dürre Äste zu treten. Zingaretti sah, dass auch der andere junge Mann eine Waffe im Hosenbund trug, er hatte die Hand auf den Schaft gelegt. Die Waffen sahen nach großkalibrigen Berettas aus. Beide Männer hatten sich voneinander weg bewegt, standen nun wenige Meter vor dem Drucker, der anfing zu zittern. Mit weit aufgerissenen Augen starrte er auf die schwarze, drohende Mündung.

»Tillio?«, zischte der Mann links von ihm.

Zingaretti machte eine langsame, vorsichtige Handbewegung in Richtung der angelehnten Glastür seitlich hinter ihm.

Jetzt zog auch der zweite Mann die Waffe aus dem Hosenbund, lud aber nicht durch.

»Rufe ihn heraus«, flüsterte er. »Los.«

Der Drucker krächzte mit belegter Stimme ein kaum vernehmbares »Tillio.«

Er solle laut rufen, kommandierte der Andere, wedelte mit der Waffe vor dem Drucker herum. Dieser versuchte es erneut. »Tillio, kannst du mal kommen?«

Von drinnen war ein Geräusch zu hören, ein Schatten zeigte sich an der Milchglastür, sie wurde geöffnet. Tillio starrte auf zwei Waffenläufe. Er trat verdutzt einen Schritt zurück, fasste sich dann.

»Was geht denn hier ab, spinnt ihr, oder was? Hier ist nix zu holen.«

Zingaretti entspannte sich. Ihm wurde klar, dass der bedrohliche Besuch nicht ihm galt.

»Wir müssen mal mit dir reden, Tillio. Martemucci hat uns geschickt.«

Tillio nickte, war im Begriff, die Treppenstufen herunterzugehen.

»Bleib stehen. Mucks dich nicht«, kommandierte der eine Unbekannte.

»Von mir aus. Könntet ihr mal eure Knarren wegstecken, so was braucht man nicht zum Reden, oder?«

Die Beiden machten keinerlei Anstalten, die Waffen wegzustecken.

»Ich bin Roberto, das ist Cillio«, stellten sich die Männer vor.

»Es gibt da ein Problem, wir wollen keinen Ärger, also verhalte dich ruhig, heb mal deine Pfoten hoch, komm langsam da runter, dann drehst du dich um. Aber langsam.«

Zingaretti registrierte aus den Augenwinkeln ein metallisches Glänzen an der Zufahrt zu seinem Gelände, vermutlich ein Auto, mit dem die Beiden gekommen waren.

Roberto hatte seine Waffe am Lauf genommen, hieb sie Tillio mit einer rotierenden Armbewegung ins Genick, der sackte mit einem dumpfen Stöhnen zusammen, beim Aufprall knirschte der Kies auf dem Boden. Angst schnürte die Kehle des Druckers zu, mit flackernden Augen schaute er die Männer an. Er solle ganz ruhig bleiben, meinte Cillio.

»Deine Alte, wo ist die? Da drin?«

Mit zugeschnürter Kehle erklärte Zingaretti, Lina sei in der Küche beim Kochen, er zeigte auf das alte Haus links von ihnen. Tillio lag auf dem Boden, rührte sich nicht. Roberto, der näher gekommen war, trat ihm mit voller Wucht in die Rippen, es knackte hässlich. Zingaretti zitterte.

Cillio zeigte auf die Tür zur Druckerei. »Hilf mal mit, ihn da rein zu schleppen.«

Es war ein hartes Stück Arbeit, den leblosen, schweren Körper die Stufen hoch in das Gebäude zu ziehen.

Roberto erspähte einen alten Stuhl, nickte. Draußen war Motorengeräusch zu hören, Zingaretti sah Cillio aus einem älteren 5er-BMW steigen, eine schwarze Tasche aus dem Kofferraum holen und die wenigen Meter zur Druckerei laufen. Er kam herein.

»Du musst keinen Schiss haben. Es geht nur um den da.« Verächtlich wies er auf den bewusstlosen Tillio, dessen Kopf in einer kleinen Blutlache lag. Cillio öffnete die Tasche, nahm einen zusammengerollten Strick heraus. »Hebt die Sau mal auf den Stuhl da.«

Der Drucker half Roberto dabei. Tillio schien zwei Zentner zu wiegen, sie packten ihn auf den Stuhl. Roberto hielt ihn fest, während Cillio den zusammengesackten Körper mit dem Seil am Stuhl festband. Roberto wollte wissen, ob es im Altbau ein Telefon gäbe.

»Was wird denn gekocht?« fragte Cillio. »Wir sind nämlich hungrig.«

Stotternd bot Zingaretti an, man könne nach drüben gehen, gemeinsam essen. Er warf einen skeptischen Blick auf Tillio, der sich nicht rührte, leise röchelnd atmete. Roberto tuschelte mit Cillio.

»Okay, wir essen was. Du musst keinen Schiss haben, sag das auch gleich deiner Frau.«

Sie überprüften den strammen Sitz des Seiles, nickten sich zu.

Zingaretti fasste sich ein Herz. »Ich heiße Gabriele, meine Frau Lina. Darf ich fragen, was er«, sein Finger wies auf Tillio, »also, was da los ist?«

Roberto grinste. »Du darfst dabei sein, wenn er uns was erzählt.«

Sie gingen zum Altbau. Als sie die Küche betraten, fuhr Lina, die vor einem dampfenden Topf am Herd stand, erschrocken herum. Ihr Mann erklärte, dass die

Beiden von Martemucci geschickt worden waren, es ein Problem mit Tillio gäbe.

»Kommt der nicht zum Essen?« fragte Lina. Sie zuckte im gleichen Augenblick zusammen, als Cillio das auf einer Kommode stehende Telefon nahm und das Kabel aus der Wand riss.

»Ist besser so«, grinste er.

Lina schaute entsetzt ihren Mann an, der kniff beide Augen zu, blinzelte. Lina verstand, gab sich geschäftig. Minuten später saßen die seltsamen Besucher mit ihnen am Tisch. Der Drucker hatte Wein geholt, den Tisch gedeckt, aus großen, tiefen Suppenschalen gabelten sie Spaghetti Carbonara. Lina schaute verlegen von einem zum anderen, ihr Mann stieß sie mit dem Fuß unter dem Tisch an.

»Kann denn jetzt um die Zeit hier ein Kunde auftauchen«, wollte Roberto wissen. Zingaretti schüttelte den Kopf. Es sei Essenszeit, erklärte der Drucker, das sei unwahrscheinlich. Cillio, dem bei jeder Bewegung Muskelpakete aus dem Oberarm sprangen, lobte die Carbonara.

»Mit Ei, Parmesan und Sahne, ich lasse sie dann im warmen Ofen ein bisschen stocken.« Lina flüsterte beinahe.

Auch Roberto nickte anerkennend.

Zwanzig Minuten darauf kippte er einen Eimer Wasser über Tillio aus, der benommen den Kopf schüttelte. Die Tür zur Druckerei war abgeschlossen. Lina Zingaretti hatte sich hinter eine Maschine zurückgezogen, ihr Mann stand abseits. Tillio bewegte den Kopf.

»Porca miseria, was –«

Roberto haute ihm mit der Rückseite der rechten Hand ins Gesicht, sofort lief Blut aus Tillios Nase. Er versuchte, sich zu bewegen, das Seil gab nicht nach.

»Martemucci lässt dir viele Grüße bestellen, Tillio. Je eher du das Maul aufmachst, desto schneller ist es vorbei. Spuck's aus, dann sind wir in fünf Minuten hier wieder weg.«

Tillio zuckte, so gut er in der Fesselung konnte, mit den Schultern. »Was, was?«

Roberto ging nahe an ihn heran auf Ohrenhöhe. Raunte: »Was hast du mit Gecci gemacht? Mit der Frau? Dem Geld?«

Tillio versuchte, die verschwollenen Augen zu öffnen, eine Beule sowie eine blutende, klaffende Wunde im Genick machten ihm zu schaffen, er ächzte.

»Gehauen. Hab sie gehauen. Beide. Was will der Marte? Habe immer gute Arbeit für ihn gemacht.«

Seine Stimme war kaum zu verstehen.

»Soso, gehauen hast du sie. Und dann hast du die Kohle eingepackt und bist zurückgefahren. Okay. Also, wo hast du es gebunkert, wo ist das Geld?«

»Hab kein Geld.«

Cillio zeigte auf die Rotation.

»Sollen wir mal ein Ärmchen von dir reinlegen? Das wird dann langsam da reingezogen, wenn es hinten raus kommt, sind deine Knöchelchen Mus, willst du das, du verdammtes Arschloch?«

Der nächste Schlag klatschte in Tillios Gesicht, gefolgt von einem Fausthieb in den Magen. Tillio zuckte gurgelnd hoch, Spucke lief aus einem Mundwinkel. Er versuchte, sich aus der Fesselung zu befreien. Roberto drehte sich etwas zur Seite, hob den rechten Fuß, trat mit großer Wucht krachend mit dem Absatz auf die Zehen des Gefesselten. Lina Zingaretti hatte einen Schrei ausgestoßen.

»Hör zu, Tillio, wir wissen alles. Du hast den Gecci und seine Alte platt gemacht, dann hast du dir die

Kohle geschnappt. Marte will nur die Kohle wieder haben, also, mach dein dreckiges Maul auf. Deinen scheiß Alfa haben wir schon gefilzt, also, wo isses?«

»Habe keine Kohle«, murmelte Tillio.

Roberto griff sich Tillios eingeschnürte rechte Hand, dann den Mittelfinger, bog ihn langsam nach oben. Tillio stöhnte. Es knackte laut, Tillio schrie.

»Ich brech dir einen nach dem anderen«, drohte Roberto. Zingaretti lief kalter Angstschweiß die Achseln hinunter, seine Frau hatte sich umgedreht, saß mit dem Rücken zu ihnen zitternd auf einem Papierstapel. Tillio spuckte blutigen Speichel auf Robertos Jeans. Der sah neben sich eine geöffnete Flasche mit Nitroverdünnung, die Zingaretti zum Reinigen der Druckmaschine benutzte. Er griff die Flasche am Bauch, machte eine schnickende Handbewegung, die scharfe Essenz traf Tillio in die halb geöffneten Augen, er schrie, seine Hände krampften sich unter dem Seil zusammen.

»Das erfrischt, Tillio«, kommentierte Roberto sarkastisch.

Cillio lud seine Waffe durch, hielt sie in Höhe von Tillios Knien.

»Neun Millimeter Parabellum, erst die linke Scheibe, dann die rechte. Du wirst dann wie ein steifer Schwanz durchs Leben laufen.« Mit dem Daumen drückte er den Sicherungshebel nach oben, es gab ein kleines, metallisches Geräusch. Tillios Augen waren knallrot, eine Mischung aus Tränen samt Nitroverdünnung mischte sich mit dem Blut aus seiner Nase, sammelte sich am Kinn, tropfte als kleines Rinnsal auf sein kariertes Hemd.

Zingarettis Handy regte sich. Er schaute erst Roberto, dann Cillio an. Sie nickten beide. Der Drucker meldete sich mit Namen, sagte, es sei alles fertig.

»Sie möchten das in einer halben Stunde abholen, ja also«, er warf den beiden Männern einen fragenden Blick zu. Roberto schaute auf seine klobige Armbanduhr, nickte Zingaretti zu, zeigte ihm drei Finger.

»Um Drei wäre gut, ich muss nämlich noch etwas ausliefern, bin dann wieder da.« Er bedankte sich bei dem Anrufer, schaltete ab. »Und jetzt?«

Roberto wies Cillio mit einer Kopfbewegung an, einige Schritte vom nun lauter stöhnenden Tillio, dessen Brustkorb sich im Takt des Atems hob und senkte, wegzugehen. Sie tuschelten, warfen dem Drucker Blicke zu.

»Schneide ihn los, mach schon, Drucker.«

Zingaretti erspähte ein kleines, altes Messer, das er gelegentlich zum Wegkratzen von Farbresten an der Maschine benutzte. Roberto nickte ihm aufmunternd zu. Dann hielt er Tillio, der schwer gurgelnd atmete, die Pistole an den Kopf, Zingaretti schnitt das dicke, Seil durch. Tillio sackte zusammen.

»Du und deine Spaghetti-Prinzessin, ihr habt von den drei Affen gehört?«

Zingaretti erinnerte sich an das Gespräch mit Martemucci, er nickte überdeutlich.

»Okay. Vergiss es nicht. Sonst setzen wir dich und deine Frau mal auf das Stühlchen hier.« Cillio lachte laut. »Pack mit an, wir fahren ihn mal spazieren, die schöne frische Luft wird der Sau guttun.«

Roberto hielt Tillio mit der Waffe in Schach, was weitgehend überflüssig war, Zingaretti und Cillio hakten ihn unter, schleiften ihn zur Tür, die Lina rasch aufschloss. Am BMW angekommen, öffnete Roberto die Heckklappe, zu dritt wuchteten sie den leise stöhnenden Tillio hoch, der in den Kofferraum fiel.

»Lina, bring mir meine Tasche«, rief Cillio.

Als Roberto den Motor angelassen hatte, gestikulierte er. Zuerst legte er einen Finger auf den Mund, dann setzte er ihn an die Schläfe. Der Drucker und seine Frau verstanden.

»Wir müssen drin schnell sauber machen. Annuncio kommt bald, er will die Einladungen für die Hochzeit abholen.«

»Werden die wiederkommen?«, flüsterte Lina.

Er schließe das nicht aus, meinte ihr Mann. »Sie suchen ja das verschwundene Geld. Wundert mich, dass sie hier und drüben im Haus nicht danach geschaut haben, komisch. Aber Tillio hat ja nur Klamotten dabei gehabt, ich war ja beim Auspacken dabei. Und in seiner Karre, also im Kofferraum war sonst nichts. Die kommen sicher wieder. Mit oder ohne Tillio.«

Lina hielt sich erschrocken die Hand vor den Mund, ihr Mann nickte finster. »Mit denen ist nicht zu spaßen, porco dio.«

DARMSTADT, GASTSTÄTTE »BEMBELSCHE«

LUCIANO, EIN BEMBEL, das ist ein Krug, in der Regel einer, aus dem Apfelwein ausgeschenkt wird. Und ein Bembelsche, das ist die Verkleinerungsform.«

Pindui versuchte nachzusprechen, scheiterte. Vorausschauend hatte Petra einen Zweiertisch reserviert, Pindui widmete sich leckerem Roastbeef mit Remouladensauce, rekelte sich auf dem Barhocker gegenüber der dicht belagerten Theke.

»Das ist echt ein Geheimtipp hier, super Essen, dazu *Andechser* Bier vom Fass«, kommentierte Petra, die sich über ein mit krossen Zwiebelscheiben bedecktes Medium-Steak hermachte.

»Die Sonderkommission hat aus dem südlichen Landkreis, was sage ich, aus der gesamten Gegend immer mehr Hinweise auf Falschgeld, jetzt werden mit Hilfe der Banken die Auflieferer von den Geschäften zurück verfolgt, die Kollegen rufen dann dort an, ob es Videokontrollen gibt, dann gehen sie auf Besichtigungstour in der Hoffnung, dass ihnen jemand auffällt. Keine schöne Arbeit, macht aber Sinn.«

Der Commissario hielt ihr sein Bierglas entgegen.

»Salute. Und viel Erfolg. Ja, das sind so die Arbeiten, die klassischen Stundenfresser. Videos einsammeln, quittieren, anschauen, anschauen. Das sind schon absolute Höhepunkte unserer tollen kriminalistischen Tätigkeit.«

Petra wollte wissen, welches Gastgeschenk Pindui denn seiner Frau mitbringe. Er griff in die Jackettasche, holte ein kleines Päckchen heraus.

»Kannst es ruhig öffnen, aber vorsichtig.«

Petra strahlte ihn an. »Super, das ist ja toll. Woher hast du das denn?«

Pindui erzählte von dem kurzen Ausflug in der Mittagspause auf die Mathildenhöhe.

»Da sah ich diesen kleinen Laden, weißt du, wo diese Kapelle mit dem goldenen Dach ist. Wenn ich schon in einer Jugendstil-Stadt bin.«

Petra meinte, seine Frau würde sich über den silbernen Anhänger riesig freuen. »Florale Elemente heißt das glaube ich, ist ganz typisch für Jugendstil. Morgen, wenn wir am Fraport sind, gibt es auch von mir noch etwas.«

Das sei sicher noch geheim, sagte Pindui, Petra bestätigte.

Flughafen Frankfurt

Petra hatte Pindui bis ans Gate gebracht, in gut eineinhalb Stunden würde ihn die Heimat wiederhaben. Sie drückten sich intensiv, Herrmann trat einen Schritt zurück.

»Das waren wirklich schöne Tage mit dir, Luciano, ein toller Mix aus Privat und Dienst, eine Bereicherung, für die ich dir danke. Hier, steck das ein, du wirst es bei der Kontrolle leider gleich wieder herausholen müssen. Es ist ein ganz altes Amulett aus Familienbesitz, bisschen verbogen und verkratzt, aber es soll dir Glück bringen.« Petra lächelte.

Pindui bedankte sich überschwänglich, griff sich sein Handgepäck, entschwand winkend in der Schlange vor dem Sicherheitscheck.

Bevor er seinen Gürtel und andere metallische Gegenstände auf das Band legte, griff er in die Tasche, packte das Amulett aus. Er musste lachen. Es war eine metallene Dienstmarke mit einem kleinen Polizeiwappen und der Aufschrift »Kriminalpolizei.« Er legte es auf das Band, kassierte kurz darauf einen äußerst kritischen Blick des Sicherheitsmannes, der erst auf die Dienstmarke, dann auf den kleinen, rundlichen Mann schaute.

Darmstadt, Waldkolonie

Die Sonne schien, es war mild, Heinz Dobler hatte seine Kinder in der Nachbarschaft untergebracht, war vom Moldenhauerweg das kurze Stück in die Kölner Straße gelaufen. Er trug bequeme Turnschuhe, Jeans, ein etwas zu grell gemustertes Flanellhemd, darüber eine dünne Jeansjacke. Kaum hatte er geläutet, stand Carmen Rodriguez in der Tür. Dobler machte Komplimente, bewunderte die sportliche, lindgrüne Jacke, ihre geblümte Bluse. Sie liefen die Kölner Straße entlang, nahmen dann den schmalen Asphaltweg am Waldrand, der – unter der A 5-Brücke hindurch – Richtung Gehaborner Hof führte. Dobler blieb nicht verborgen, dass ihn beim gemächlichen Laufen Carmens Hand ein paar Mal streifte, es war ein durchaus angenehmes Gefühl.

»Ich weiß nicht, ob du schon vom *Kreis der Empfindsamen* gehört hast. Das war so eine Gruppe um Goethe und um Merck, weißt du, von Merck hier, der Pharmafirma. Die haben sich am Gehaborner Hof getroffen, gefeiert, gedichtet und sind Boot gefahren damals.«

»Wie, auf dem Darmbach?« wunderte sich Carmen.

Dobler korrigierte: »Da gab es mal einen Teich am Hof, der ist ja schon um Elfhundert genannt worden, also, der hat eine Riesengeschichte.«

Plaudernd näherten sie sich dem alten Gehöft, Dobler schlug vor, nach links zu gehen, ein Stückchen in Richtung Griesheim. Carmen Rodriguez hakte sich bei ihm unter. »Da musst du mich aber stützen, wenn das so eine harte, lange Tour ist.«

Dobler zog ihren Arm ein wenig näher an sich heran, spürte ihre Wärme. Er hatte sich lange nicht mehr so wohl gefühlt.

Case Rivoli Bianchi, Provinz Udine

Michaela und Martin Durbacher blieben aus Gewohnheit alten Traditionen treu. Nach einer Rast am Tauerntunnel machten sie auf der Fahrt nach Kroatien die nächste zwischen Venzone und Gemona del Friuli. Vor Jahren hatte sie durch Zufall eine romantische Stelle entdeckt, als Martins Blasendruck übermächtig geworden war. Er hatte kurz vor einer Brücke eine breite, sandige Abfahrt erspäht, die, bog man nach rechts ab, unter der großen Straßenbrücke hindurchführte. An diese Stelle konnte er mit seinem Hymer-Wohnmobil bis an den Fluss Tagliamento fahren, dessen azurblaues Wasser kühl und frisch war und in zahlreichen Mäandern durch das hier gut einen Kilometer breite, mit großen und kleinen Steinen sowie Kiesbetten übersäte, weitgehend begehbare Flussbett durchzog. Am Ende der provisorischen Piste wendete er ein wenig nach links.

»Wir stellen den Klapptisch wie beim letzten Mal hier neben hin, ich hole die Stühle, den Kuchen, du machst Kaffee, dann genießen wir die schöne Aussicht. Toll, das Wetter heute.«

Minuten später schnitt Michaela selbst gebackenen Kuchen auf, goss Kaffee ein.

»Hach, welche Wohltat nach gut neunhundert Kilometern, wie pittoresk die Dörfer an den Hängen gegenüber«, freute sich ihr Mann. Sie schnupperte, schnupperte erneut, drehte den Kopf.

»Martin, hier stinkt es. Und wie, riechst du denn nichts?«

Er schnupperte ebenfalls, stand auf. »Puh. Ekelhaft. Jetzt rieche ich das auch. Da fahren wir lieber ein Stück zurück, und ich trage den Tisch nach da hinten. Fährst du?«

Während Michaela den schweren Hymer wendete, dann ein Stück Richtung Brücke fuhr, balancierte ihr Mann den beladenen, leichten Campingtisch vor sich her. Aus einer kleinen Lache links von ihm schien der ekelhafte Geruch zu kommen. Neugierig setzte er den Tisch ab, hielt sich mit zwei Fingern die Nase zu, setzte sich in Bewegung. Hinter Gestrüpp konnte er etwas Farbiges erkennen, das im bräunlich-grünen Brackwasser lag. Durbach ging einen Schritt weiter, dann durchfuhr es ihn wie ein Blitz. In der trüben Brühe lag ein aufgeschwemmter, dicker Körper, der stark nach Verwesung stank. Bevor er sich einige Meter weiter übergeben musste, registrierte er noch ein grob gemustertes Flanellhemd.

Questura di Udine/Case Rivoli Bianchi

Commissario Luciano Pindui hatte seinen Kollegen D'Angiolino in seinem Dienst-Alfa mitgenommen. Mit hoher Geschwindigkeit, eingeschaltetem Martinshorn und Blaulicht hatten sie bis Gemona die Autobahn benutzt, waren dann dort Richtung Venzone abgefahren. Dreißig Minuten nachdem der Notruf den Anruf eines deutschen Touristenpaares angenommen hatte, fuhren sie in einer großen Staubwolke von der Brücke ab, aus der Ferne hörten sie mehrere Martinshörner, an dem stillen Fleckchen sollte es gleich von Polizei wimmeln. Einige Meter vor ihnen stand ein Paar vor einem Wohnmobil, der groß gewachsene Mann zeigte unter der Brücke durch, winkte erneut.

»Also rechts dahinter«, sagte Pindui. Als der Alfa stand und sie ausgestiegen waren, rümpfte Pindui die Nase. »Nicht zu überriechen, um es mal so zu sagen. Auf geht's.«

Nach gut zwei Stunden Tatort- oder Fundortarbeit, das stand nicht genau fest, konnte der Leichnam abtransportiert werden. Die oberflächliche Untersuchung durch den Udineser Gerichtsmediziner Professor Claudio Morelli ergab einen gewaltsamen Tod zumindest durch einen aufgesetzten Genickschuss, weiteres würde die Obduktion ergeben, die in der Sezione di Medicina Legale an der Piazza Maria della Misericordia in der Provinzhauptstadt anstand.

»Ich tippe eher auf einen Fundort«, meine Luciano Pindui zu D'Angiolino, der sich umfangreich Notizen gemacht hatte. »So wie die Deutschen, die ihn gefunden haben, mal kurz für eine Pause von der Brücke runter sind, haben es die Täter wohl auch gemacht. Wobei ich ihnen keine Ortskenntnisse attestiere, es lag ja auf der Hand, dass er über kurz oder lang gefunden wird. Hier spielen öfter Kinder aus Venzone, auch aus Ospidaletto. Fragt sich, ob sie von unten Richtung Udine gekommen sind oder von oben Richtung Tarvisio.«

D'Angiolino war unschlüssig. »Wenn sie hier geschossen haben, wird das niemand gehört haben bei dem Verkehrslärm. Zum Thema Patronenhülse, unsere Magnetsonden haben nichts entdeckt.«

Sie fuhren gemeinsam zurück ins Präsidium nach Udine. Auf die Ergebnisse aus der Gerichtsmedizin würden sie ein, zwei Tage warten müssen.

Pindui fuhr gegen 18 Uhr nach Hause. Der Fall trieb ihn um, nach Jahren der erste Mord und Pindui nun Leiter der Sonderkommission. Er suchte im Internet nach einer preiswerten Telefonverbindung, rief bei einem Glas Rotwein Petra Herrmann an, berichtete.

»Kaum bin ich zurück, haben wir hier auch einen Mord, einen sehr unappetitlichen. Seid ihr denn weiter gekommen?«

Von Petra erfuhr er, dass die Soko Percussi Mitarbeiter abstelle zur Auswertung von Videofilmen, sonst gäbe es leider noch keine besonderen Neuigkeiten.

Sezione di Medicina Legale, Udine

Pindui stand mit übergezogenem Mundschutz neben D'Angiolino und Staatsanwalt Pietro Bombasini, einem noch jungen Mann, der blass und wie versteinert neben ihnen stand. Es roch trotz der Klimaanlage und frischer, kühler Luft noch immer äußerst unangenehm. Professor Morelli dozierte ungerührt, ein Mikrofon über dem Sektionstisch nahm seine Ausführungen auf. Zwischen Leichenfund und abgeschlossener Obduktion waren gerade mal neunzehn Stunden vergangen. Der leblose Körper des Unbekannten lag auf dem Bauch, auf dem Rücken waren kreuzförmige Muster in Form von Hautrötungen zu erkennen.

Morelli tippte mit der behandschuhten Hand darauf.

»Die gleichen Muster haben wir fragmentarisch auf der Brust, den Schultern. Wir gehen davon aus, dass er gefesselt war, und zwar ziemlich stramm.«

Pindui machte sich Notizen.

»Wir haben hier rechts multiple Rippenfrakturen durch wuchtiges Auftreffen eines stumpfen Gegenstandes. Im Genick sehen wir zwischen dem vierten und fünften Halswirbelknochen eine starke Schürfwunde, hier Knochenabsplitterungen, vermutlich durch einen sehr stabilen, mit Kraft geführten Gegenstand hervorgerufen. Und hier haben wir die Einschussöffnung.«

Morelli zeigte auf ein dunkles Loch auf der Hinterseite des glatt rasieren Schädels.

»Eindeutig aufgesetzt, das ergeben die Schmauchspuren, also schon eine Art Hinrichtung. Im Bauchbereich, hier im Unterbauch, zwei stark ausgeprägte Hämatome. Ach so, hier, die Nase, zweifach frakturiert.«

Morelli richtete eine starke Lampe auf das Gesicht des Toten, den er mit Hilfe eines Assistenten wieder in die Rückenlage gebracht hatte. Deutlich war der riesige, wieder vernähte Schnitt zu sehen, der sich in Form eines großen Ypsilon von den Schultern bis zum Schamhaaransatz zog.

Pindui waren zwei klammerartige, kleine Gestelle aufgefallen, mit denen die Augenlider der Leiche unnatürlich weit gespreizt waren. Die Augen waren starr, das Weiße zeigte eine stark rötliche Färbung.

»Hier ist eine ätzende Flüssigkeit benutzt worden«, dozierte Moretti. »Wir haben sie auch in den Mundwinkeln, an der Kinngrube und hier, seitlich am Hals festgestellt, auch auf dem Hemd. Nur fragen sie mich um Himmels willen noch nicht, was das gewesen ist, das müssen wir außer Haus geben, da muss wer aus der Chemie feinanalytisch ran.«

D'Angiolino wollte wissen, ob der Zustand der Augen ein Hinweis dafür sein konnte, dass man den Toten habe blenden wollen. Morelli schüttelte den Kopf.

»Denkbar, er kann aber auch das Opfer eines Unfalles sein, also, was die Augen angeht. Aber ich habe noch etwas für Sie. Schauen Sie hier.« Morelli wies auf drei kleine, schwarze Punkte zwischen Daumen und Zeigefinger der rechten Hand. Pindui pfiff durch die Zähne.

»Aha, die klassische Tätowierung. Nichts hören, nichts reden, nichts sehen. Ein Knacki demnach. Die Fingerabdrücke, haben Sie –«

Morelli zeigte auf einige Folien auf einem kleinen Tisch nebenan. »Mit den Prints haben wir Glück gehabt, weil die Hände ganz offensichtlich nicht direkt im Wasser, sondern auf Schlamm lagen. Fotos haben wir auch angefertigt.« Er wies auf die Leiche. »Die Fahndung kann praktisch starten. Unter den Fingernägeln der rechten Hand haben wir Spuren von Farbe sichergestellt, bedarf noch der Klärung. Außerdem ist ein Finger gebrochen, eine frische Fraktur. Apropos gebrochen – vier Fußzehen sind nicht ganz, aber angebrochen. Und wir haben noch mehr für Sie. Hier drüben.«

Auf einem größeren Tisch lagen, in beschriftete Folien verpackt, Kleidung und Schuhe des Toten. Morelli nahm eine Lupe, zeigte auf ein Hemd.

»Wenn Sie hier mal schauen, hier neben. Klitzekleine Klümpchen, die auf den Textilfasern haften. Auch hier muss die Chemie ran. Bei den Schuhen auch. Der Mann ist bis zu seinem Kopfschuss absolut brutal und bösartig gefoltert worden. Widerlich, wirklich widerlich.«

Questura di Udine

Pindui sass in seinem kleinen Büro, beschäftigte sich mit dem umfangreichen Bericht der Spurensicherung, als D'Angiolino strahlend in den Raum stürzte.

»Treffer, Luciano. Unser Tagliamento-Mann ist identifiziert, hier, schau. Deckung bei den Prints. Er ist in Paludea gemeldet, lebt da, was sage ich, hat da gelebt bei seiner Mutter. Tillio ist sein Rufname, korrekt heißt er Attilio Venturini. Hier, ganz schöne Latte an Vorstrafen.«

Er reichte dem Commissario eine Liste, die Pindui aufmerksam studierte. »Ich denke, dass ich mir einen Kollegen greife und der Mutter dieses Prachtburschen mal einen Besuch abstatte.«

Mit Silvio Potelli, einem noch jungen Kollegen, brauchte Pindui für die rund 45 Kilometer nach Paludea eine geschlagene Stunde.

»Wir befragen sie erst mal, dann rücken wir mit der Wahrheit raus, die Mutter dürfte betagt sein, wenn wir da gleich reinplatzen mit dem Mord am Sohn, kippt sie uns vielleicht um«, erklärte Pindui auf der Fahrt.

In Paludea mussten sie sich durchfragen, weil Mutter und Sohn Venturini nicht mit einem Straßennamen und einer Hausnummer im Meldeverzeichnis standen. Nach einiger Sucherei fanden sie ein abseits stehendes, kleines, sehr altes Haus, das von einem großen Gemüsegarten voller Obstbäume umrahmt war. Hinter dem Haus trafen sie eine gut Achtzigjährige im Garten, die sich heftig erschrak, als die Beiden plötzlich vor ihr standen. Es war noch nicht lange her, als ebenfalls zwei Männer, allerdings jüngere, bei ihr aufgetaucht waren, behauptet hatten, Tillio habe in Haus oder Garten etwas versteckt, das sie nun suchen wollten. Nach rund drei Stunden waren sie unverrichteter Dinge wieder abgezogen, nicht ohne vorher der alten Frau einzuschärfen, diesen Besuch umgehend zu vergessen. Potelli und Pindui wiesen sich aus, erklärten, sie interessierten sich dafür, was der Sohn in der letzten Zeit beruflich gemacht habe, wo er denn zu finden sei. Potelli fühlte sich nicht wohl, schaute der alten Frau in das runzelige Gesicht. Sie trug eine weite dunkelblaue Hose mit großen, aufgesetzten Taschen, eine ebensolche Jacke, ein bunt gemustertes Kopftuch, ihre Füße steckten in betagten Gummistiefeln. Wie sie da stand, klein, gebückt, zittrig auf den Stil einer Gartenhacke gestützt, tat sie dem jungen Beamten Leid. Andererseits imponierte ihm Pinduis Vorgehen.

»Tja, was er so gemacht hat. Also gefahren ist er viel,

für Freunde, hat Sachen transportiert. Er war oft tagelang weg. Das hat er alles mit seinem alten Alfa 33 gemacht, mehr kann ich nicht sagen. Er erzählt ja nicht viel.«

Potelli hakte nach, wollte wissen, ob Tillio mit den Transporten Geld verdient habe, er bekam keine Antwort.

Die alte Frau war zurückhaltend, nicht zum ersten Mal hatte sie mit Polizeibeamten zu tun, die sich für ihren Sohn interessierten, den Besuch der beiden jungen Männer vor einigen Tagen hatte sie auch noch im Kopf. Pindui legte nach, bohrte. Die alte Frau sah ihn schräg von unten an.

»Commissario, er hat wirklich nichts erzählt. Als er das letzte Mal hier war, hat er ein paar Sachen gepackt, gesagt, er müsse bei Freunden in einer Druckerei aushelfen, das war alles.«

Pindui war wie elektrisiert zusammengezuckt.

»Ah ja, und diese Druckerei, Frau Venturini?«

Die Alte schüttelte den Kopf.

»Sie meinen, wo die ist? Das hat er nicht gesagt, der Tillio. Wie die Freunde heißen, auch nicht.«

Sie schaut ihm dabei direkt ins Gesicht.

Potelli fragte, ob sie sich im Haus umsehen dürften, im Zimmer des Sohnes. Es wurde ihnen gestattet. Das Haus war schlicht mit zum Teil uralten Möbeln eingerichtet, Tillios Zimmereinrichtung bestand aus einem Kleiderschrank, einem abgeschabten Holztisch mit drei Stühlen und einem großen, alten, hölzernen Bett. Auf einem Regal standen einige Bücher, Krüge, ein Aschenbecher. Daneben lagen mehrere Blätter Papier, beschrieben mit Zahlen und Buchstabenkombinationen. Pindui nahm eine Pinzette aus seiner Jacke, tütete die Papiere ein. Potelli inspizierte die Krüge.

»Schau mal, Benzinabrechnungen. Ich sacke sie mal ein, man weiß ja nie.«

Die beiden Beamten untersuchten den Raum akribisch, danach das kleine Wohnzimmer mit dem offenen Kamin, dann die Küche mit dem Holzofen. Pindui inspizierte eine Kiste mit Holzscheiten, zog dann den Aschekasten aus dem Herd heraus, rührte mit einem Kugelschreiber in der Asche herum, pfiff. Er hatte ein verschmortes Plastikblättchen mit einem goldfarbenen Aufdruck entdeckt.

»Wer wirft schon SIM-Karten in den Küchenherd, was meinst du, Silvio? Da kann sich die Kriminaltechnik mit befassen, der Chip sieht gar nicht so übel aus.«

Silvio Potelli war verblüfft, wollte wissen, wie Pindui ausgerechnet auf den Aschekasten gekommen war.

»Ganz einfach. In vielen amerikanischen und englischen Filmen, also in Krimis, werden immer wieder mal Dokumente in einem Kamin verbrannt. Manchmal bleibt da ein Fragment liegen. Das hat mich auf den Aschekasten gebracht, liegt doch auf der Hand. Oder, Kollege?«

Einige Minuten später mussten sie Tillios Mutter auffangen. Sie hatte gestöhnt, sich ans Herz gefasst, als Pindui ihr den wahren Grund ihres Besuches erklärte. Zu zweit stützten sie die kleine, alte Frau, brachten sie in das enge Wohnzimmer, bugsierten sie auf einen Stuhl.

»Tut uns wirklich sehr, sehr leid«, log Potelli. »Sollen wir denn jemanden holen, der sich um Sie kümmert?«

Die alte Frau schüttelte den Kopf, vergrub das Gesicht schluchzend in beiden Händen.

Chimica Europa S.P.A, Udine

Pindui sass zwei Tage darauf mit D'Angiolino in der *Hostaria alle Tavernetta*, sie hatten es sich in der gemütlichen Gaststube vor dem großen Holzregal mit regionalen Weinen bequem gemacht, eine große Portion Schinken aus Cormons einverleibt, als Pinduis Handy sich meldete. Professor Morelli hatte einige Asservate zur chemischen Analyse außer Haus gegeben, da die Udineser Universität keine Fakultät für Chemie besaß. Die beiden Beamten fuhren in die Via del Pasco zur *Chimica Europa*, einem mittelständischen Chemieunternehmen mit hochmoderner Ausstattung.

Dr. Nello de Vita di Pace, der Chefchemiker, ein mittelgroßer Mann um die Fünfzig mit leicht bräunlichem Teint und straff zurückgekämmten schwarzen Haaren, hatte sie an der Rezeption erwartet, führte sie in eine Besucherecke, wo er einen Stapel Papiere ausgebreitet hatte.

»Nehmen Sie bitte Platz, meine Herren. Espresso, Wasser?« Die Beiden lehnten ab.

»Tja. Wir haben Spuren von Ketonen und Ester auf Teilen des Hemdes festgestellt, mit ganz hoher Wahrscheinlichkeit hat das Opfer intensiven Kontakt mit einer Art Nitroverdünnung gehabt. Morelli hat mich wissen lassen, dass der Ermordete das wohl auch in den Augen hatte. Normalerweise, wenn einem derlei in die Augen gerät, sollte man Wischen und so weiter unterlassen und rasch wie intensiv mit klarem Wasser spülen, vor allem einen Augenarzt aufsuchen. Da der Mann, wie Morelli mir berichtet hat, wohl gefesselt war, ist das Reinigen unterblieben, macht ja auch keinen Sinn, wenn er derlei absichtlich übergegossen bekommt. Auf jeden Fall hat das zu leichten Verätzungen der Hornhaut geführt, es dürfte auch ziemlich gebrannt haben, das Sehvermögen war sicher auch beeinträchtigt.«

Vita di Pace nahm ein weiteres Blatt von dem kleinen Stapel.

»Dann haben wir feinanalytisch festgestellt, dass es eine gewisse Deckung gibt mit den Farbfragmenten, die Herr Morelli unter den Fingernägeln festgestellt hat. Die korrespondieren mit dünnen Anhaftungen auf den Schuhen. Was hinzukommt – die kleinen Klümpchen auf der Kleidung – sie sind vom gleichen Typus. Auffällig dabei ist das Magenta. Allerdings sehen die Klümpchen nicht wie zufällige Anhaftungen aus, sondern wie aufgedrückt, das ergab sich durch die Oberflächenstruktur. Sagen wir mal, als hätte sie jemand mit einem extrem kleinen Werkzeug, nun ja, da hin gepappt. Also ich könnte mir vorstellen, dass dieser Mann da, also dass der vielleicht mit Druckfarbe zu tun hatte, denn die chemische Zusammensetzung sieht nach unserer Meinung nicht so aus, als hätte er etwas gestrichen, also Holz oder Metall.«

Pindui hatte bereits die Ohren gespitzt, als das Wort »Magenta« fiel. Jetzt war er aufgeregt, bekam einen roten Kopf.

»Druckfarbe sagen Sie, hm. Wir haben seit einiger Zeit mit Falschgeld zu tun – und von Venturinis Mutter wissen wir, dass er offenbar in einer Druckerei einen kleinen Job gehabt hat.«

Pace di Vita lächelte. »Magenta. Stimmts?«

»Ja, das stimmt. Also, Dottore, wenn wir Ihnen von den Falsifikaten, die wir asserviert haben, welche bringen, könnten Sie da einen Abgleich machen?«

Der Chemiker nickte. »Natürlich, das ist überhaupt kein Problem. Es handelt sich da ja auch nicht um reines Magentarot, sondern die Herren, die diese falschen Scheine drucken, benötigen das ja als Basisfarbe für die späterer Farbmischung beim Druck. Also wenn es da Übereinstimmungen gibt, finden wir das heraus.«

Pindui und D'Angiolino bedankten sich. Kurz darauf erstatteten sie ihrem Präsidenten Bericht. Der Questore hatte seinen Bürostuhl etwas vom Schreibtisch weggerollt, beide Hände über die Bauchwölbung gelegt. Was, Pindui kannte die Geste, kein gutes Zeichen war. Es sah gemütlich und entspannt aus, bedeutete aber Unheil.

»Nehmen wir mal an, der Chemiker stellt bei seiner Farbanalyse fest, dass es eine Deckung gibt zwischen der Farbe auf unserem sichergestellten Falschgeld und der Mischung auf Venturinis Hemd und Schuhen. Nehmen wir das mal an. Dann wissen wir, aha, dieser Bursche hängt mit drin. Wir sind dann richtig schlau, Pindui, nicht wahr?«

Potelli rieb sich verlegen die Nase, die Ironie des Präsidenten war unüberhörbar. Er warf Pindui einen ratlosen Blick zu.

»Dottore, bitte. Lassen Sie uns doch eins und eins zusammenzählen. Der Venturini war ein Krimineller, daran ist ja nicht zu rütteln. Wenn die Farbtests eine Übereinstimmung ergeben, wissen wir, dass er mit Falschgeld zu tun hatte sowie der Druckerei. Und ich mutmaße mal, dass da irgendwas passiert ist, was den oder die Drucker oder irgendwelche Hintermänner motiviert hat, ihn umzulegen.«

Der Questore nickte zustimmend, holte Luft. »Wunderbar. Und weiter, Pindui?«

»Tja, wir müssten irgendwie die Druckerei finden, Dottore. Irgendwie.«

Der Präsident stand auf, hatte sichtbar schlechte Laune.

»Also suchen wir in Italien eine Druckerei, gut, dann fangt mal an. So viele wird es ja wohl nicht geben, oder?«

Potelli und Pindui hätten sich einen Hauch mehr Verständnis gewünscht. Pindui zog seine Trumpfkarte.

»Ich schließe nicht aus, dass wir da rankommen. Wir haben nämlich, Dottore, im Aschekasten im Haus oben in Paludea einen angesengten Chip aus einem Handy gefunden, die Kollegen von der Kriminaltechnik haben den von uns bekommen und geben ihr Bestes.«

Dann, meinte der Questore anzüglich, sollten Pindui, Potelli sowie der Rest der Sonderkommission das auch so halten. Er komplimentierte sie aus seinem Büro.

Campagnola, Ortsteil von Gemona del Friuli

Commissario Pindui war am frühen Abend reichlich mürrisch zu Hause eingetroffen, hatte Arbeitskleidung angezogen, den Traktor gestartet, knatterte mit einem Mähbalken über die große Wiese hinter dem Haus. Über dem Monte San Simeone, auch drüben am Chiampon, hingen dicke, blauschwarze Gewitterwolken, die ersten Tropfen fielen, von den Bergen kam ein Donnergrollen mit vielfach reflektiertem Echo.

Pindui fuhr den Traktor unter das Vordach am Pferdestall, konnte gerade noch dem ersten, kräftigen Regenschwall entkommen, flüchtete mit raschen Tippelschritten ins trockene Haus. Er stellte die Arbeitsschuhe in die Diele, holte sich eine Flasche selbst gekelterten Refosco, dann tat er etwas, das völlig gegen seine Gewohnheiten war: Er trank seinen Wein alleine. Manuela war nach Gemona zum Einkaufen gefahren, die Ereignisse der vergangenen Tage konnte er sich nun in aller Ruhe zu Gemüte führen.

Seinen Plan, nach Magnano in Riviera zur *Molin Nuovo* zu fahren, hatte er noch nicht umsetzen können, auch die Fahrt nach San Floriano, wo sich Percussi alias Gecci den Namen seines Ex-Arbeitgebers Cornelli ausgeliehen hatte, stand noch aus. Er trank, dachte nach.

Da war die durchaus reale Verbindung zu den Morden in Darmstadt, die große Ähnlichkeit des Falschgeldes, äußerst brutales Vorgehen hier wie dort. In Pinduis Kopf entstand ein Geflecht aus Abläufen, die logisch schienen. Am Ende seiner Überlegungen kam er auf einen einfachen Nenner. Das Falschgeld wurde mit hoher Wahrscheinlichkeit in Italien gedruckt, dann zumindest auch nach Deutschland gebracht. Da mussten Drucker, Kuriere und Verteiler im Spiel sein.

Und irgendwie seine eigene Heimat, das Friaul.

Den Morden konnten Uneinigkeiten zu Grunde liegen, vielleicht gab es auch einen Konkurrenzkampf. Er beschloss, am Abend noch einmal Petra Herrmann anzurufen, sie mit seinen Ideen zu konfrontieren.

Er erinnerte sich an die Streichholzschachtel aus der *Molin Nuovo*, eine weitere Spur, wenn auch ohne gravierende Ergebnisse. Er dachte erneut an den Namen Cornelli. Dann fiel es ihm siedend heiß ein. Percussi. *Trasporti Percussi*, das musste die Lösung sein. Er hatte weder mit dem Namen noch der Firma je zu tun gehabt, allerdings indirekt schon. Auf vielen Fahrten, dienstlichen wie privaten, hatte er die großen Lastwagen mit den silbrig glänzenden Auflegern gesehen, Milchtransporter der Firma *Percussi-Transporte*. Sein Unterbewusstsein hatte ihn also nicht getäuscht. Pindui dachte, dass Gecci der Namen Percussi vielleicht genau durch solche Begegnungen eingefallen war – und beschloss, dem nicht weiter nachzugehen.

K 20, Polizeidirektion Erbach/Odenwald

Der Erste Hauptkommissar Uwe Leister war nicht begeistert vom Anliegen der Soko Percussi. Er hatte einige seiner Mitarbeiter zusammen gerufen, referierte. »Wir brauchen als erstes eine Liste jener Geschäfte, in denen mutmaßlich Falschgeld gewaschen wurde und welche davon Videoüberwachung haben, das ist der wesentliche Punkt. Mit einer Tücke. Sind das Geräte, die nach 24 Stunden zurückspulen, gar löschen, oder haben wir Langzeitkonserven, sagen wir mal auf Chips oder so. Der nächste Schritt, da kommt bei euch jetzt sicher Freude auf – was wir kriegen können, müssen wir uns anschauen. Dies in der stillen Hoffnung, dass es Leute gibt, die mehrfach auftauchen und sich dazu auch noch komisch benehmen, per Tarnung, Kopfhaltung. Thomas?«

Thomas Kauder, ein hoch aufgeschossener, sportlicher Oberkommissar, hatte die Hand gehoben.

»Okay, da könnten wir Deckung haben. Wenn bei mir im *Edeka* so ein Ding hängt, tauche ich da auch regelmäßig auf – als Kunde, als sauberer, und dann?«

Leister nickte verständnisvoll.

»Du hast völlig recht. Aber es ist die sicherste Methode, es gibt ja auch noch einen weiteren Schritt. Wenn wir da wen auch immer und wo auch immer mehrfach haben, dann müssen wir den mit dem Kassenpersonal konfrontieren, ich weiß, Freunde, das sind alles Luftschlösser, aber anders geht es nicht. Der Deibel will es, und irgendeine Kassenlady sagt uns, ja, der hat hier immer Kleinigkeiten gekauft und große Scheine dabei gehabt, das ist das Ziel. Meine Begeisterung hält sich auch in Grenzen, wir sind eh schon schwer am Machen, aber – da müssen wir durch.

Ein weiterer Schritt ist der: Den Geschäftsführer, Inhabern, dem Kassenpersonal müssen wir – ich rede jetzt nur von den betroffenen Geschäften – klarmachen, dass sie ein Auge auf Leute haben, die mit großem Geld kleine Dinge kaufen, auch das kann hilfreich sein. Der Kollege Dobler wird uns aus der Soko drei Kollegen abstellen, das erleichtert das Ganze. Also, fangt mal mit den Listen an.«

Kauder hatte einen erneuten Einwand.

»Da wird dann sicher auch der eine oder andere verdächtigt, der absolut sauber ist. Chef, ich bin da skeptisch.«

Leister grinste ihn an.

»Der Chef hat dazu eine Idee entwickelt. Nehmen wir die Kombination Kamera überwacht Kassenbereich. So. Kassiererin fällt einer auf, ja. Das behält sie nicht im Kopf. Sie steht kurz auf und reckt sich. Das wäre dann für uns das optische Signal, da stimmt was nicht. Der nächste Einwurf, Meister Kauder, könnte dann der sein, dass du sagst, wir kriegen wir den oder die. Dazu packe ich mal eine Geschichte aus, die in Darmstadt beim K-10 gespielt hat, als ich noch da war.«

Leiter stand auf, ging ein paar Schritte auf und ab.

»Wir hatten, das ist Jahre her, eine Serie von Tankstellenüberfällen. Rein in die Bude, Hände hoch, Geld her, weg. Eine nach der anderen. Eine Serie. Bis unser Chef gesagt hat, wir kommen da nur auf eine simple Weise ran. Wir setzen in die Tankstellen im Bereich City, die als nächste drankommen könnten, Kollegen rein. So haben wir das auch gemacht, personalintensiver Wartestand nenne ich das mal.«

Er sah nur fragende Gesichter um sich herum.

»Okay, also geschnappt haben wir den auf die Tour

nicht, aber so würde ich das gerne machen. Haben wir wen auf dem Tableau, legt sich einer von euch oder den drei delegierten Darmstädtern im entsprechenden Laden auf die Lauer. Oder habt ihr eine bessere Lösung?«

Leisters Mitarbeiter hatten keine, es war ihnen anzusehen, dass sie mit nicht allzu großer Begeisterung ans Werk gehen würden.

»Das ist dann auch wieder so eine Nummer, die man in keinem *Tatort* zu sehen kriegt«, meinte Kauder.

Questura di Udine

Als Questore Dottore Andrea Tizzio das kleine Pindui-Büro betrat, saß der über den Schreibtisch gebeugt, hatte einen Zirkel in der rechten Hand, schlug damit Kreise. Ob er jetzt unter die Landvermesser gegangen sei, wollte der Polizeipräsident wissen. Silvio Potelli, der Pindui gegenüber saß, musste lachen. Er hatte auf seinem Schreibtisch gut achtzig der Benzinquittungen sortiert, die sie bei Tillio in Paludea gefunden hatten.

»Wir haben einen Verdacht, Dottore.« Pindui schaute seinen Chef mit hochrotem Kopf an.

»Bei Venturini haben wir die Quittungen da drüben gefunden und hier, diese Papiere mit Zahlen und Buchstaben. Ich glaube, das sind Benzinabrechnungen, wir ordnen das gerade zu. Bei acht der Benzinquittungen haben wir schon Übereinstimmungen mit den Daten und Buchstaben hier gefunden.«

Der Questore wollte wissen, was Pindui mit dem Zirkel tat.

»Ganz einfach. Ich schlage Radien. Wir nehmen mal

einen Durchschnittsverbrauch von zehn Litern von seinem Alfa an, stellen das bei den acht übereinstimmenden Quittungen als Vergleich an und schauen, wohin er gefahren sein könnte, als Ausgangspunkt nehme ich Paludea, zumal seine Mutter uns gesagt hat, er habe für Freunde irgendwelche Dinge transportiert. Es sind zum Teil extrem weite Strecken dabei, knappe tausend Kilometer. Zwei der Quittungen sind von einer *Jet*-Tankstelle bei Bad Reichenhall, eine ist aus Udine, drei weisen nur einen Betrag aus aber weder Ort noch Namen und eine aus Sagrado.«

Was er sich davon erhoffe, fragte Questore Tizzio. Pindui zeigte sein strahlendes Lächeln, klopfte sich auf die Schulter.

»Wenn wir seine Fahrten insgesamt nachvollziehen können oder die meisten, dann haben wir ein klassisches Bewegungsprofil. Er hat ein paar Mal, das ist eine Weile her, eine Strecke von rund 200 Kilometern notiert. Wir gehen davon aus, dass das Hin- und Rückfahrten sind, sonst macht die Abrechnerei ja keinen Sinn.«

Silvio Potelli meldete sich zu Wort. »Es ist so, Dottore, dass die Arbeit mit dem Zirkel schon ein bisschen Sinn macht. Wir haben im 100 Kilometer-Radius«, er zeigte auf eine Landkarte, die er neben sich an einen Aktenschrank gehängt hatte, »Romans d`Isonzo, Morsano al Tagliamento, hier Pordenone, Polcemigo, dann Auronza di Cadore oder auch Flattach in Österreich. Jetzt haben wir Folgendes vor.«

Pindui schaute ihn schräg von unten an, Potelli überließ es ihm, weiter zu reden.

»Irgendwo in diesem Profil müssten wir auf Druckereien stoßen. Die müssen wir uns dann – oder Kollegen – mal dezent vornehmen.«

Dottore Tizzio rieb sich den Kopf.

»Das ist ja eine ungeheure Arbeit, vielleicht sollten wir die Sonderkommission personell aufstocken?«

Pindui sah das anders. »Chef, es wird nicht in jedem Nest eine Druckerei geben. Ich kann mir auch nicht vorstellen, dass es eine illegale gibt, das wäre ja ein Riesenaufwand. Vielleicht haben wir am Ende nur fünf oder acht, die wir uns mal vornehmen müssen.«

Der Questore widersprach: »Sie gehen davon aus, dass hier in Friuli gedruckt wird. Sie haben aber auch die 2.000 Kilometer-Strecken, also wenn wir die halbieren, dann müssen Sie Druckereien in Süditalien suchen. Also, ich weiß nicht so recht.«

Pindui erklärte, er könne sich sehr gut einen Zusammenhang zwischen den in Friaul aufgetauchten falschen Scheinen vorstellen und dem Umstand, dass sie auch dort hergestellt worden sein könnten.

»Da bin ich mir vom Bauchgefühl her sehr sicher.«

Der Questore warf einen Blick auf die große Wölbung unter Pinduis Hemd.

»Das muss dann schon ein sehr großes Gefühl sein, wenn ich mir den Bauch da anschaue. Na ja, probieren Sie Ihr Glück.«

Pindui ließ nicht locker. »Wir haben ja eigentlich zwei Linien. Den Mord an Venturini plus Falschgeld. Je großräumiger wir suchen, desto größer ist auch die Chance, auf irgendwelche Auftraggeber zu stoßen. Also ich sage mal, es geht voran. Vielleicht finden wir so auch sein Auto, das müsste ja irgendwo herumstehen, das haben wir ja auch publiziert. Silvio und ich meinen, das ist eine heiße Spur mit den Abrechnungen und Quittungen, die wir da gefunden haben. Die Frage ist ja auch, für wen hat er das aufgehoben. Sinn macht das doch nur, wenn er sich seine Spesen zurückholen wollte.«

Der Questore ging zur Tür. »Sie sollten sich mal sein Bankkonto vornehmen, oder?«

Pindui warf Potelli einen Blick zu.

»Schon erledigt, Dottore. Er hatte nämlich keins.«

»Eine Frage noch, Pindui, was ist denn mit dem Chip, den Sie im Aschekasten gefunden haben, konnte man den auslesen?« Der Questore zog erwartungsvoll die Augenbrauen hoch, Pindui schüttelte den Kopf.

»Nichts zu machen, die Hitze hat dem den Rest gegeben, wäre andersherum schöner gewesen. Aber lassen Sie uns mal machen, Chef.«

Pinudis Telefon läutete, Dottore Pace de Vita war dran. »Ich kann es nicht zu hundert Prozent sagen, aber zu neunundneunzig. Es gibt eine ganze Menge Übereinstimmungen zwischen den Farbresten des Toten und den Farbmischungen auf den Falsifikaten, die Sie mir zur Verfügung gestellt haben. Allerdings könnten wir das vielleicht auch bei anderen gefälschten Scheinen feststellen, die von irgendwoher stammen. Die Fälscher arbeiten alle auf der fast gleichen Basis.«

San Martino del Carso

Lina Zingaretti war in Sagrado Einkaufen gewesen, raste jetzt, eine riesige Staubwolke hinter sich lassend, in hohem Tempo auf die Druckerei zu. Aufgeregt lief sie vom Auto zur Druckerei, wedelte mit der Zeitung *Il Friuli*.

»Gabriele, Gabriele.«

Ihr Mann warf ihr einen kritischen Blick zu. »Schrei doch nicht so herum. Was ist denn los mit dir?«

Dann fiel sein Blick auf die Titelseite, auf ein offenbar retuschiertes Gesicht mit geschlossenen Augen.

»Tillio, ach du große Scheiße. Gib mal her.« Seine Hände zitterten beim Lesen.

»Am Tagliamento, oben, kurz vor Venzone, was für eine Scheiße. Da haben die zwei den doch umgebracht, porca miseria, ich hab's geahnt, ich hab das geahnt. Tot, die arme Sau. Wer ihn wo in den letzten Tagen gesehen hat, will die Polizei wissen.«

»Um Gottes Willen, was – was machen wir denn jetzt?« Linas Stimme war zittrig, sie stotterte.

Gabriele griff zu seiner Zigarettenpackung, rauchte mit bebenden Fingern.

»Bös, ganz bös ist das. Aber schiebe jetzt mal keine Panik, ich rufe den Martemucci an, was das soll. Auf jeden Fall, bei uns hat den Tillio niemand gesehen, das steht schon mal fest. Und auf seiner Fahrt hierher, also das ist unwahrscheinlich, so genau guckt doch keiner in ein Auto rein. Wir müssen uns was einfallen lassen mit seinem Alfa, der muss hier weg. Weißt du, wo die Schlüssel sind? Die müssen wir suchen.«

»Das – das haben wir nun davon.« Seine Frau konnte sich nicht beruhigen. »Am Ende bringen – bringen sie uns auch noch um.«

Zingaretti blies ihr den Zigarettenrauch ins Gesicht.

»Bleib ganz ruhig. Kein Mensch wird auf uns kommen, niemand. Ich rufe jetzt in Brindisi an und sage Martemucci, dass Tillio hier in der Zeitung ist.«

Lina meinte, das mache wenig Sinn. Die beiden jungen Männer, die Tillio so malträtiert hatten, seien ja sicher von Martemucci geschickt gewesen.

»Ja klar, trotzdem rufe ich ihn an. Ich muss doch wissen, wie es weitergeht.«

Posticeddu nahe Brindisi

Als es an seiner Zimmertür leise klopfte, dachte Baldo Zingaretti, seine Vermieterin stehe vor der Tür. Er stand auf, öffnete, sah sich drei unbekannten Männern Mitte Zwanzig gegenüber. Hinter ihnen, etwas verdeckt, stand ein vierter Mann, der ihm bekannt vorkam.

»Ist er das? Erkennst du ihn wieder? Hast du den gefahren?« fragte Enzo Tassi. Der Mann im Hintergrund nickte bestätigend. Baldo wurde heiß, ein unsichtbarer Klumpen steckte in seinem Hals. Er erinnerte sich an den Vierten, es war der Taxifahrer, der ihn – auf den Rücksitz geduckt – an Martemuccis Villa vorbeigefahren hatte, als er Ausschau nach dem roten Signal am Fahnenmast gehalten hatte.

Tassi hatte aus der Toreinfahrt heraus das Taxi mit seiner Handykamera im Bild festgehalten, zwei Stunden später waren sie über die Registriernummer des Taxis auf den Fahrer gestoßen, der sich erinnern konnte, in der Via Materdomini einen Fahrgast aufgenommen und auch wieder zurückgefahren zu haben.

Tasso zog einen 20 Euro-Schein aus seiner Hosentasche. »Danke für deine Hilfe, jetzt troll dich und halt die Fresse, Mann.«

Der Taxifahrer polterte schnellen Schrittes die alte, enge Holztreppe hinunter. Tasso versetzte Baldo mit beiden Händen einen Schubs vor die Brust, er taumelte zurück in sein Zimmer, die drei Männer rückten nach. Sie sahen zwar nicht gefährlich aus, registrierte Baldo, aber doch so, als würden sie sich nichts gefallen lassen. Tasso ging an den kleinen Holztisch am Fenster zum Hinterhof. Baldo bekam Angst. Tasso beugte sich über den Tisch, lachte.

»Du hast unserem Freund Marte schon wieder ein Brieflein geschrieben, das ist aber lieb. Das nehmen wir gerne mit, da sparst du das Porto. Und dich nehmen wir auch mit, mach ja keinen Mucks.« Enzo Tasso klopfte auf eine Ausbeulung unter seinem Hemd, das er über der Hose trug.

»Wir machen einen kleinen Ausflug, und dann kannst du Marte deinen Text hier persönlich vorlesen, auf geht's – und Schnauze halten.«

Direkt vor der Haustür bugsierten sie ihn in einen betagten Alfa Romeo, Tasso steuerte, einer der Männer saß halb zu Baldo umgedreht auf dem Beifahrersitz, die beiden anderen hatten sich links und rechts neben ihn gesetzt. Baldo Zingaretti zitterte am ganzen Körper. »Die werden mich umbringen«, ging es ihm durch den Kopf.

Sie verließen Brindisi, bogen auf die Via di Torre Testa ein, schweigsam ging die Fahrt eine gute halbe Stunde lang auf der Küstenstraße voran, bis Tasso kurz vor der Ortschaft Posticeddu nach rechts in einen schmalen Weg einbog, an dessen Ende eine Art Sommerhaus hinter hohen Hecken zu sehen war.

»Raus«, herrschte Tasso Baldo an, als der Wagen auf einem gekiesten Vorplatz zum Stehen kam. Fünf Meter vor ihnen stand auf einer überdachten Terrasse Cesare Martemucci mit ernstem Gesicht, er trug ein weißes Seidenhemd, weiße Seglerhosen und Turnschuhe. Martemucci drehte sich um, ging in das Innere des Hauses, die drei Männer bugsierten den widerstrebenden Baldo eine kleine Treppe hoch, dann über die Terrasse in einen modern eingerichteten Salon.

»Du möchtest also Geld von mir, Baldo«, sprach ihn Martemucci in ruhigem Ton an. »Sonst gehst du zur Polizei und sagst denen, der gute Don Cesare verdient sein Geld mit Prostitution, Zigarettenschmuggel und Falschgeld, stimmt's?«

Baldo zitterte, zwei der Männer hielten ihn links und rechts an den Armen fest. Enzo Tasso hielt Martemucci den neuen Erpresserbrief aus Baldos Zimmer hin. Er warf einen Blick darauf, schüttelte den Kopf.

»Böser, böser Baldo. Da tue ich deinem Cousin so viel Gutes, bewirte dich in meinem Haus, und du bist so undankbar. Was schlägst du vor, sollen wir mit dir in diesem schönen, direkt am tiefen Mittelmeer gelegenen Haus machen, nachdem du uns erzählt hast, woher du deine Informationen hast? Was schlägst du vor?«

Baldo zitterte nun stärker, brachte kein Wort heraus. Martemucci machte eine Kopfbewegung, die Männer schleppten Baldo aus dem Salon über eine Diele durch eine geöffnete Tür in ein großes, mit Marmor gefliestes Badezimmer. Die Männer drehten ihm mit einem abrupten Ruck die Arme nach hinten, Baldo verspürte einen rasenden, stechenden Schmerz in den Schulterblättern, schrie, ging in die Knie. Martemucci trat ein, zeigte auf die gefüllte Badewanne.

»Mit einem klaren Kopf kann man besser sprechen, lieber Baldo, wir werden also jetzt deinen Kopf ein wenig mit Wasser benetzen, damit du besser reden kannst.« Martemucci lachte auf. »Eine saubere Sache also.«

Die Männer zerrten Baldo an den Wannenrand.

»Nun, Baldo, sprich.«

Baldo hatte schon von der »Waterboarding« genannten Methode gehört, wand sich, hatte Todesangst.

»Ich – habe halt was gehört, dies und das.«

Martemucci stand nun breitbeinig vor ihm, schaute ihn mit mitleidlos kalten Augen an.

»Wer?«

Baldo sah Abulena vor sich, dachte an ihre mit Zigarettenglut verbrannte Haut, an Dardan, der sie womöglich umbringen würde. Die Männer hoben ihn hoch. Tasso griff mit beiden Händen in Baldos Nacken, drückte, gurgelnd verschwand Baldos Kopf im eiskalten Wasser. Er hielt die Luft an, schloss die Augen, Wasser lief in seine Nasenlöcher, es hämmerte dumpf in seinem Kopf, er hatte keine Luftreserve mehr, wollte sich befreien, zappelte, eine rote, heiße Welle stieg in ihm hoch, er öffnete den Mund, die Männer rissen ihn hoch. Baldo spuckte Wasser aus, röchelte, rang würgend nach Luft.

»Noch mal«, kommandierte Martemucci, Baldo schrie, stöhnte. »Ich – ich – sage – es. Ich – sage – es.«

Auf ein Nicken von Martemucci ließen die Männer ihn los, es klatschte dumpf, als er mit dem Gesicht auf die Fliesen knallte, seine Nase blutete, jemand setzte ihm einen Schuh auf den Nacken, drückte fest zu.

»Ich höre«, vernahm er Martemuccis Stimme.

Baldo konnte kaum sprechen, er flüsterte. »Das mit den Frauen, den Nutten, hat einer auf dieser Party erzählt, einer von den Männern. Dass das deine Nutten sind.«

Der Schuh in seinem Genick wurde fester gedrückt, Baldos Gesicht auf den kalten Boden gepresst, er spürte, wie warmes Blut sein Gesicht benetzte.

»Zigaretten«, grollte Martemucci, seine Stimme klang in dem hallenden Badezimmer wie von einem anderen Stern. Ein Fiepen war zu hören, dann die Stimme von Martemucci, der telefonierte.

»Pronto. Ach du bist das. Was? In der Zeitung? Mit Foto? Ja, und? Scheiß dir nicht die Hosen voll.« Dann schien Martemucci eine Weile zu lauschen.

»Nein, nein, alles geht weiter, wir brauchen dich, Gabriele. Aber du siehst auch, wer Scheiße baut, der liegt schnell drin. Ich kann jetzt nicht lange reden, dein Cousin Baldo ist bei mir zu Besuch, wir baden zusammen. Ja, ich grüße ihn.«

Baldo konnte sich keinen Reim auf das Gehörte machen, es war ihm aber klar, dass Gabriele Zingaretti der Anrufer gewesen war.

Martemucci wiederholte: »Zigaretten.«

Baldo schluckte, zitterte immer noch, stammelnd brachte er heraus, man erzähle sich in Kreisen der illegalen Zigarettenhändler, Martemucci und seine Partner steckten dahinter. Der hatte Baldos Peinigern einen Blick zugeworfen, sie nickten, der Zigarettenhandel war ein offenes Geheimnis. Martemucci holte mit dem Fuss weit aus, traf Baldo in die Seite, er schrie auf, stöhnte.

»Falschgeld, Baldo. Wie kommst du denn auf Falschgeld?«

Baldo, der während des Telefonats Zeit gehabt hatte, sich etwas zurecht zu legen, log drauf los. Er habe zwei Restuarant-Gäste per Zufall belauscht, vermutlich Polizisten, die von Falschgeld gesprochen hatten, dabei sei sein Name gefallen.

»Die haben ein, zweimal Martemucci gesagt, ich schwöre es. Mehr weiß ich nicht.«

»Hebt ihn hoch«, kommandierte der »Don«. Seine Peiniger setzten Baldo auf den Rand der Badewanne. Martemucci flüsterte Enzo Tasso etwas zu, dieser ging nach draußen, man hörte ihn durch das offene Badezimmerfenster im Garten rumoren.

»Normalerweise gehörst du zu den Fischen, Baldo. Aber ich glaube dir, dass du solche Dinge gehört hast, Schwamm drüber.«

Baldo sah Land in Sicht, dachte, er komme nun ungeschoren aus der Situation heraus, atmete tief durch.

»Bringt ihn in die Küche«, befahl Martemucci, die beiden Männer schleppten Baldo durch die langgezogene Diele in einen großen, hellen, modernen Küchenraum. Dort stand Enzo Tasso, er hatte ein kleines, längliches Holz, um das grüner Draht, wie man ihn zum Festbinden von Rosen nutzte, gewickelt war, in der einen Hand. In der anderen hielt er eine Kneifzange. Die beiden Männer ließen Baldo, dessen Hemd vor Wasser und Blut triefte, auf einen Stuhl fallen, blickten erst Tasso, dann Martemucci an. Der zeigte auf einen kleinen, quadratischen Hackklotz aus hellem Holz.

»Nehmt die rechte.«

Während der eine Mann Baldo in einer Art Würgegriff mit seinem Unterarm hielt, winkelte der andere seinen rechten Unterarm ab. Tasso wickelte den Draht sehr fest um vier Finger, Baldo zitterte erneut am ganzen Körper, hatte wieder panische Angst. Tasso maß mit den Augen ein langes Stück Draht ab, knipste es mit der Zange durch, fixierte es an Baldos Daumen, den Rest des Drahtes hielt er in der Hand, zog, der Daumen war weit von den restlichen vier Fingern abgespreizt.

»Hol mal das Handtuch da drüben, pack den Daumen schön ein, wir müssen ja nicht die ganze Küche vollsauen.« Dann ging Martemucci zur Seite, nahm ein großes, schweres Fleischermesser aus einer Schublade, hielt es abschätzend in der Hand. Baldo war kalter Angstschweiß ausgebrochen.

»Bitte, bitte, nicht.«

»Du bist doch Kellner, Baldo. Du wirst auch einer bleiben. Aber so geschickt wie früher wirst du nicht mehr sein. Wenn du mir wieder einen Erpresserbrief schicken willst, musst du das Schreiben ein wenig üben. Und wenn du kleine Drecksau die Schnauze aufmachst, dann ist es kein Daumen mehr, sondern dein beschissener Hals, merk dir das gut, du Kanalratte, du dreckige.«

Mit einer Kopfbewegung wies Martemucci die Männer an, Baldos rechte Hand auf den Holzklotz zu platzieren. Baldo stemmte sich mit den Füßen vom Boden ab, der Würgegriff an seinem Hals wurde verstärkt, ihm schwindelte, er bekam kaum noch Luft. Mit weit aufgerissenen Augen sah er, wie Tasso den Daumen mit dem Draht von den anderen Fingern wegzog, sah Martemucci ausholen, er hörte noch ein knirschendes Geräusch, einen kleinen Knall, dann wurde er ohnmächtig.

»Steckt ihm seinen Scheißdaumen in die Hosentasche, dann werft ihn irgendwo raus.«

Als Baldo zwanzig Minuten später blutüberströmt erwachte, lag er in einem Gebüsch außerhalb der Ortschaft Case Bianche an der Kreuzung der Strada Communale. Er hatte rasende Schmerzen in der Hand, der Schmerz pochte höllisch in Arm und Schulter. Als er stöhnend das blutbesudelte Handtuch abwickelte, sah er den weißen hinteren Daumenknöchel aus Haut- und Fleischfetzen herausragen. In seiner rechten Hosentasche spürte er etwas Warmes, Klebriges.

Minuten später registrierte ein Lastwagenfahrer sein Winken, nahm ihn mit, stellte keine Fragen, setzte ihn am Eingang der Klinik *Unita Sanitaria Locale* ab, wo sich Baldo in die Ambulanz schleppte. Den beiden ihn kritisch betrachtenden Chirurgen erklärte er, beim Schlachten eines Huhnes habe dieses gezappelt, er sei mit dem Beil ausgerutscht. Seinen Daumen habe er mitgebracht, er stecke in der rechten Hosentasche.

»Den hätten sie besser in den Mund genommen, wegen der Körpertemperatur, er hätte sich da länger erhalten. Aber so was können wir hier sowieso nicht wieder in Ordnung bringen.«

Die Ärzte inspizierten seine Wunde, reinigten und verbanden sie, injizierten ihm ein Schmerzmittel, fragten, ob er seinen Unfall nicht vielleicht doch der Polizei melden wolle oder einer Versicherung, falls er denn eine abgeschlossen habe. Baldo lehnte ab.

Regionale Kriminalinspektion Erbach/Odenwald

Uwe Leister hatte eine kleine Truppe aufgestellt, die aus dem Darmstädter Präsidium von Udo Wenger, Jenny Wagner und Nina Schwibinger unterstützt wurde.

Auf diversen Umwegen hatten sie sich Abspielgeräte besorgt, da eine Reihe der Geschäfte mit Videoüberwachung völlig unterschiedliche Systeme besaß. Einen Teil der Aufzeichnungen konnten sie über normale Computer und Monitore inspizieren, ältere Systeme benötigten Rekorder, in manchen waren die Aufzeichnungen auf Chips gespeichert. Mit vier Kollegen aus Erbach hatten sie zuerst Listen jener Firmen erstellt, bei denen nach den Aufzeichnungen der Banken oder Sparkassen Falschgeld aufgeliefert worden war, dann hatten sie sich telefonisch nach Videoüberwachungen erkundigt. Die aufwändige Fahrerei zum Einsammeln nutzten sie zu Gesprächen mit Kassiererinnen und Kassierern, Geschäftsführern, wurden in Supermärkten, Tankstellen, Kiosken vorstellig – ohne ein nennenswertes Ergebnis. Das Material, das sich vor ihnen stapelte, wies beim Anschauen teils gestochen scharfe Bilder auf, bei anderen Systemen eher schemenhafte.

Die Inspektion der Aufzeichnungen ergab gewisse Treffer, die aber harmlos waren.

»Ich habe hier sieben Mal den gleichen Typ, das liegt aber daran, dass der sich in schöner Regelmäßigkeit gegen neun Uhr seine *Bild*-Zeitung kauft«, berichtete Andreas Formhals von der Erbacher Kripo.

»Und die ganze Schlange an der Kasse aufhält, weil er jedes Mal mit abgezähltem Kleingeld blecht.«

Ähnliche Beobachtungen hatte auch der Rest der Gruppe bereits gemacht.

Anglerhütte, Ausflugslokal Darmstadt

Jetzt haben wir noch den Punkt Verschiedenes, gibt es dazu Wortmeldungen?« Lothar Franzen, der erste Vorsitzende der *Angelfreunde Darmstadt* schaute in die Runde, links von ihm wurde eine Hand gehoben. »Ja, Moni?«

Eine ältere, resolut aussehende Frau holte tief Luft.

»Ich finde es eine ausgemachte Sauerei, dass da direkt am Teich einer die Viecher ausnimmt und den gesamten Schmodder da liegen lässt, also, so was ist mir in dreißig Jahren Angelsport nicht untergekommen, das ist wirklich unkameradschaftlich und ein Schweinkram. Ich hab das fotografiert, seht mal her.«

Sie drückte auf einem Handy herum, zeigte es den Tischnachbarn.

»Du hast das bei mir schon reklamiert, Moni, ich habe einen Aushang gemacht, und du musst zugeben, dass das nicht wieder vorgekommen ist, oder? Zumindest seit einer Weile nicht mehr, stimmt's?«

Die Frau nickte. »Ja, das stimmt. Aber der oder die hat ja auch an Ort und Stelle gleich geräuchert, also, wenn das am Tag gewesen wäre, das hätte doch wer mitbekommen.«

Der Wirt der *Anglerhütte* kam hinter der Theke hervor.

»Leute, jetzt schlägt es aber Dreizehn. Da ist geräuchert worden, aha. Und ich wundere mich, wieso bei mir alle naslang Buchenholz weg war. Also, das muss ich euch sagen, ist eine ausgemachte Scheiße ist das, also werklisch.«

Moni meinte, man müsse sich eben Mühe geben, ein solches Vereinsmitglied ausfindig zu machen und es aus dem Verein werfen. Es sei immerhin vereinsschädigendes Verhalten.

Lothar Franzen widersprach. »So was ist hier nie vorgekommen, das war wer anderes, schon mal was von Fischklau gehört? Wisst ihr, was die ganzen aggressiven Russen am Rhein treiben, da geht's zur Sache, sage ich euch, und immer schön ohne Angelschein. Also, wenn wir was machen, dann erstatten wir Anzeige gegen unbekannt, oder?«

Kevin Heinlein sah das anders. »Warum die Polizei holen, ich bin ja schon da. Wenn wir Anzeige erstatten, landet das in meinem Umfeld bei der Ermittlungsgruppe. Liegt da noch was rum, Moni, kannst du mir das zeigen?«

Zehn Minuten später stand die komplette Vereinsversammlung auf dem kleinen, etwas matschigen Damm am unteren der Teiche.

»Hier, da liegt noch was, den Rest haben sich sicher die Vögel geholt.«

Kevin Heinlein inspizierte die Stelle, bückte sich, angelte etwas aus dem hohen Gras.

»*Molin Nuovo*, Zündhölzer. Aha. War vielleicht ein Itacker oder Spanier. Also Leute, das kriegen wir nur raus, wenn der oder die wiederkommen und an Ort und Stelle erwischt werden. Da fährt man mit dem Auto vor die Hütte, angelt fröhlich vor sich hin –«

Franzen unterbrach ihn. »Mitten in der Nacht quer durch den Wald? Also, ich weiß nicht. Der Jagdpächter, der Dr. Struck, der ist so oft nachts unterwegs, der würde da schon ein Auge drauf haben, wenn da einer rumgurkt, Kevin.«

»Oder der stellt seine Karre unten am *Vivarium* ab und macht 'nen Spaziergang, geht doch auch. Aber so kommen wir dem nicht bei. Und wenn sowieso seit Tagen Ruhe ist und unser Besatz sich nicht weiter reduziert – ich schlage vor, wir warten das mal ab, okay?«

Die anderen waren einverstanden.

Brindisi

Cesare Martemucci war außer sich, tobte. Mit großen Schritten stürmte er durch sein Wohnzimmer, Pietro Lombardi saß schüchtern auf einem Sesselrand.

»Was für eine Kacke, für eine Scheiße, Mann. Was für eine Riesendreckschweinerei, leck mich doch im Arsch!«

Martemucci war schon seit Stunden stinksauer, ein Anruf aus San Martino del Carso hatte ihn schon vorher auf die Palme gebracht. Zurückhaltend hatte Gabriele Zingaretti, der Drucker, erzählt, dass er in der Regionalzeitung ein Foto von Tillio samt einem Bericht über dessen Fund am Tagliamento und seiner Ermordung gesehen habe.

»Wie soll das denn jetzt weitergehen, Herr Martemucci?«

Der hatte gesagt, die Zingarettis sollten sich keine Sorgen machen, er wisse auch nicht, was da passiert sei, alles sei in Ordnung, alles laufe weiter.

Jetzt ging es schon wieder um einen Zeitungsartikel, allerdings einen aus Deutschland.

»Ich kenn die Frau, klar kenne ich die.« Er starrte immer wieder auf die Fotos der beiden Ermordeten in der Zeitung, die Lombardi sich von Wladimir Strimpfel in Süd III hatte mitgeben lassen.

»Das ist die Vlora, die Drecknutte, die Vlora ist das. Dem Dardan schneide ich die Därme raus, kann der denn nicht auf seine Weiber aufpassen.«

Lombardini meinte, Martemucci solle sich beruhigen, was den nicht interessierte.

»Das hat der Gecci sauber eingefädelt, klar, der hat ja immer wieder mal im *Roma Due* rumgefickt, da hat er die Möse da kennengelernt, ihr schöne Augen gemacht und sie mitgeschleppt nach Deutschland, so ist das gelaufen. Und jetzt ist die mausetot.«

Empört hielt er Pietro Lombardi die Zeitung vor das Gesicht. »Jetzt sind doch die deutschen Bullen aktiv, Mann, der Gecci weggeputzt, die Schnalle da auch. Mann oh Mann. Weißt du, wie gefährlich das ist? Von der Vlora finden sie wenigstens keine Papiere, die liegen beim Dardan in der Disko im Safe, aber vom Gecci? Was weiß ich, stell dir mal vor, der war so blöde und hat neben denen, die ihm Baldo gedruckt hat, auch noch echte Papiere mitgenommen, irgendwas, was die deutschen Bullen finden können. Weißt du, was das heißt, Mann?«

Pietro versuchte weiter, den Tobenden zu beruhigen.

»Du hast doch selbst erzählt dass ihr die Papiere und

das Auto, also, das habt ihr doch gefälscht und so. Wer soll den Gecci denn uns zuordnen können?«

»Der Tillio, dieses Arschloch, der hat uns diese Kacke eingebrockt, so eine dumme Drecksau, so eine dreckige. Macht die platt, krallt sich die Kohle. Was sage ich denn jetzt Colonelli und di Petris? Der Tillio sagt nix mehr, basta. Und die Kohle ist weder in San Martino noch oben in Paludea bei seiner Mutter, das haben wir gecheckt, so eine Riesenscheiße.«

Lombardi nahm mit Interesse zur Kenntnis, was Martemucci eben erzählt hatte, beschloss aber, seinen Mund zu halten, keine Fragen zu stellen. Offenbar war Tillio etwas zugestoßen. Was bedeutete San Martino, Paludea?

»Hör mal, Marte, hör mir bitte mal zu. Egal, was der Gecci dir nun angetan hat, der war doch immer clever. Ich glaube, da passiert überhaupt nichts. Die Polizei in Deutschland wird sich irgendwas zusammenreimen, und das war es denn. Du weißt doch selbst, wie viel ungeklärte Morde wir hier haben, das gerät irgendwann in Vergessenheit. Tillio hat doch selbst gesagt, es war keine Kohle da. Jetzt sage ich mal, wo keine ist, kann keine gefunden werden. Also gibt es auch keine Rückschlüsse von den Bullen auf die Kohle. Was soll denn da noch passieren?«

Martemucci setzte sich, hatte einen hochroten Kopf.

»Okay, okay. Ich habe ja schon mal gesagt, das ist das Risiko bei unseren Geschäften. Dass man da mal gelatzt wird. Nur, Pietro, wer sich mit mir anlegt, dem gnade Gott, dem gnade Gott, sage ich dir.«

Pietro warf zaghaft ein, dass er immer ordentlich gearbeitet habe und Martemucci sich mit solchen Drohungen zurückhalten solle. Das besänftigte ihn.

»Es ging ja nicht gegen dich, ich war eben nur zornig wegen der ganzen Kacke der letzten Tage. Fahr in deinen Laden. Wenn ich weiß, dass Colonelli und Petris kommen, dann bitte ich dich dazu, das macht mir das alles etwas einfacher. Letzten Endes denken die Beiden vielleicht, ich stecke selbst irgendwie dahinter, das meinen die sicher, die beiden Fehlerfreien.«

Lombardi erinnerte an die in der Schweiz beschlagnahmten Zigaretten.

»Fehler machst du nicht allein, vergiss das nicht.«

REGIONALE KRIMINALINSPEKTION, ERBACH/ODENWALD

HEINZ DOBLER HATTE lange mit seinem Kollegen Leister in Erbach telefoniert, erzählt, die Staatsanwaltschaft mache Druck, wolle jetzt eine Belohnung aussetzen.

»Weißt du, das muss ich dir als altem K-10er nicht sagen, damit steht erst mal fest, dass wir am Ende unserer Weisheit sind, schön ist das nicht. Gib mir doch bitte mal einen Zwischenstand rüber von eurer Video-Auswertung, damit ich wenigstens was für den Machenbach in der Hand habe. Der ist ja umgänglich, nur, wenn sich der Oberstaat Weinreich da weiter reinhängt, der hat ja die Kriminalistenweisheiten mit Löffeln gefressen, da wird der Druck noch größer. Der Pranz ist auch nicht gut drauf, wenn der in absehbarer Zeit geht, wünscht der sich eine Tabula rasa.«

Leister sagte zu. »Viel haben wir noch nicht, ein paar Deckungen, aber was bringt das?«

Andreas Formhals klang resigniert. Sie sortierten ihre Notizen, Leister nahm sich ein Blatt Papier. Nach gut zehn Minuten verfügte er über eine erste, kleine Aufstellung.

»Also. Wir haben hier die dicke, kleine Frau an der *Esso*-Tankstelle. Zahlt mit einem Schein, den wir nicht sehen können, nimmt ihre Zigaretten, greift in die Schale von dem Rückgabeautomat, nicht so doll, oder?

Dann haben wir hier diesen schlaksigen Jugendlichen, wie ihn Jenny beschreibt, der taucht in Lindenfels zweimal auf, was wollen uns die Götter damit sagen? Und dann der Typ mit dem Pepitahut, der ist ja schon weiter unterwegs. Höchst, Michelstadt, Bad König. Kollegin Schwibinger, was treibt der denn, das haben Sie nicht dazu geschrieben?«

Jutta Schwibinger errötete leicht.

»Das ist Kleinkram. Bei den drei Mal, wo er gefilmt wurde, hat er immer was in seine Jackentasche gesteckt, also was Kleines. Er hat zwar mit einem Schein bezahlt, aber man kann nicht sehen, was das für einer war.«

Leister war damit nicht zufrieden. »Wir haben doch die Daten von den Tageseinnahmen, wann die an Bank oder Sparkasse oder Raiffeisen gegangen sind, da haben wir doch die Liste, an welchen Tagen Falschgeld aufgetaucht ist, oder? Haben Sie die mal mit den Aufzeichnungsdaten von der Kamera verglichen, Frau Kollegin?«

Jetzt wurde Jutta Schwibinger richtig rot.

»Mach ich gleich, war echt blöd von mir.«

Leister erklärte, er werde ein kleines Protokoll formulieren, nach Darmstadt schicken. Sie solle die Daten abgleichen, dann mit dem Ergebnis zu ihm ins Büro kommen. Eine Viertelstunde später klopfte Schwibinger zaghaft bei ihm an.

»Herr Leister, es ist also so, dass Sie Recht gehabt haben. Das Auftauchen von dem Mann deckt sich genau drei Mal mit den Falschgeldterminen.«

»Na siehst du, Mädchen«, sagte Leister jovial.

»Das ist doch schon was, dreifach Deckung. Das muss jetzt nicht unser Mann oder überhaupt einer von denen sein, aber jetzt lohnt es sich, die drei Locations abzuklappern und mal nachzufragen, wer zum Geier dieser Typ mit dem komischen Hut ist, kennt den jemand, kommt der öfter mal, weiß man noch, was der gekauft hat, womit hat er bezahlt, hat er sich komisch benommen, das ganze Programm. Seht zu, dass euch jemand hilft und ihr ein Foto von dem rauskopieren könnt zum Vorlegen in den Geschäften. Ihr solltet damit sofort loslegen, okay?«

QUESTURA DI UDINE

PINDUI UND SILVIO Potelli waren guter Dinge. Vor ihnen, auf der großen Karte von Friaul, waren die Ergebnisse von Pinduis Arbeit mit dem Zirkel eingetragen, neben den Namen der Kommunen klebten Post-it-Zettel mit Hinweisen auf Druckereien.

»Neun Druckereien, also viele sind das nicht. Jetzt müssen wir dem Questore beibringen, dass wir ein wenig unterwegs sein werden«, meinte Pindui.

»Am besten, wir geben uns als Geschäftsleute aus, die einen großen Druckauftrag haben und Preise vergleichen wollen. Wir haben doch in Osoppo dieses Sommerfest mit dem komischen Namen, Pindui, wie wäre es damit?«

Pindui nickte, klickte sich ins Internet.

»*Rototom Sunsplash* heißt das, das ist diese Party mit den Rasta-Typen. Wir erzählen einfach, wir wären neue Mitveranstalter, da kommt sicher kein Misstrauen auf. Meinst du, wir können die Drucker mit fünftausend Plakaten ködern? Oder ist das zu viel?«

Silvio Potelli war Feuer und Flamme, sie ließen sich von der Sekretärin des Questore einen Termin geben. Am nächsten Tag würde die Tour stattfinden.

Soko Percussi

Begeistert war Heinz Dobler nicht, als er die Mail von Leister aus Erbach ausgedruckt hatte. »Mager, mager«, murmelte er. Ob er sie meine, fragte Petra Herrmann. Dobler lachte. Da hätte er eher »sportlich, sportlich« sagen müssen.

»Lies dir das mal durch, ich habe den Erbachern gesagt, dass ich ein bisschen Futter für die Staatsanwaltschaft brauche, deshalb habe ich die paar Zeilen hier als mager bezeichnet.« Er gab Herrmann den Ausdruck.

»Na ja, immerhin etwas. Vielleicht hängt der Typ mit dem Pepitahut ja drin in der Chose. Wer trägt denn heute noch so was? Bisschen angestaubt, der letzte, den ich mit so einem Hut gesehen habe, das war Eddie Constantine in irgend so einem schwarz-weißen Prügelfilm.«

»Stimmt nicht«, reklamierte Dobler. Herrmann hob die Hand wie zum Schwur.

»Nee, Petra. Es war nicht Constantine. Außerdem hat der sich in den Filmen Lemmy Caution genannt. Es war Strimpfel.«

Petra Herrmann schaute ihn verdutzt an.

»Strimpfel? Wer zum Kuckuck ist denn jetzt Strimpfel?«

Dobler erinnerte sie an den Deutschrussen aus Süd III, sie tippte sich an die Stirn.

»Stimmt, der hat den Hut sogar in der Wohnung aufgehabt. Sag mal, haben die Erbacher ein Foto von dem Typ mit Hut, kann man das aus so einem Film rauslutschen? Der Kollege Wohlgemuth hat das doch schon gemacht, Heinz.«

Dobler rief Leister in Erbach an, erzählte von der Hut-Parallele. Zwanzig Minuten später traf eine Mail mit dem Foto aus Erbach als Anhang ein. Dobler inspizierte es aufmerksam, rief Petra Herrmann dazu.

»Mittelgroß war der schon, der Russe, kräftig, irgendwie ein bisschen schäbig angezogen, aber das gibt das Foto nicht her. Kann er sein, kann Gott-weiß-wer sein. Was meinst du, Heinz?«

Dobler grübelte, meinte, den Deutschrussen schließe er aus, letzten Endes sei er es gewesen, der die Polizei alarmiert hatte, und Pepitahüte hätten vielleicht wieder Konjunktur. Herrmann ließ sich nicht abwimmeln.

»Also, eins bleibt doch hängen, Heinz. Percussi und Strimpfel auf einem Flur, Falschgeld beim Percussi, Falschgeld im Odenwald und jetzt ein Typ, der Strimpfel sein könnte. Theoretisch, also nur mal rein theoretisch, hätte der Russe ja beim Percussi das Geld klauen können, irgendwie.«

»Jetzt mach mal halblang, Petra, eben spinnste aber rum«, wehrte Dobler ab.

Herrmann ließ nicht locker. »Wir könnten dem ollen Wladimir zumindest mal auf den Zahn fühlen, oder?«

Dobler ließ sich überzeugen, meinte, die Frage sei nur, wie. »Du kannst ja nicht gut hinfahren, also alleine schon mal sowieso nicht, und ihn fragen, wo er sich an diesen drei Tagen aufgehalten hat. Wenn er damit zu tun hätte, wäre er gewarnt. Aber ich habe da eine kleine Idee, die Erbacher klappern genau mit diesem Foto die drei betroffenen Geschäfte ab. Ruf doch mal Leister an und frage, ob du dich da dranhängen kannst, immerhin kennst du den Strimpfel. Ich lasse mal bei der Zulassungsstelle checken, ob der ein Auto hat. Um einen Führerschein kümmere ich mich auch, wenn er es ist, wird er kaum mit dem Bus nach Lindenfels gefahren sein.«

Wenig später startete Petra Herrmann nach Erbach, wo sie die Kollegen gebeten hatte, auf sie zu warten. Dobler bekam seine Auskunft von der Zulassungsstelle, ein Fahrzeug war auf einen Fedor Strimpfel, 1987 geboren, zugelassen. Wohnhaft in Süd III. Ein Führerscheininhaber namens Wladimir Strimpfel war nicht gemeldet.

»Wo kommt der denn nun her?«, rätselte Dobler, gab den Namen in seinen Computer ein, pfiff nach einem Moment durch die Zähne. Dann rief er Petra Herrmann auf ihrem Handy an.

Questura die Udine

Dann verbinde ich sie mal mit Commissario Pindui, der befasst sich mit dem Fall«, teilte die Telefonistin dem Anrufer mit und stellte durch. Pindui hörte dem Mann aufmerksam zu, hatte die Lautsprechertaste gedrückt, damit Silvio Potelli zuhören konnte.

»Also noch mal. Sie haben da Drucksachen für eine Hochzeit abgeholt, gut. Wie ist Ihnen denn das Auto aufgefallen? Es war staubig, aha, mit einem Kennzeichen aus der Provinz Pordenone. Und die Druckerei, wo ist die genau, wie heißt die? Aha. Nein, eine Belohnung gibt es leider nicht. Aber Sie haben uns sehr geholfen, ich schreibe mir noch rasch Ihre Personalien auf.« Pindui griff sich ein Blatt Papier, als er auflegte, lächelte er Potelli an.

»Die große Tour können wir vermutlich sparen.

Die Karre von Venturini steht mit einiger Wahrscheinlichkeit auf dem Zufahrtsweg zu einer Druckerei in San Martino del Carso, wissen die Götter, wo das genau ist.«

Potelli fuhr mit dem Finger über die Landkarte neben ihm.

»Kurz hinter Sagrado. Hoppla, da hat der Venturini mal getankt vor längerer Zeit, weißt du, die Quittung aus Sagrado.«

Pindui erinnerte sich, meinte, es sei vielleicht nicht so sinnvoll, wenn sie zu zweit die Fahrt antreten würden um festzustellen, ob der gemeldete alte Alfa tatsächlich der von Tillio Venturini sei.

»Und wenn die Kollegen aus Sagrado da mal rasch hinfahren, Luciano?«

Der lehnte ab. »Unter Umständen geben wir da die Hälfte von unserem Fall ab. Es gibt zwei Möglichkeiten. Wir fahren mit Verstärkung da hin und nehmen den ganzen Laden auseinander, das ist hinzubekommen, oder wir treten als die Plakatleute aus Venzone auf und halten uns eine Ecke weiter eine Nachhut in Reserve, das müssten dann alles zivile Autos sein.«

Sie machten sich auf den Weg zum Polizeipräsidenten, um ihn zu informieren.

»Sein Wagen steht also mit einiger Wahrscheinlichkeit in der Gegend von Sagrado herum, seine Leiche liegt vor der Haustür von Venzone, da kann ich mir keinen Reim darauf machen. Da der Anrufer das Kennzeichen nicht mehr genau im Kopf hatte, stemmen wir hier eine große Nummer, und hinterher ist es dann irgendein Alfa. Andererseits, Alfa hier, Druckerei da, das riecht natürlich, stimmt's, Pindui?«

Der Questore zeigte auf Pinduis Bauch.

»Was sagt der denn dazu?«

Pindui grinste. »Der sagt, wir liegen richtig.«

Der Präsident gab sein Okay, Pindui lief von Kommissariat zu Kommissariat, erstattete kurz Bericht, organisierte den Einsatz. Eine halbe Stunde später verließ ein Konvoi von fünf Zivilfahrzeugen das Präsidium in Udine, machte sich auf den Weg nach San Martino del Carso, der eine dreiviertel Stunde Fahrtzeit beanspruchen würde.

San Martino del Carso

Lina und Gabriele Zingaretti waren fleißig. Der Mercato Superiore in Sagrado hatte zehntausend Flugblätter für Sonderangebote geordert, die Offsetdruckmaschine lief, als sie hörten, wie draußen Autotüren geschlossen wurden. Lina schaute in den Hof, sah zwei Herren in Anzügen, einen schlanken jüngeren und einer eher beleibten auf die Druckerei zukommen.

»Da kommen Leute«, rief sie ihrem Mann zu. Es klopfte an der Tür, Lina öffnete.

»Guten Tag, wir sind P und P, Potelli, mein Partner, ich bin Pindui«, lächelte sie der Ältere an. »Wir möchten uns nach Plakatpreisen erkundigen.«

Die Beiden sahen harmlos aus, Lina erklärte, in knapp zwei Minuten halte die Maschine an, dann könne man in Ruhe reden. Gabriele Zingaretti hatte die Besucher aus den Augenwinkeln gemustert. Kurz darauf hielt er die Maschine an.

»Zingaretti, guten Tag, was können wir für Sie tun?«

Pindui tischte ihnen die Geschichte vom Rasta-Festival in Osoppo auf, Silvio Potelli lief ein wenig auf und ab, inspizierte den Raum, außer dem Drucker und seiner Frau schien niemand anwesend zu sein.

»Kein Problem, zehntausend Plakate ziehen wir an einem Tag durch – und zwar in absoluter Spitzenqualität. Ich kalkuliere Ihnen das mal. Hier«, Zingaretti zeigte auf einen Stapel Versandhülsen, »können Sie sich mal eins rausziehen, die gehen rauf nach Venzone, sind für das Kürbisfest.« Dann griff er sich einen Taschenrechner.

Pindui musste kräftig ziehen, bis er eine Rolle mit Plakaten, die einen riesigen Kürbis zeigten, herausziehen konnte. Das »Festa della Zucca« in seinem Nachbarort war ihm bestens bekannt, die Plakate sahen gelungen aus. Im unteren Drittel waren die Termine notiert samt dem Hinweis auf Historisches, eine Art Ritterspiel. Zwei gekreuzte Schwerter vor einem Wappen machten darauf aufmerksam.

Pindui stutzte, dachte kurz nach. Dann fiel ihm ein, was er seit einer kleinen Ewigkeit in den Tiefen seines Gehirns mit sich herumtrug. Die gekreuzten Schwerter erinnerten ihn an jenes geschnitzte Wappen, das er – mit der Aufschrift *OMON* – in Eberstadt Süd III in Strimpfels Wohnzimmer gesehen hatte.

OMON. Die Sondereinheit des russischen Innenministeriums. Das war es, was ihm in Darmstadt durch den Kopf gegangen war. Mehrfach. Samt Strimpfels Hinweis, der Sohn sei gerade in Hamburg. Das war es, was er Petra Herrmann hatte sagen wollen. *OMON*. Die Truppe war für brachiales Vorgehen bekannt, für unkonventionelle, brutale, eher auch außergesetzliche Aktivitäten. Ihm fiel das abendliche Gespräch auf Petras Balkon ein und das auf der Burg Frankenstein. Petra hatte erzählt, die Gerichtsmedizin könne sich in beiden Fällen einen besonders geschulten Einzelkämpfer als Täter vorstellen. Das war es. *OMON*. Warum würde sich der alte Strimpfel so etwas an die Wand hängen?

Oder eher – der Sohn. Zingaretti riss ihn aus seinen Gedanken.

»Etwas über viertausend Euro, dann kommt noch die Mehrwertsteuer hinzu. Ich würde die Lieferung auch hinbringen.« Der Drucker schaute ihn freundlich an, wollte wissen, ob die Herren schon Druckunterlagen dabei hatten, sie verneinten.

Silvio Potelli schaltete sich ein. »Da kommen wir zusammen. Wir schicken Ihnen die Unterlagen per Post. Haben Sie denn überhaupt einen Briefkasten in dieser gottverlassenen Gegend?«

Zingaretti musste lachen. »Ja, drüben, am Altbau.«

Potelli schaute durch das Fenster nach draußen.

»Schönes altes Bauernhaus, da wohnen Sie aber nicht allein, oder?«

Zingaretti fand die Frage merkwürdig, warf seiner Frau einen Blick zu. Seit Minuten lag ihm die Frage auf der Zunge, warum die Herren denn von Osoppo eine so weite Strecke gefahren waren, um eine Druckerei zu finden. Pinduis Handy regte sich, D'Angiolino war dran.

»Wir haben den Alfa 33 eben gefunden, er steht vorne am Zufahrtsweg in dem Wäldchen, liegen Äste und Blätter drauf als Tarnung. Wie ist die Lage? Wie viele Leute sind da, können wir loslegen?«

Pindui war sich relativ sicher, dass nur der Drucker und seine Frau anwesend waren.

»Ich kann Sie kaum verstehen, Dottore, ich gehe mal vor die Tür, da ist der Empfang sicher besser.«

Er ging vor das Gebäude, erklärte, dass nebenan noch ein altes Wohnhaus stehe. Er werde mit Potelli das Druckerehepaar in Schach halten, die Kollegen sollten sich sicherheitshalber das alte Wohnhaus vornehmen.

»Du kannst jetzt auf zehn zählen, dann fahrt ihr los,

es sind gerade mal dreihundert Meter. Wir sind in der Druckerei drin, okay?«

Er griff in sein Schulterholster, zog seine Beretta 92, dann trat er mit gezückter Waffe ein.

»Hände hoch, Polizei.« Im gleichen Augenblick hatte Silvio unter sein Jackett gegriffen, draußen waren Motorengeräusche zu hören. Zingaretti ließ vor Schreck den Taschenrechner fallen, seine Frau war aschfahl geworden, stützte sich an einem Arbeitstisch ab.

»Rumdrehen, an die Wand gehen, Hände oben lassen, stellen Sie sich breitbeinig hin, auf geht's, das gilt auch für die Dame.«

Kurz darauf waren beide durchsucht, die Handschellen klickten. Von draußen waren Rufe zu hören, schnelle Schritte. »Sauber, sauber, hier auch«, meldeten sich Pinduis Kollegen vom Wohnhaus her. D'Angiolino kam mit gezogener Waffe herein, steckte sie weg, zog anerkennend die Augenbrauen hoch.

»Ich verhafte Sie wegen des Verdachtes der Falschgeldherstellung und der Beihilfe zum Mord«, verkündete Pindui mit hochrotem Kopf. Sie führten Zingaretti, der nun merklich zitterte, sowie seine leichenblasse Frau hinüber in das Wohnzimmer im Altbau, um Platz für die Spurensicherung zu schaffen.

»Je mehr ihr uns jetzt erzählt, desto besser wird die Lage fur euch. Wenn wir gefunden haben, was wir suchen, fahren wir nach Udine zum Verhör, und dann geht es ab in den Knast«, verkündete Potelli.

Zingarettis Frau saß still schluchzend auf ihrem Stuhl, ihr Mann bedauerte sie, kämpfte mit sich. Martemuccis Worte von den drei Affen gingen ihm durch den Kopf. Es knallte laut, als Pindui mit der flachen Hand auf den alten Holztisch klatschte.

»Also?«

Gabriele Zingaretti holte Luft. »Also, das stimmt, wir haben hier Falschgeld gedruckt, das gebe ich zu. Aber mit dem Mord an Tillio haben wir nichts zu tun, das schwöre ich.«

Pindui bedankte sich für den Hinweis. »Tillio, aha. Was ist denn da passiert?«

Bevor Zingaretti zu reden begann, warf er seiner Frau einen finsteren Blick zu. »Das ist schon ewig her, da kam der Venturini, den kenne ich von früher, und hat gefragt, ob wir für ihn drucken können, also Falschgeld. So kam das, er war der Auftraggeber, ob da noch jemand mitgemacht hat, weiß ich nicht. Wir haben nur gedruckt. Und vor ein paar Tagen war er hier, da flog die Tür auf, zwei Kerle kamen rein, haben uns mit Waffen in Schach gehalten und Venturini verprügelt.«

Er schaute Pindui und Potelli treuherzig an. Die zogen die Augenbrauen hoch.

»Ja, und dann, dann haben die den mitgenommen, den Venturini. Die hatten ihn gefesselt, und ich habe ihn losschneiden müssen, dann sind die weg mit ihm. Mehr wissen wir nicht, wirklich nicht.«

Lina Zingaretti nickte bestätigend. Das war keine schlechte Geschichte, die ihr Mann da erzählte, der tote Tillio würde kaum widersprechen können. Pindui fragte, wer die Männer gewesen seien, was sie von Tillio gewollt hatten.

Zingaretti schüttelte den Kopf. »Keine Ahnung. Die haben zu ihm gesagt, du weißt, warum wir hier sind, er soll jetzt alles erzählen, das hat er aber nicht gemacht, und die haben ihn dann geschlagen und auch getreten.«

Das deckte sich mit den Ausführungen von Professor Morelli aus der Gerichtsmedizin in Udine. D'Angiolino kam herein.

»Treffer, wir haben die Druckplatten und jede Menge Falschgeld. Schätze, wir haben noch drei, vier Stunden zu tun. Ich bin nicht dafür, dass wir dann alles versiegeln und wegfahren, wir lassen eine Stallwache da, ich informiere noch die Kollegen in Sagrado wegen der Ablösung, ist das okay für dich, Luciano?«

»Absolut. Die Beiden hier sollen sich Klamotten und Waschzeug einpacken, dann fahren wir zur Questura, und ihr könnt euch das Haus vornehmen. Eine Frage noch, Zingaretti. Warum haben Sie denn den Alfa von Tillio in den Wald gefahren und mit Blattwerk abgedeckt?«

»Wir hatten keine Schlüssel, die sind irgendwie weg, da haben wir ihn dahin geruckelt. Weil, das stand ja in der Zeitung, dass das Auto gesucht wird.«

Eine knappe Stunde später waren sie zur Abfahrt bereit, gegen die Dienstvorschrift hatten sie die Zingarettis nebeneinander auf den Rücksitz gesetzt, deren Handschellen an den Haltegriffen befestigt.

»Das müssen Sie nun ein knappes Stündchen aushalten«, verkündete Silvio Potelli. Vor der Abfahrt rief Pindui in Deutschland Petra Herrmann auf dem Handy an.

ERBACH, ODENWALD

SIE BOG GERADE in die Lustgartenstraße in Erbach ein, als sich ihr Handy meldete. Pindui solle zwanzig Sekunden warten, sie parke gleich, bat sie den Commissario.

»Es ist wirklich nur eine schräge Idee, Petra. Ich habe in meinen Hirnwindungen gekramt, bis mir eingefallen ist, woher ich den Namen Percussi kenne.

Eben deshalb, weil bei uns immer wieder Milchtransporter von dieser Firma rumfahren. Und bei der Aktion bei Zingaretti sehe ich auf einem Plakat zwei gekreuzte Schwerter und ein Wappen, da fiel mir das mit *OMON* wieder ein.«

Petra fragte, welche Aktion Pindui meinte, sie komme nicht ganz mit.

»Mensch, ich bin so dumm, Petra, wir haben sie, die Druckerei. Der Kerl und die Frau, also die Drucker, sitzen hinter mir in Eisen im Auto, wir filzen gerade den ganzen Laden, Großeinsatz. Ganz große Sache, ist ja für euch auch wichtig, entschuldige bitte, aber der Stress.«

Petra sagte, sie freue sich mit ihm, das seien ja hoch potente Neuigkeiten, aber er solle sie doch bitte in Sachen *OMON* kundiger machen.

»Wir hatten in der Nähe von Udine vor gut vier Jahren eine Schießerei, bei der eine Makarov, eine russische Pistole, sichergestellt wurde. Wir haben dann herausgefunden, dass die zum Beispiel von den *OMON*-Leuten benutzt wird. Das hat mir alles nicht viel gesagt, also habe ich im Internet *OMON* eingegeben und gelesen, dass das eine gelegentlich sehr brutale Truppe zur Terrorbekämpfung ist, dass die auch Einzelkämpfer haben, da kam mir auch dieses Wappen unter. Und dann eben in der Wohnung von dem Russen da bei euch. Das war so eine Art Assoziationseffekt, aber bei dem ganzen Trubel um die Leiche, zack, war es wieder weg.«

Petra wusste noch immer nicht, worauf Pindui hinaus wollte.

»Ach so, ja, der Russe hat doch gesagt, er hat einen Sohn, der gerade in Hamburg ist. Und wenn du dir den alten Russen anguckst und weißt, dass die *OMON* erst Ende der achtziger Jahre gegründet wurde, dass die vor allem junge, fitte Leute haben, dann könnte doch vielleicht der Sohn bei denen gewesen sein, und die Schnitzerei da über der Couch, die ist vielleicht ein Souvenir.«

Petra fragte, was es aus Pinduis Sicht für einen Sinn machte, wenn der Sohn des Russen involviert war.

»Ich kann mir kaum vorstellen, dass der Falschgelddrähte nach Italien hat, oder du?«

Pindui musste passen. »Petra, das ist mal wieder, und du kennst ihn ja, die Sache mit meinem Bauch, das Bauchgefühl. Wenn der Sohn bei dieser *OMON*-Einheit war, dann vielleicht auch als ausgebildeter Einzelkämpfer, das wäre doch was. Wir müssen jetzt los nach Udine, am späten Abend können wir gerne noch mal telefonieren.« Er schaltete ab.

Bevor Petra Herrmann in Uwe Leisters Büro ging, rief sie Heinz Dobler an, berichtete vom Zugriff in Italien, von Pinduis Ahnungen.

»Respekt, das wird ja eine richtig fette Nummer. Ich habe da was über diesen Jungrussen herausgefunden, der hat sich bei einer üblen Schlägerei an der Straßenbahnhaltestelle Palisadenstraße hervorgetan. Einer gegen Fünf, die Verhandlung steht noch aus, also hinlangen tut der schon. Du tourst dann erst mal in Sachen Pepitahut über Berg und Tal, viel Erfolg.«

Dobler grübelte. Wen konnte man zu Fedor Strimpfel befragen? Dezent? Er nippte an dem Becher mit kaltem, bitterem Bürokaffee, griff zum Telefon.

»Dann geben Sie mir bitte den Amtsleiter, und zwar sofort«, herrschte er die Sachbearbeiterin beim Darmstädter Sozialamt an, die sich auf ihre Schweigepflicht berief. »Sagen Sie ihm, Dobler von der Kripo, man kennt sich.«

Zehn Minuten später wusste er, was er wissen wollte. Strimpfel Senior war als Rentner gemeldet, der Junior, erst seit einem guten Jahr in Deutschland, bekam einen Sprachkurs finanziert, eine Eingliederungsmaßnahme und war offiziell arbeitslos, sein Geburtsort sei Alexandrowka, bis zum fünfundzwanzigsten Lebensjahr habe Fedor Militärdienst abgeleistet, allerdings keinen Beruf gelernt.

»Könnte ja alles passen, böse werden kann der Bursche auch« grummelte Dobler in sich hinein.

»Aber was sollte der mit Blüten aus Italien am Hut haben?«

Er bat Jutta Kissel von der Percussi-Soko zu sich.

»Schau doch bitte mal nach, ob du über unsere Bankdrähte rausfinden kannst, ob diese Strimpfels irgendwo ein Konto haben. Und was drauf ist. Kannst mir ja via Handy Bescheid geben.«

Dann rief er Gerd Müller in der Soko an.

»Eine Dienstreise mit dir, ja gerne, klar, wo geht es denn hin?«

Als Dobler sagte, nach Süd III, den Percussi-Nachbarn checken, war Müllers Freude bereits gewichen. Sie trafen sich in der Tiefgarage, wo ihnen Uwe Waads, der Jugendkoordinator, über den Weg lief. Wenn sie am Samstag noch nichts vorhätten, er feiere mit seiner Babs in Wolfskehlen in der Grillhütte, ließ er sie wissen.

»Erst die Soko, dann das Grillen«, meinte Dobler, der sich aber durchaus vorstellen konnte, dort einen lauschigen Abend zu verbringen. Die Hütte war groß und komfortabel eingerichtet, lag abseits von Wolfskehlen an einem Wald. Zweimal war er schon zum Feiern dort gewesen, beim letzten Besuch hatte er fünf Rehe gesehen, die in aller Ruhe ein Stück entfernt ästen. Mit einem mächtigen Steak, einer guten Flasche Bier und Carmen konnte er sich den Samstagabend vorstellen. Sie fuhren los, Dobler erzählte Müller von Petras Anruf und dem Bauchgefühl des Commissario Pindui.

»Die haben eine Fälscherwerkstatt ausgehoben in seinem Dienstbezirk, wer weiß, wer weiß, da kommt wohl noch Deutsch-Italienisches auf uns zu. Die Kollegin Herrmann telefoniert heute Abend noch mal mit ihm.«

Michelstadt, Odenwald

Zu viert standen sie an der Kasse des Supermarktes, hatten eine Weile warten müssen, bis sich eine kleine Schlange Wartender aufgelöst hatte.

»Sagt der Mann Ihnen etwas? Der war schon hier zum Einkaufen.« Nina Schwibinger zeigte der Kassiererin, eine jovialen, älteren Frau im blauen Kittel, das Foto des Mannes mit dem Pepitahut.

»Nö, gar nix«, lautete die Antwort. Auch die zweite Kassiererin und der Filialleiter konnten mit dem Foto nichts anfangen.

»Wir interessieren uns für ihn, sollte er mal auftauchen, denken Sie an unsere Instruktionen wegen Ihrer Videoüberwachung. Kurz aufstehen, wieder hinsetzen, das erleichtert uns später das Auffinden. Und wenn möglich, also gefährden sollen Sie sich da nicht, in ein kleines Gespräch verwickeln, über das Wetter, oder was er eingekauft hat. Wesentlich ist dabei, kauft er eine Kleinigkeit und zahlt mit großem Geld, einem Fünfziger, zum Beispiel.«

Die drei Angestellten nickten, der Filialleiter meinte

nach einem erneuten Blick auf das Foto, wer mit einem solchen Hut herumlaufe, falle garantiert auf.

Sie fuhren weiter nach Bad König, wo der Mann an einer Tankstelle beim Einkauf gefilmt worden war.

Eberstadt Süd III

Als Heinz Dobler den Klingelknopf neben dem Namensschild »W. Strimpfel« drückte, war ein metallisches Knacken in der Wohnung zu hören, ein leichtes Scharren.

»Da ist auf jeden Fall jemand«, flüsterte Gerd Müller. »Sollen wir ziehen?« Er tippte auf seine Dienstwaffe unter der Jacke. Dobler lehnte ab, angeblich waren sie da, um noch einige Fragen in der Percussi-Sache zu stellen. Müller läutete erneut, hinter der Tür waren Schritte zu hören, sie wurde geöffnet.

Vor ihnen stand ein durchtrainierter, bulliger junger Mann mittlerer Größe in dunkelblauer Turnhose, Turnschuhen und einem knapp sitzenden Shirt, unter dem sich Muskelpakete abzeichneten, der rechte Oberarm des blonden Mannes war mit Tätowierungen überzogen.

»Dobler, Kripo Darmstadt, das ist mein Kollege Müller. Sie sind wahrscheinlich der Sohn?«

»Ja«, sagte der Mann mit dem militärisch kurzen Bürstenhaarschnitt. »Was?«

Dobler bat, eintreten zu dürfen.

»Wir haben noch ein paar Fragen betreffs Percussi, der ja eigentlich Gecci heißt, wenn es recht ist.«

Strimpfel Junior öffnete die Tür mit einer einladenden Geste. Er drückte sich mit dem Rücken an die Wand. »Bitte kommen.« Mit dem Fuß schob er einen

Gegenstand hinter der Tür an die Wand, beim Eintreten registrierte Müller, dass es eine große, etwas verbeulte, silbrige Blechkiste war.

Der junge Mann registrierte seinen Blick. »Mache Reise kurz, das Gepäck.« Nun sah auch Dobler die Kiste. Zusammen mit Müller folgte er dem jungen Mann ins Wohnzimmer, wo ihm das von Pindui beschriebene Schaustück mit der *OMON*-Inschrift ins Auge fiel. Dobler fragte nach dem Senior.

»Ist *Aldi*, kaufen.«

Müller setzte sich in einen alten Sessel, Dobler auf die Couch, Fedor blieb etwas abseits stehen, verschränkte die muskulösen Arme vor der Brust.

Dobler fragte, ob er persönlichen Kontakt zu Percussi gehabt habe, ob er wisse, wer die junge Frau gewesen sei. Strimpfel schüttelte nur den Kopf, trat unruhig von einem Fuß auf den andern.

»Sie wissen auch nicht, wovon die Beiden gelebt haben, so richtig arbeiten gegangen sind die ja nicht, oder?«

Sein Gegenüber zuckte mit den Schultern. »Nix wissen. Kein Kontakt.«

»Darf man wissen, was Sie so treiben, haben Sie eine Arbeit, was machen Sie denn so?«

Fedor Strimpfel war sichtlich nervös. »Schule fir Deitsch, wenn fertig, Arbeit lernen.«

Was er denn in Russland gemacht habe, fragte Müller, lächelte freundlich.

»Polizei, ich Minsk, dann Nähe Moskau.«

Dann, freute sich Müller, seien sie ja gewissermaßen Kollegen. Ein Schlüssel drehte sich im Türschloss, russische Worte waren zu hören. Wladimir Strimpfel kam mit einer Einkaufstüte zurück, schaute verblüfft auf die beiden Beamten.

»Aha, Polizei wieder. Sie hier mit Neiigkeiten?«

Schwer atmend stellte er den vollgepackten Plastikbeutel ab. Auch er blieb stehen. Müller fixierte den Pepitahut auf seinem Kopf, Doblers Handy jaulte los. Er entschuldigte sich, ging die paar Schritte bis zur Diele.

»Gute Einundzwanzigtausend und ein paar zerquetschte«, meldete Jutta Kissel. »Bei der »Vereinigten Vereinsbank. Außerdem hat der Strimpfel-Junior einen Kreditantrag liegen für einen C-Klasse-Benz, der ist von letzter Woche, und das meiste Geld ist in den letzten Wochen auf das Konto gegangen, alles Bareinzahlungen bis auf die achthundert Euro Rente von dem Alten, reicht das?«

Dobler gab sich amtlich. »Vielen Dank für Ihren Anruf. Das ist sehr interessant, man fragt sich ja, wo das herkommt, nicht wahr. Wir sind gerade bei der Familie Strimpfel, haben noch ein paar Fragen. Also, das muss man sich sehr intensiv fragen, wo das alles herkommt. Der Kollege Müller und ich, wir schaffen das zu zweit nicht, wir sind nicht genügend vorbereitet, verstehen Sie? Sagen wir mal, um das amtlich hinzubekommen, müsste das Personal aufgestockt werden.«

Jutta Kissel dachte einen Moment nach.

»Braucht ihr Verstärkung, ihr seid doch bei dem Russen? Seid ihr in Gefahr, oder was?«

Dobler verneinte, das sei nicht der Fall, könne sich aber ändern.

»Wir haben nur eine beschränkte Mitnahmefähigkeit, wissen Sie. Man will ja da kein, äh – Dings – eingehen, nicht wahr?«

Kissel wollte wissen, ob sie eine Streife schicken sollte.

»Zwei, das ist eine gute Idee. Machen wir zwei. Ich muss jetzt Schluss machen, wir gehen dann jetzt zu unserem Wagen.«

Kissel hatte aufgelegt. Es würde eine Weile dauern, bis zwei Streifen eintreffen würden, Dobler hoffte, ohne Einsatz von Martinshorn. Die von Kissel aufgezählte Geldmenge, der geplante Mercedes-Kauf setzten seine Alarmglocken in Bewegung. Er würde noch irgendeinen harmlosen Satz von sich geben, dann erst einmal mit Müller Richtung Parkplatz verschwinden: Den bulligen Fedor nun zu den Familienfinanzen zu befragen, gar festzunehmen, war ihm entschieden zu riskant, er ging nach drinnen.

»Entschuldigung, die Arbeit.« Er wollte Müller ein Zeichen zum Aufbruch geben, als der einen entscheidenden Fehler machte.

»Eine Frage noch, Herr Wladimir. Waren Sie in der letzten Zeit ab und zu mal im Odenwald zum Einkaufen?« Dobler dachte, sein Herz würde stehen bleiben.

Wladimir Strimpfel schaute zu Müller, dann zu seinem Sohn, rieb sich das Kinn.

»Gerd, wir müssen los, was soll das denn, komm jetzt.« Fedor Strimpfel war zusammengezuckt.

Als Müller aufstand, schubste Fedor seinen Vater mit einer abrupten Armbewegung weg, griff hinter sich in den Hosenbund, riss ein reichlich großes Messer heraus, mit einem Sprung stand er breitbeinig mit verzerrtem Gesicht neben Müller, hielt es ihm an den Hals. Müller war zur Salzsäule erstarrt. Doblers Rechte wanderte in Richtung Gürtel unter seine Windjacke, wo er seine Dienstwaffe trug.

»Njet, stop«, kommandierte Fedor. »Sonst er kaputt. Pistole geben, schnell.« Er machte eine Kopfbewegung zu seinem Vater hin.

Dobler sagte, er solle keinen Mist machen. »Nehmen Sie das Messer da weg, machen Sie sich nicht unglücklich, Mann.«

Fedor hatte die Augen zu einem Spalt zusammen gekniffen, sah gefährlich aus, wie ein Tiger auf dem Sprung, Müller saß leichenblass im Sessel. Wladimir Strimpfel ging hinter ihn, tastete seine Windjacke ab, griff ihm über die Schulter, zog die P 30-Dienstwaffe von *Heckler & Koch* vorsichtig heraus, legte sie auf eine Fensterbank. Fedor schaute Dobler auffordernd an.

Er zog mit spitzen Fingern die Jacke von der linken Körperseite weg, hielt sie fest, nestelte dann vorsichtig seine Pistole aus dem Holster, hielt sie mit zwei Fingern hoch. Von der Kirnberger Straße her waren Martinshörner zu hören. Fedor trat einen Schritt zurück, ging auf die Zehenspitzen, um aus dem Fenster zu schauen. Dobler nahm seine Waffe am Lauf, schleuderte sie mit großer Wucht, sie traf Fedor im Gesicht, er taumelte zurück. Dobler packte entschlossen den schweren Holztisch, riss ihn hoch, kippte ihn, knapp an Müller vorbei, auf Fedor, der aufschrie, als die schwere Tischkante seine Schienbeine traf. Müller war aufgesprungen, Dobler schrie: »Raus, raus!«

Fedor, der das Messer noch immer in der Hand hielt, hatte Mühe, an dem großen Tisch vorbeizukommen. Wladimir Strimpfel stand wie erstarrt, Müller warf im Aufspringen den Sessel um, war mit zwei, drei Sprüngen in der Diele, riss die Tür auf. Der Tisch flog krachend zur Seite, Fedor sprang auf Dobler zu, der drehte sich Richtung Diele, etwas Heißes, Brennendes fuhr ihm in den linken Oberarm, er trat blind nach hinten, traf auf Weichteile. Fedor schrie auf. Dobler gelangte auf den Gang, rannte hinter Müller her, der Richtung Aufzug unterwegs war. Laute Schritte hinter ihnen im Gang, vor ihnen zwei Frauen in langen, schwarzen Gewändern auf, sie schoben einen Kinderwagen, schrien erschrocken auf.

»Treppenhaus, links, schnell«, schrie Dobler, als er näher kommende Schritte hinter sich hörte. Fedor brüllte etwas auf Russisch, als er an den beiden Frauen nicht vorbeikam. Müller hielt Dobler die Treppenhaustür auf, sie nahmen drei, vier Stufen auf einmal, sprangen so gut es ging. Kurz darauf landeten sie atemlos keuchend im Parterre, rannten durch den kleinen Vorraum auf die Straße, wo sich gerade die Türen zweier Streifenwagen öffneten.

»Polizei, Polizei«, rief Müller. »Achtung, der hat ein Messer und Pistolen!« Er zeigte auf den Eingang.

Die vier Streifenpolizisten hatten ihre Waffen gezogen, kamen vorsichtig geduckt näher, am Hauseingang war nichts zu sehen. Dobler spürte, wie es ihm warm, klebrig den Arm hinunter auf die Hand floss – jede Menge Blut.

»Holt Verstärkung, sichert den Eingang, der Kerl ist jung, kräftig, blond, keiner raus, keiner rein«, rief Dobler, bevor es ihm übel wurde. Er setzte sich auf den Bürgersteig, fasste sich an den verletzten Arm.

»Der Notarzt muss bei«, rief Müller, griff sein Handy. Einige Passanten kamen interessiert näher, die Streifenpolizisten empfahlen ihnen, schleunigst zu verschwinden, Deckung zu suchen.

Heinz Dobler war benommen, schüttelte den Kopf. »Die Sau, verdammt noch mal.«

Müller kam, zog ihm die Windjacke aus. »Ich mach dir mit dem Ärmel einen Druckverband, halt mal den Arm etwas weg. Ich hab Bescheid gesagt, der Notarzt muss gleich da sein.«

Aus einem Parterrefenster hatte ihnen eine ältere Frau zugeschaut. »Soll ich ihnen Wasser bringen?«, rief sie.

Müller bejahte. »Aber nur bis ans Fenster, bleiben Sie in Ihrer Wohnung.«

Er gab kurz darauf dem dankbaren Dobler eine Flasche Mineralwasser, der trank mit heftigen Zügen. »Ah, schon besser.«

Müller meinte, er habe sicher nur eine große Fleischwunde, ob er den Arm noch bewegen könne – es ging. Die vier Uniformierten standen breitbeinig in Combat-Stellung vor dem Wohnblock, hatten ihre Waffen auf den Eingang gerichtet.

»Das SEK muss bei, ruf Gans oder Pranz an.«

Müller ging zu einem der Streifenwagen an das Funkgerät. Kurz darauf traf der Notarztwagen ein, danach drei weitere Streifenwagen und ein älterer BMW von der Zivilstreife.

»Das muss genäht werden«, stellte der Notarzt fest, nachdem er Doblers Hemdärmel aufgeschnitten hatte. »Erst verbinden wir das mal korrekt im Wagen, dann geht's ab ins Klinikum.«

Dobler meinte, ein Verband reiche erst einmal, er könne hier nicht weg.

»Sorry, aber Sie sind jetzt, wie man so sagt, des Kommandos enthoben. Wer mich holt, macht mich zum Chef, also bitte, hören Sie auf mich, Sie wollen sich doch keine Infektion einfangen, oder?«

Widerwillig stimmte Dobler zu, Müller übernahm die Einsatzleitung, teilte mit, das SEK-Frankfurt sei alarmiert, mit einer Stunde müsse man rechnen. Bevor der Notarzt und ein Rettungsassistent Dobler zum Wagen führten, nahm der sich noch Müller vor.

»Was hat dich denn da geritten mit deinem Scheiß-Odenwald beim alten Strimpfel? Die haben ja sofort Lunte gerochen, alter Freund und Kupferstecher.«

Müller entschuldigte sich.

»Jetzt weißt du auch, warum dieser Brocken von Fedor sich, als wir in die Wohnung kamen, so an die

Wand gedrückt hat. Damit wir nämlich sein Messer nicht sehen. Halte mich auf dem Laufenden.«

Der Notarzt fuhr mit Dobler los, Müller sorgte dafür, dass der Block umstellt wurde. »Und achtet auf die Fenster, nicht, dass der irgendwo in eine Wohnung geht, rausspringt und die Flatter macht. Und der Hausmeister muss bei, falls es irgendwo abgeschlossene Wohnungen gibt.«

Polizeipräsidium Südhessen, Kriminaldirektion

Okay, dann bin ich schon beruhigter, danke.« Kriminaldirektor Rudolf Pranz knallte den Hörer auf, wandte sich zu Alma Gans. »Von wegen Gebot der Eigensicherung, da gehen zwei Mann mit zwei Wummen da rein und lassen sich fast noch massakrieren. Der Müller sagt, es ist eine harmlose Fleischwunde beim Dobler. Aber Genesungsblumen kriegt der von mir nicht, höchstens Vergissmeinnicht als Wurfgeschoss. Fahren Sie mit, Frau Gans, wenn das SEK anrollt, möchte ich dabei sein in Eberstadt. Wer weiß, was der Bursche vorhat. Immerhin hat er zwei Dienstwaffen und somit zwei Mal fünfzehn Schuss. Scheißendreck, sagt da der Proll.«

Als sie nach rasanter Blaulichtfahrt in Eberstadt eingetroffen waren, dauerte es noch eine gute Viertelstunde, bis fünf Fahrzeuge mit zwölf Beamten des Sondereinsatzkommandos eintrafen. Während die Männer große, schwarze Einsatztaschen aus den Fahrzeugen holten, sich Helme aufsetzten, Funkgeräte anschlossen und überprüften, beschrieb Gerd Müller die Lage und das Aussehen von Fedor Strimpfel.

»Der kann zurück in die Wohnung sein oder sonst irgendwo im Haus, dem traue ich zu, dass der eine Geisel nimmt oder droht, seinen Vater zu massakrieren. Vor allem hat er unsere beiden Dienstwaffen, der Typ ist hochgefährlich.«

Pranz überlegte mit dem SEK-Einsatzleiter, einem mittelgroßen, sportlichen Hauptkommissar, ob es Sinn machte, das Haus zu evakuieren. Pranz schaute an der Fassade hoch.

»Das sind geschätzt sechzehn Wohnungen, wie sollen wir das stemmen? Einerseits leerräumen, andererseits rennt dieser Idiot da drin herum. Ich schlage vor, ihr fangt im Keller an, arbeitet euch dann Etage für Etage vor, ihr müsst halt von Wohnung zu Wohnung gehen, sicherstellen, dass der nicht irgendwo eingedrungen ist. Zum Schluss bleibt die Strimpfel-Bude.«

Der Einsatzleiter schaute ihn fragend an.

»Strimpfel, so heißen die, Vater und Sohn. Der Junior ist mit einem Riesenmesser auf uns los, war wohl mal bei einer russischen Sondereinheit, mit dem ist nicht zu spaßen.«

»Mit uns noch weniger«, verkündete der SEK-Chef, rief seine Männer zusammen, instruierte sie. Er wandte sich Pranz zu.

»Ist sicher besser, schon mal ein, zwei Rettungswagen und einen Notarzt zu ordern, man weiß ja nie. Alle, die hier im Parterre die Fenster sichern, sollen sich direkt an die Hauswand stellen. Und die ganzen Neugierigen hier«, er wies auf Grüppchen von aufgeregten Nachbarn, die sich auf der Grünfläche vor dem Haus und dem Parkplatz versammelt hatten, »müssen alle weg, nicht, dass wir hier draußen einen Schusswechsel haben mit Kollateralgeschichten. Das gilt auch für Sie, Herr Kollege, und Ihre Begleiterin.«

Pranz und die Kriminaloberrätin gingen hinter einem der Streifenwagen in Deckung, Gerd Müller, assistiert von einigen Beamten, vertrieb die Neugierigen, warnte sie, bloß nicht wieder näher zu kommen.

»Jetzt habe ich doch prompt meine Kippen im Büro vergessen«, stöhnte Pranz.

Die SEK-Beamten, begleitet vom ortskundigen Gerd Müller, der sich eine schusssichere Weste übergezogen hatte, formierten sich am Hauseingang mit gezückten Waffen, einer trug eine schwere Ramme, mit der man Türen aufbrechen konnte.

Nach der ergebnislosen Durchsuchung der Kellerräume sowie des Parterre und zahlreichen »Sauber«-Rufen, teilte sich die SEK-Mannschaft. Vier Beamte nahmen den Aufzug zur ersten Etage, acht gingen durch das Treppenhaus, einer blieb zur Sicherung dort zurück, während sich die Gruppen wieder vereinigten und Wohnung für Wohnung durchkämmten. Der aufgeregte Hausmeister hatte ihnen nummerierte Generalschlüssel für jede Etage übergeben. Zum Teil waren die Mieter zu Hause, zeigten sich erschrocken, stellten Fragen, kleine Kinder wichen zurück, als sie die Männer mit den Helmen, der schwarzen Einsatzkleidung, den Waffen sahen. Nachdem sie sich die vierte Etage ergebnislos, dann die dritte vorgenommen hatten, auf der zweiten auch nicht fündig geworden waren, näherten sie sich der Wohnungstür der Strimpfels.

»Ich tippe mal drauf, dass er mit dem Alten da drin ist, passt auf, der weiß jetzt, dass wir ihn in die Enge getrieben haben, der hängt unter Umständen in einem Doppelmord mit drin und hat nicht mehr viel zu verlieren. Ich trau dem zu, dass der durch die geschlossene Tür ballert«, flüsterte Müller dem Einsatzleiter zu, als sie in die zweite Etage gelangten.

Der SEK-Chef winkte einen Beamten mit einem großen Rucksack nach vorne. Die zwölf Polizisten hatten sich zu je sechs aufgeteilt, verharrten in der Hocke links und rechts neben der Tür. Einer ihrer Kollegen hatte sich hingelegt, schob eine Art Endoskop, einen dünnen Schlauch, an dem ein Miniaturobjektiv befestigt war, langsam unter der Tür durch, drehte, wendete es, auf einem kleinen Monitor war die leere Diele zu sehen, dahinter das Wohnzimmer.

»Entweder die sind in Küche oder Bad oder rechts im Wohnraum im toten Winkel«, flüsterte der Beamte.

Der Einsatzleiter klopfte mit weit ausgestrecktem Arm heftig an die Tür, rief laut »Polizei, kommen Sie einzeln und mit erhobenen Händen heraus!«

Der auf dem Boden liegende Beamte hob die Hand, zeigte einen Finger, der Einsatzleiter wies die links vor der Tür stehenden Männern an, rasch auf die andere Seite zu gehen, damit sie aus dem Schussfeld ihrer Kollegen herauskamen. Die Tür wurde aufgeschlossen, ging langsam auf, Wladimir Strimpfel stand mit erhobenen, zitternden Händen im Türrahmen. Mit Handzeichen wurde ihm bedeutet, herauszukommen. Nach einer kurzen Durchsuchung wurden ihm Handschellen angelegt, man brachte ihn in das hintere Ende des Ganges.

»Was hat Ihr Sohn vor, kommt er heraus, ergibt er sich?«, flüsterte ihm der Einsatzleiter zu. Strimpfel schüttelte den Kopf.

»Sie missen holen, kommt nicht.«

Die Beamten besprachen das weitere Vorgehen, nahmen ihre Helme ab, setzten sich Gasmasken auf.

»Herr Strimpfel, kommen Sie raus, mit erhobenen Händen und ganz langsam, schieben Sie uns die beiden

Dienstwaffen auf den Gang«, versuchte der Einsatzleiter sein Glück.

Nichts regte sich in der Wohnung. Einer der Beamten machte eine kleine Rauch- sowie eine Tränengasgranate scharf, warf sie nacheinander mit Schwung Richtung Wohnzimmer. Beim Auftreffen auf den Boden lösten sich die Inhaltsstoffe, Sekunden später quoll dichter, schwarzer Rauch in Wohnzimmer und Diele hoch, lautes Husten, Flüche waren zu hören, der ätzende Rauch zog in kleinen Schwaden in den Gang. Fedor Strimpfel kam torkelnd, hustend zur Tür, hatte die Arme weit ausgestreckt, in jeder Hand eine Waffe.

»Fallen lassen!«, schrie der Einsatzleiter, war aber bedingt durch die Gasmaske kaum zu hören.

Strimpfel schaute benommen in den Gang, fuchtelte mit den beiden Waffen. Als ihn der erste Schuss in den linken Oberschenkel traf, zog er ab, zwei Schüsse knallten, mit heftigem Klatschen krachten die Projektile in die gegenüberliegende Wand.

Schemenhaft konnte er die Gruppe der Beamten erkennen, er rutschte langsam am Türrahmen herunter, zog erneut ab, das Projektil bohrte sich in den Putz der Gangwand, zwei weitere Schüsse, direkt hintereinander von einem SEK-Beamten abgegeben, waren zu hören – der erste traf ihn in die Brust, schleuderte ihn mit Wucht weg von dem Türrahmen, der zweite traf ihn schräg von unten, durchbohrte seine Kinnlade, traf sein Gehirn, es knackte vernehmlich, als die kinetische Energie des Projektils seinen Schädel sprengte.

Strimpfel war auf der Stelle tot, lag zusammengesackt am Boden. Die Dienstwaffen, die er Dobler und Müller abgenommen hatte, wurden ihm aus den Händen gerissen, zwei Beamte stürmten in die Wohnung, sicherten, rissen dann sämtliche Fenster auf.

Wladimir Strimpfel hockte einige Meter weiter auf dem Boden, sein Körper schüttelte sich, er stöhnte, weinte.

Über Funk teilte der Einsatzleiter mit, dass es einen Festgenommenen und einen Toten gab, der Notarzt möge heraufkommen, die Lage sei sicher.

Bei der späteren, aufwändigen Durchsuchung der Wohnung wurden in dem Blechkasten in der Diele Geldscheine im Wert von knapp 170.000 Euro gefunden, es schien sich eindeutig um Fälschungen zu handeln. Strimpfel Senior wurde in das Polizeipräsidium gebracht, nachdem der Notarzt festgestellt hatte, dass er in körperlich gutem Zustand war.

Questura di Udine

Pindui hatte die Zingarettis in getrennte Vernehmungsräume bringen lassen, Silvio Potelli und zwei Kolleginnen aus der Sonderkommission nahmen sich Lina vor, Pindui und D'Angiolino befassten sich mit dem Drucker.

»Wir haben einen Berg Belastungsmaterial, Druckplatten, Farben, Falschgeld. Das sind Indizien die schon alleine ausreichen, dich für lange Jahre ins Loch zu bringen. Also?«

Gabriele Zingaretti war klar, dass er keine Chance hatte. Als Potelli ihn und seine Frau minutenlang alleine in ihrem Dienstwagen hatten sitzen lassen, hatte er die Gelegenheit genutzt.

»Du weißt nur, dass Tillio unser Auftraggeber war, wir haben uns vor vielen Monaten mit ihm eingelassen, er hat die Farben, das Papier, die Druckplatten gebracht, die letzten habe ich selbst belichtet, dann hat er das Falschgeld abgeholt, uns bezahlt. Mehr wissen wir nicht. Die Leute in Brindisi werden mit keinem Wort erwähnt, niemand, nur Tillio. Wenn wir mehr erzählen, ich schwöre dir, wird uns im Gefängnis etwas zustoßen. Halte dich dran.«

Potelli wie auch Pindui drehten sich mit ihren zahllosen Fragen im Kreis. Dass Lina und Gabriele Zingaretti mehr wussten, aber nicht sagen wollten, war allen Beteiligten klar. Die Auswertung von Zingarellis Telefonverbindungen wies einen Anruf nach Süditalien auf, der Anruf galt der Firma *Immobrindisi S.P.A.*, die einem gewissen Cesare Martemucci gehörte.

»Da ging es um Drucksachen, für die Firma habe ich viel gedruckt und immer mit ordentlichen Rechnungen, das war ein guter Kunde, der sich über unsere guten Preise sehr gefreut hat«, erklärte Gabriele. Seine Frau bestätigte das einige Zimmer weiter.

Pindui traf sich auf dem Gang mit Potelli.

»Die halten dicht, die Beiden. Der Venturini hatte nicht die Größe, so ein Geschäft alleine aufzuziehen. Da braucht man Kuriere, Leute, die das Geld waschen, da braucht man eine richtig gut funktionierende Organisation«, ärgerte sich Pindui.

»Wir müssen die halt ein paar Tage richtig knechten, bis sie weich werden«, meinte Potelli. »Die haben Riesenmengen gedruckt, das Zeug muss ja irgendwo zirkulieren.«

POLIZEIPRÄSIDIUM SÜDHESSEN, SOKO PERCUSSI

WAS MACHST DU denn hier, Heinz?«, wunderte sich Petra Herrmann, die aus dem Odenwald zurückgekommen war und nun den Verband an Doblers Arm musterte.

»Ich bin voll verwendungsfähig, das sah in Eberstadt schlimmer aus, als es war. Letzten Endes ist es eine zirka acht Zentimeter lange Schnittwunde, ich hab da ein paar kleine Klämmerchen, in ein paar Tagen ist das ausgeheilt, noch mal Glück gehabt. Wie weit seid ihr mit dem Russen?«

Petra regte an, ein paar Schritte weiter in das Vernehmungszimmer zu gehen. Wladimir Strimpfel, dieses Mal ohne seinen Pepitahut, saß vor einem Glas Wasser am Tisch, war blass, zittrig. Neben ihm hatte ein Russisch-Dolmetscher Platz genommen. Gerd Müller ging nervös hin und her, Jutta Kissel saß vor einem Stapel Papier, daneben lief ein älteres *Uher*-Tonbandgerät.

»Herr Strimpfel, wenn wir hier durch sind, machen wir eine Tour durch den Odenwald und stellen Sie all den Leuten vor, bei denen Sie Geld gewaschen haben. Es macht also keinen Sinn, hier ständig zu sagen, dass Sie nichts wissen. Hinzu kommt die Kiste mit dem ganzen Geld, also bitte, wir ziehen hier die Hosen nicht mit der Beißzange an. Je kooperativer Sie sind, desto besser für Sie«, lockte ihn Gerd Müller.

Als Strimpfel seine Lage einsah, auspackte, reihte sich Mosaiksteinchen an Mosaiksteinchen. Sein Sohn habe ständig zu Hause herumgesessen, lediglich den Deutsch-Kurs besucht, vor einiger Zeit Percussi kennen gelernt. Fedor sei öfter drüben in der Wohnung gewesen, man habe zusammen getrunken, auch mal gemeinsam Fisch gegessen, den Percussi nachts irgendwo heimlich geangelt hatte.

»Dann hat Angebot gemacht fir Geld tauschen, Fedor sagt sisch«, Strimpfel wischte sich Tränen aus dem Gesicht, »kann man machen Geschäfte, so fing an. Mein arme Junge, warum so tot geschossen?«

Gerd Müller meinte, wenn man mit zwei Waffen in der Hand auf schussbereite SEK-Beamte zugehe, konnte das gefährlich werden.

Strimpfel beschrieb, wie er samt Fedor, Perçussi und der jungen Frau losgezogen sei.

»Kaufen Lippestift, zahlen mit Fuffzig, kaufen Zeitung, zahlen mit Zwanzig, so ging.«

Er habe zwar schon gesagt, die junge Frau sei wohl Italienerin gewesen, mehr wisse er nicht, aber das sei ja wohl nicht die ganze Wahrheit, forderte ihn Müller weiter zum Reden auf.

»Ja, gut, war sisch von Albania, Name Vlora, hat sisch Percussi mitgenommen von Italien, war sisch dort in Bordell, war alles heimlisch, Percussi Angst gehabt vor Leute von Italien, dass merken, Frau ist hier.«

Nach einer guten Stunde war die Vorgeschichte erzählt, notiert. Müller hatte sich inzwischen hingesetzt.

»Jetzt, Herr Strimpfel, reden wir über Mord, über Doppelmord. Theoretisch stehen Sie unter dem Verdacht der Beihilfe, verstehen Sie, wie ich das meine?«

Der Dolmetscher übersetzte. Wladimir Strimpfel hob beide Hände, demonstrierte eine Geste der Unschuld. Mitleid konnte er damit nicht erregen.

»War Idee von Percussi und mein Sohn, ganze Geld wegnehmen, nix mehr an Kurier geben. Wollten Geld nehmen, neie Wohnung suchen, weg sein, ganz von Eberstadt, damit nicht Problem mit Italiener, was Geld machen.«

Er berichtete von der Auseinandersetzung, auch davon, dass ein kräftiger Italiener namens Tillio aufgetaucht sei, um gewaschenes Geld abzuholen und von Percussis Weigerung, dem nachzukommen.

»Mann hat beide geschlagen, viel geschlagen, aber Percussi nix reden. Mann dann wieder fort. Percussi dann Geld verstecken, Angst, dass Mann oder andere wiederkommt. So war.«

Dann berichtete er, dass Sohn Fedor Kontakte in Hamburg zu anderen Russen und diesen den Kauf von Falschgeld angeboten hatte.

»Percussi nicht wollen, dann Geld versteckt, mein Sohn sehr böse, reden mit Percussi. Mein Sohn war *OMON*, dann mehr Ärger mit Percussi, dann passiert. In Wut.«

Müller wollte wissen, ob er damit den Genickbruch von Percussi gemeint habe, Strimpfel bestätigte das.

»Vlora wissen, wo Geldversteck, aber nix reden. Dann Fedor dumme Sache macht mit ihr.«

Müller regte sich auf. »Ihr Sohn hat sie in den Wald gefahren, geschlagen, bis sie ihm das Geldversteck gezeigt hat – und dann hat er sie mit einem Draht erwürgt, ja?«

Strimpfel meinte, er sei nicht dabei gewesen, auf jeden Fall sei sein Sohn in dieser Nacht mit der Blechkiste voller Geld und ohne Vlora zurückgekommen, habe gesagt, die Sache sei erledigt, es mache Sinn, wenn sie bald umziehen würden.

»Und Sie haben dann auch noch selbst die Polizei geholt. Eine Meisterleistung, Herr Strimpfel.«

Der nickte. »Was will man machen? Waren viele Wurme an der Tier.«

NACHDEM WLADIMIR STRIMPFEL nicht nachzuweisen war, dass er an der Planung und Ausführung der Morde beteiligt gewesen war, wurde er wegen in Verkehr bringen von Falschgeld zu dreieinhalb Jahren Gefängnis verurteilt. Er sitzt seine Strafe in der Justizvollzugsanstalt Butzbach ab.

Lina und Gabriele Zingaretti wurden von einer Strafkammer in Udine zu je vier Jahren Gefängnis wegen der Herstellung von Falschgeld verurteilt, sie sitzen in Udine ein.

Der wissenschaftliche Vergleich der Banknoten aus der Strimpfel-Wohnung mit den in Südhessen registrierten gefälschten Scheinen ergab eine absolute Übereinstimmung mit den Falsifikaten aus der Druckerei in San Martino del Carso.

Cesare Martemucci geht in Brindisi weiter seinen Geschäften nach, im kalabrischen Taurianova hat er eine neue Druckerei ausfindig gemacht, die Geldtransporte werden weiterhin von Marcello mit Hilfe von Vittorio Sedis aus Spilimbergo und dessen Sprinter ausgeführt.

Nach umfangreichen Recherchen in Albanien wurde herausgefunden, dass in der Stadt Tepelena eine Vermisstenanzeige existierte. Der Leichnam der Toten vom Schnampelweg, Vlora Celhaka, wurde in ihrer Heimatstadt beigesetzt.

Die Farbanhaftungen auf dem Hemd des erschossenen Tillio konnten durch Laboranalysen einem Messer zugeordnet werden, das in der Druckerei Zingaretti benutzt worden war. Bei der Bestattung von Tillio Venturini im abgelegenen Paludea war nur seine betagte Mutter zugegen.

Die vom Gerichtsmediziner Professor Ewald Kratze sichergestellten Faserspuren an den Körpern von Vlora und Percussi konnten von der Kriminaltechnik einem Paar Arbeitshandschuhen zugeordnet werden, die sich in einer Werkzeugkiste in der Strimpfel-Wohnung befanden.

Baldo Zingaretti wurde in Brindisi nie mehr gesehen.

Im südlichen Hessen sind in der letzten Zeit keine gefälschten Geldscheine mehr aufgetaucht.

In einem längeren, von Polizeipräsident Holger Gössner unterzeichneten Schreiben gratulierte er Commissario Luciano Pindui für die hervorragende Zusammenarbeit. Ein ähnliches Schreiben erhielt das Kommissariat 10, adressiert an Petra Herrmann, vom Questore aus Udine.

Dem Vernehmen nach plant Petra Herrmann in absehbarer Zeit ihren Jahresurlaub im italienischen Gemona del Friuli zu verbringen.

Im Geldmuseum der Österreichischen Nationalbank in Wien wird seit März 2013 eine sehenswerte Ausstellung zum Thema Falschgeld gezeigt. Unter den gut dreihundert Exponaten befinden sich gefälschte Goldmünzen aus dem 3. Jahrhundert vor Christi.

Gewidmet meinen Freunden in und um Gemona del Friuli, dem Boezio-Clan, den Nachbarn in Ledis, Maurò in Venzone, Miri de Marocchino in Triest, Maurizio und Pilar in Madrid, Hohermuths in Dogliani und vor allem Luciano Pindui. G.F. danke ich für seine beamtete Begleitung bei der Knastvisite, seinen Kolleginnen von der Offenbacher Kripo allerdings nicht, da sie ein Plauderstündchen offerierten und ein Verhör daraus geworden ist. Großer Dank an Udo Bühler vom Hessischen Landeskriminalamt für die mir vorgelegten Falsifikate samt kriminaltechnischer Erkenntnisse und seine theoretische Einführung in die Kunst der Blütenherstellung.

Auch Verwunderung ist angebracht. Aus zumindest meiner laienhaften Sicht wäre es ein Leichtes gewesen, die Falschgeldströme, die diesen Kriminalroman initiiert haben, zu den Herstellern zurück zu verfolgen.

Hier mag allerdings der Hinweis eines altgedienten LKAlers greifen, der da meinte, bis man mit Hilfe der italienischen Kripo an die Druckerei herankomme, sei diese bereits durch eine andere ausgetauscht worden.

Auch der im Jahr 2012 in der Nähe von Darmstadt erfolgte Zugriff mit zunächst zwei, später mehr Inhaftierten findet nicht meine Gnade. Man hätte die Herren getrost an der langen Leine lassen und mehr herausfinden können.

Im Verfahren vor der Darmstädter 14. Strafkammer deutete ein Falschgeldhändler an, er habe sich über eine Vertrauensperson in die Sache hineinziehen lassen. Die Vertrauensperson war ein Under-Cover-Beamter. Was lernen wir daraus? Nicht jede Person des Vertrauens ist selbiges wert.

Ansonsten waltete – aus meiner Sicht - teilweise Milde bei der Strafkammer. Vor Nachahmung sei trotzdem energisch abgeraten. Denn:

§ 146 Geldfälschung
Mit Freiheitsstrafe nicht unter einem Jahr wird bestraft, wer

Geld in der Absicht nachmacht, dass es als echt in Verkehr gebracht oder dass ein solches Inverkehrbringen ermöglicht werde, oder Geld in dieser Absicht so verfälscht, dass der Anschein eines höheren Wertes hervorgerufen wird,

falsches Geld in dieser Absicht sich verschafft oder feilhält oder

falsches Geld, das er unter den Voraussetzungen der Nummern 1 oder 2 nachgemacht, verfälscht oder sich verschafft hat, als echt in Verkehr bringt.

Handelt der Täter gewerbsmäßig oder als Mitglied einer Bande, die sich zur fortgesetzten Begehung einer Geldfälschung verbunden hat, so ist die Strafe Freiheitsstrafe nicht unter zwei Jahren.

In minder schweren Fällen des Absatzes 1 ist auf Freiheitsstrafe von drei Monaten bis zu fünf Jahren, in minder schweren Fällen des Absatzes 2 auf Freiheitsstrafe von einem Jahr bis zu zehn Jahren zu erkennen.

*

Die Deutsche Bundesbank registrierte im Jahr 2012 rund 41.500 gefälschte Banknoten. Die Dunkelziffer der im Geldkreis befindlichen Falsifikate ist nicht bekannt.